商業溝通與應用文大全

李錦昌　著

商務印書館

商業溝通與應用文大全

作　　者：李錦昌

責任編輯：楊克惠

封面設計：張　毅

出　　版：商務印書館（香港）有限公司

　　　　　香港筲箕灣耀興道 3 號東滙廣場 8 樓

　　　　　http://www.commercialpress.com.hk

發　　行：香港聯合書刊物流有限公司

　　　　　香港新界大埔汀麗路 36 號中華商務印刷大廈 3 字樓

印　　刷：美雅印刷製本有限公司

　　　　　九龍觀塘榮業街 6 號海濱工業大廈 4 樓 A

版　　次：2017 年 5 月第 1 版第 2 次印刷

　　　　　© 2012 商務印書館（香港）有限公司

　　　　　ISBN 978 962 07 0303 4

　　　　　Printed in Hong Kong

出版説明

　　踏入廿一世紀，社會已進入了一個資訊科技的革命時代。社會上的商業活動頻繁，業務往來及溝通亦日趨頻密。在日常交際或工作業務上，除要懂得正確使用各種實用文體外，口頭溝通的技巧及形勢分析的掌握亦相當重要。而隨着電腦網絡應用多元化發展，電子商貿應運而生，對電腦網絡應用技術的認識也顯得很重要。

　　換言之，要在商業社會、工作環境中立足生存，走上成功之路，就須具有全方位的溝通傳意才能，方可事半功倍。

　　本書特別針對以上種種，既介紹實用的商務文體，又談及市面一般應用文書籍較少涉獵的商務溝通概念和理論。內容主分為三大部分：

- 第一部分，從多角度介紹現代商業傳意的基本理論和概念，闡釋有效溝通的多個原則，幫助讀者掌握及改善溝通能力。
- 第二部分，介紹九大類共二十八種商務應用文體，分析各應用文體的特點、格式、結構及應用範圍等，並輔以豐富示例，讓讀者明白應如何撰寫恰當及高水準的現代商務應用文。此外，有網絡廣告及美化電郵等材料，更介紹電腦網絡訊息互通的基礎知識，清楚易明。
- 第三部分，介紹商務口頭溝通的技巧，集中討論口頭溝通方法，幫助讀者提升演講、主持會議及談判的能力。

　　此外，隨書附送即用格式 word 光碟，附有二十八種文體 109 個實用例子，讓讀者可即時套用於電腦上處理，實用便捷，得心應手。

　　本書闡釋了現代商業傳意的真義，引導讀者善用媒體，準確及有效地傳意。就算在這競爭激烈的社會及各種社交場合中，都能靈活自處，成功取勝。

商務印書館（香港）有限公司
編輯部

目　錄

第一部分
有效的商務溝通

1 了解商務溝通

1

1.1 商務溝通的涵義
1.2 商務溝通的重要
1.3 真正的溝通
1.4 成功的商務溝通

掌握商務溝通知識和技巧，是成功的要素。不論尋找工作、完成任務，以及在工作上謀求出人頭地或晉升機會，均需要具備商務溝通的能力；這方面的能力愈高，事業有成的機會也愈大。

大部分大專院校，都以商務溝通為工商管理課程的基礎核心科目，很多院校也把商務溝通編作應用語文課程的必修科目，以及通識教育的選修學科。這反映了商務溝通不單是一門已獲確立的科目，而且是一門受到廣泛重視的學科。

● 1.1 商務溝通的涵義

商務溝通是指一切在商業或工作業務上的信息交流互通，跟英文 Business Communication 的意義與範疇相若。

"商務"一詞，有廣、狹二義。狹義的商務只包括貿易買賣的業務。廣義的商務與英文 Business 在廣泛層面的意義相似，泛指一切與工作或社交應酬有關的事務。這不但包括各種與貿易買賣有直接或間接關係的大小業務，更包括各類公營、私營機構、以及各類行業與工作有關的事務。商務溝通的商務就是採用這廣泛意義。

英文 communication 的漢譯近義詞比較：

近義詞	現代意義	傳統意義	古籍中的例子
溝通	彼此傳達情意或思想	開築溝道，使兩條水道相通	《左傳‧哀公九年》："秋，吳城邗，溝通江淮。"（一作"秋，吳城邗溝，通江淮。"）
交際	人與人間的往來接觸、社交	往來應酬、感通融和	《孟子‧萬章下》："敢問交際何心也？"朱熹集注："際，接也。交際，謂人以禮儀幣帛相交接也。"清‧惲敬《文昌宮碑陽錄》："天下之大，智者愚者，皆赫然於天人之交際，百神之呵護，則國家之大祉，百世之所以治安也。"
傳意	傳遞情意或思想	傳遞情意或思想	《莊子‧天道》："而世因貴言傳書。"唐‧成玄英疏："夫書以載言，言以傳意。"
傳播	廣泛散佈	廣泛散佈	《北史‧突厥傳》："已敕有司，肅告郊廟，宜傳播天下，咸使知聞。"

　　"溝通"是 Communication 多個漢譯近義詞中最為貼切的。因為商務交往的信息傳遞，既包括個人與個人間的互通聯繫，也包括個人與機構（群體）間，以及機構（群體）與機構（群體）間的聯絡連繫。"交際"一詞比較着重個人與個人間的交往，欠缺機構（群體）之間或其與個人之間交往的意義。"傳播"則相反，着重信息的廣泛散佈，欠缺個人層面的交流聯繫意義。"傳意"本來也是一個比較貼切的翻譯，但是"溝通"較能涵蓋"各方共同參與"這一個層面的意義。而且，因為商務的信息傳遞交流，常常強調雙向互動性，並非單方面單向式的輸送和發佈信息。此外，"傳理"也是 communication 的一個新創譯詞。

我在交際、傳意、傳播，還是在溝通？

"溝通"在漢語原來指開闢水道（溝），讓水能夠從一個地方流往另一個地方；在現代漢語裏，泛指彼此相通，把信息從一方送往另一方的傳遞互通。這意思與英文 communication 的最常用義十分相近。英文 communication 一詞，來自新拉丁文 communis，即"共同、共通"的意思。

● 1.2 商務溝通的重要

商務溝通的重要，可從以下五方面體現：

第一，與生活息息相關

商務溝通的內容包括：介紹溝通理論、闡釋溝通渠道的選擇、分析有效溝通的策略、討論改善溝通的方法，並論析現代商務溝通的原則及通用手法，這些內容都與日常生活及工作息息相關。

各種文體的特色，都是藉着書面和口頭形式的習慣而約定俗成。舉凡書信、通告、規章、合約、報告、新聞傳播文件，以至演講辭、參與會議時所説的話等等，皆有各自的特點及格式。

第二，工作上成功的關鍵

在大部分的工作裏，花在與人溝通的時間往往佔了工作時間的一半以上。愈高層次的工作和管理責任愈繁重的工作，花在溝通上的時間也往往愈多。以農夫為例，他一輩子老是用自己的方法去耕種，卻完全不知道在其他地方，有些農民在同樣素質及面積的土地上，正採用比他們好的耕種方法，得到比他們多十倍的收穫。這是因為他們不是溝通專家，不曉得與其他地方的農民溝通。溝通在工作中的重要，也不言而喻。

第三，未來事業發展的基礎

在現代商業環境裏，溝通日趨重要，其中服務性行業更着重人際溝通，而良好的人際關係是贏取新顧客及使顧客忠心地光顧的主要因素。工商機構要在競爭激烈的商業環境中求生，要擴展市場，往往有賴於良好的人際關係。學習商務溝通竅門，不單有

有效的溝通，可幫助機構內各成員通力協作、提升生產力及服務質素；又能建立及改善對外關係，增加營業額。

助個人事業發展，對機構的發展也同樣重要。

第四，進修其他學科的基礎

　　商務溝通是不少大專課程的必修科目，是進修其他學科的基礎。例如，修讀管理學和市場營銷學的學生必須先修讀商務溝通，讓他們在溝通理論及商業信息的傳遞方面打好基礎。要學好應用翻譯學科，也必須對溝通理論及商務文體有所認識，否則難以把商務文件恰當地翻譯出來。

第五，個人興趣的發展

　　商務溝通可說是一種現代實用文學，溝通渠道的選擇、話語或文件包括甚麼內容，怎樣措詞及使用甚麼語氣，都需要運用個人溝通的知識、技巧和學養。相同的話語，往往可以有千變萬化的表達方式，要在溝通的各個方面都做得恰到好處，可以說是一門藝術。讀者大可以學習商務溝通為自己的興趣，一邊學習，一邊享受其中的樂趣。

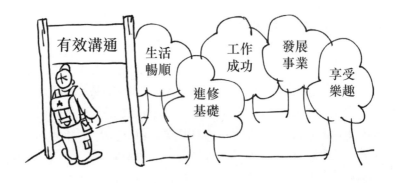

● 1.3 真正的溝通

　　不少人以為溝通就是甲把信息傳給乙知道，只要乙知道甲所傳遞的信息，溝通便是成功。這樣理解溝通的意思只有一個好處，就是清楚界定溝通為一個涉及最少兩個個體的過程。但是這種概念還是過於粗淺，因為商務溝通往往不是把信息從己方傳遞給他方那麼簡單，即使對方接收了信息，也不代表這次溝通是成功的。

　　溝通過程的分析，近代已有不少研究，其中較具影響力的可算是賴斯威爾（H. Lasswell）在一九四八年發表的論文《在社會中溝通的結構與功能》（*The Structure and Function of Communication in Society*）。

賴斯威爾分析溝通為：

Who 誰　　says What 說了甚麼　　in which channel 通過何種渠道　　to whom 對誰　　with what effects 產生了何種效果

　　賴斯威爾指出構成溝通的五個要素，除了提出要有上述甲乙雙方和信息外，還提出信息必須經過某種渠道作為媒介來傳遞。例如，甲至少也得把信息說出來，乙才可以聽到。甲說出來的話或聲音，就是媒介渠道。而且，溝通不是把信息傳到乙方便終結，溝通還會產生效果。又例如，甲要乙還他所借的金錢，即使他說了 "把錢還給我" 這句話，乙也聽了，乙仍不一定會還予甲欠款。

　　換句話說，要決定溝通是否成功，便要看所產生的效果是否符合溝通的目的。但是，賴斯威爾的溝通理論卻忽略了溝通目的這個重點。這也是不少人認為他的理論最需要改善的地方。例如麥基（D.M. MacKay）在一九七二年發表的一篇論文中指出：

　　一個地質學家可以從一塊石頭中得到很多資料信息；然而，石頭完全無意與這位地質學家溝通，也不能選擇是否讓他得到資料信息。因此，真正的溝通，必然始自某種目的，這個目的透過溝通程序達致某種效果。

信息不可能獨立存在而產生意義。信息的意義不單由傳遞它們的文字、符號來決定，這些信息、文字和符號所處的時空環境都決定它們的意義。同樣的文字、符號，在不同的時間、不同的處境、對不同的人，所傳遞的信息可以完全不同，信息的意義也可以完全不同。

綜合上面的討論，可以較全面地給"溝通"下這樣一個定義：

一方因為某些目的，透過某種渠道向另一方傳遞某些信息，使信息經過接收後，達致某些效果。

從上述定義，可見"溝通"有以下八個構成部分：

1. 目的（objective）

溝通必然有特定的目的，具有針對性的意圖。沒有動機和無意識的信息傳遞根本就不能算是溝通。每發出一份文件，講一段話，必定是有目的而發出的。一次商務的談話，可能是為了使受訊者接受你的要求，也可能是要使受訊者降低他的要求。即使只是應酬閒話，目的也可以是希望受訊者接受你作為他的朋友。發訊者的溝通目的愈清楚，便愈容易構想發出的信息和選擇傳遞的媒介。

2. 發訊者（sender）

在書面溝通中，發訊者可稱為"發件人"；在口頭溝通中，可稱為"講話者"。

發訊者可以是個人、小組、組織或機構。發訊者是溝通交際過程中的一個主角，也是主動的一方。例如，當你向別人說話，或發出文件，你就是發訊者。因為發訊者在溝通過程中扮演重要的角色，學習溝通的主要目的，就是學習如何成功發訊。

對發訊者這概念，有兩點應該留意：

首先，簽發文件的人，可能不是正式的發訊者，只是代表一個小組、部門或機構去發出文件；而小組、部門或機構才是正式的發訊者。例如，一位客戶服務主任寫信回覆客人的投訴時，他是代表機構去回覆，雖然信由他簽發，但是直接的發訊者是他服務的機構。

第二，發訊者也不一定是信息的編撰人，在大型機構中，高層職員發出的文件或發表的演辭往往是先由他們的下屬代為編撰的，他們可能完全使用別人代筆的文字或話語，只不過是經過自己的編輯修訂罷了。

本書為求簡潔，把信息的設計編撰者與直接發出信息的發訊人統稱為發訊者。

3. 發出信息（sent-out message）

發訊者按着溝通目的向受訊者所發出的信息，必須藉媒介來傳遞，這些媒介可以是視覺符號（如：文字）或聽覺符號（如：語音）。

信息由媒介傳遞，也受媒介的限制。例如，縱使一個機構認為自己某種產品有千種種好處，希望藉廣告文字或圖像把這個信息傳遞給顧客，但是，一則廣告可以用上的文字和圖像畢竟有限，所能傳遞的信息數量也有限，往往信息量太大，效果反而減少。又例如，寫求職信時，即使應徵人希望強調自己的優點及長處，但是，因為在華人文化中，自我讚賞常予人負面的印象，所以不能在信中多用自吹自擂的語句。

4. 傳遞渠道（channel）

不論是文字或語音，信息媒介都必須通過溝通渠道來傳遞。例如，郵寄的書信、內部傳閱的便箋、傳真的函件、張貼在佈告板的佈告、登載於報刊上的啟事等，都是文字的溝通渠道，電話交談、演講、會議的發言等則是語言的溝通渠道。

不同渠道有各自的長處和短處，有些信息較適宜藉某些渠道來傳遞，某些渠道則不利於某些信息的發放。例如，機構要招聘職員，以廣告形式刊登招聘啟事常是最有效發放信息的渠道。但若上司對一位下屬的工作感到不滿，要發出正式警告，一般應當以書信的形式作為溝通渠道，直接向該下屬發出警告，而不是利用佈告或啟事，不必要地公開對個人的警告。傳遞渠道的素質和配搭對信息的完整性也有十分大的影響。例如，經過素質低的傳真機後，影像和文字可能變得模糊，難以辨認。若受訊者所用的電腦軟件，與發訊者所用的不相配，經電子渠道發出的信息可能被扭曲改變。

5. 受訊者（receiver）

在書面溝通中，受訊者可稱為"受文人"；在口頭溝通中，可稱為"受話者"。

受訊者跟發訊者一樣，可以是個人、小組、組織或機構。不單發訊者是溝通的主角，受訊者也是主角之一，在溝通的過程中，他的重要性不比發訊者低。這是因為發出信息必須經受訊者接收和詮釋，才會產生效果。若受訊者沒有接收到信息，溝通便不可能成功。而且，詮釋信息受多方面的因素影響，不同的受訊者，在不同的處境，往往對同樣的信息，有不同的詮釋。並且，溝通是雙向的，在溝通的過程中，受訊者往往也是發訊者，向原來的發訊者發出信息，原來的發訊者也成了受訊者。例如，甲向乙發出詢價信函，甲便是發訊者，而乙便是受訊者，當乙回覆甲，發出報價信件，乙便是發訊者，而甲就是受訊者。在交談中，發訊者説完自己的話，便以受訊者的身份，聆聽另一方的話，聽後又以發訊者的身份説話。這樣，兩人可以快速無間地交替擔任發訊者和受訊者的角色。

6. 接收信息（interpreted message）

接收信息是經過受訊者詮釋的信息。上面提及，發出的信息經過傳遞渠道後，可以被改變扭曲，而且不同人在不同處境中可對同樣的文字和信息有迥異的詮釋。以下面一段文字為例：

"我仍沒有 ABC133 號文件。"

若受訊者為發訊者的秘書，他很可能以這句話為工作指示，請受訊者馬上找出 ABC133 號文件，然後放到發訊者的桌上。但若受訊者是發訊者的上司，他可能以這句話為報告，是發訊者交代某項工作的進展。

7. 效果（effect）

效果是受訊者接收信息後所作的改變。雖然這些改變可能是停留於意識或態度上，但大多數的情況，也會反映在行為上。

例如，當一位職員向上司發出申請放假的信息，他不但希望上司在意識上知道他想放假，還希望得到上司批准他放假的效果。寫求職信的發訊者不單盼望閱讀其信件的受訊者知道他的長處，更期望受訊者安排面試並取錄他。

又例如一個機構經常在報章刊登廣告，説明其代理電腦的優點，他不單希望報章的讀者知道那些優點，更期望得到讀者購買的效果。

8. 處境（environment）

信息及其意義不可能脫離處境而獨立存在。

信息的意義不單受傳遞它的文字、語言等媒介影響，使用這些媒介的人，以及進行溝通的時空環境都影響着它的意義。例如，當你的同事在下班時正忙着收拾桌面的文件，準備離去的時候，你上前去跟他談論一件下月才需要着手籌辦的工作，他可能對你的建議完全不感興趣，其實他不是對該工作沒有興趣，只是他十分不耐煩，希望盡快離開而已。

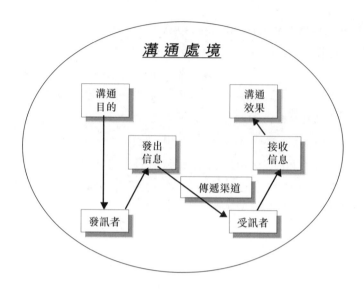

● 1.4 成功的商務溝通

要商務溝通成功,必須滿足以下的基本要求:

第一,有明確的目的

　　溝通是有的放矢的,必定有其目的,而且以目的為主導。信息的設計及剪裁、溝通渠道的選擇,都需要根據目的來決定。有明確的目標,才能作出正確的決定。

第二,分辨目的與發出信息

必須有明確的目標,才可在商務溝通上取得成功。

　　目的是發訊者要藉某次溝通來達到的結果,而發出信息是發訊者透過符號媒介向受訊者傳遞的內容。

　　目的不一定在發出信息內表明,發出信息甚或可能與目的沒有直接關係。例如,雖然發出促銷廣告的目的是使廣告的對象購買要促銷的商品,但是很多促銷廣告的內容都不會提及目的。

　　若一位職員告訴上司說推行某項計劃有甚麼樣的困難,他的目的不一定是讓上司知道推行該計劃有些甚麼困難,也可能不是希望上司處理該計劃所面對的困難;真正的目的,可能是他要使上司決定取消該計劃,好使他不用再為該計劃辛苦工作。

第三，使效果與目的相符

要評估一次溝通是否成功，最直接的方法是比較該次溝通的目的和效果。如果得到的效果與發訊者的目的相符，該次溝通可說完全成功。例如，某人向機構發出求職信，若機構負責人閱讀他的求職信後邀請他來面試，他藉求職信的溝通可說是成功的，因為寫信的目的就是要獲得面試的機會。溝通有多成功，可由目的與效果相符的程度來決定。所以，看一則促銷廣告有多成功，一個方法是去數算有多少人看或聽了廣告後去購買促銷的商品。愈多人購買，廣告便可說愈成功。當然，溝通的效果往往並不容易量化計算，或即時見到。例如，大部分機構用以建立形象的公關性質溝通，都難以即時見到果效。總之，溝通就是要取得與目的相符的效果，溝通目的與效果愈相近，溝通可算愈成功。

第四，了解溝通的構成部分

1. 明白發訊者的角色

同樣的目的，由不同的發訊者達到，可能要透過不同的渠道及發出不同的信息。

在每一個溝通處境中，發訊者都扮演其獨特的角色。這角色受着發訊者與受訊者的關係、發訊者在受訊者心目中的形象，以及信息內容與發訊者的關係等影響。例如，發訊者與受訊者若已建立十分親切平等的關係，且信息內容是關於發訊者個人的事，發訊者發出信息時大可開門見山，不必在前面部分多加寒暄的語句。

如果發訊者要說服受訊者接受他的建議，就建議的事而言，倘發訊者在受訊者的心目中欠缺地位或專業認識，那麼他可能要在提出建議之前，藉引述有關數據或資料，讓受訊者知道他已對事情有深入的了解。

2. 讓受訊者取得完整的信息

要溝通成功，受訊者必須接收到發出的信息，但受訊者接收到的信息許多時候都是不完整的，箇中原因有很多。例如選擇傳遞信息媒介不恰當，所用文字艱澀或句法、章法混亂，都會妨礙受訊者接收信息。又如選擇了不恰當的溝通渠道，對於詳細繁瑣

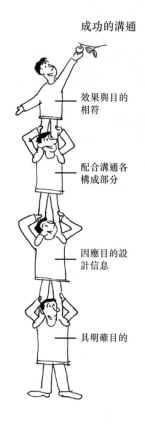

成功的溝通

效果與目的
相符

配合溝通各
構成部分

因應目的設
計信息

具明確目的

的資料，不用書面文字的渠道傳遞，而用口頭渠道，受訊者自然不可能詳細牢記所有資料。此外，環境對信息的完整傳遞，也可有很大的影響，在嘈雜或受干擾的地方交談，信息也容易被誤會扭曲。

3. 使信息獲得適當的詮釋

不同的受訊者，會對同樣的信息，作不同的詮釋，得到完全不同的接收信息。例如，甲向乙説："現在只有耶穌才能幫助你。"若乙不是基督徒，他可能詮釋這句話的意思為："現在沒有任何人能夠幫助自己了"。但若乙是基督徒，他可能以為這句話的意思是："雖然我孤立無援，但是耶穌還可以幫助我。"在不同的處境，同一段發出的信息由同一位受訊者去詮釋，也可有迥異的結果。例如，簡單一句"恭喜你"，若受訊者在剛收到好消息之後接收，他可能詮釋這為祝賀的話語，但如受訊者在剛收到壞消息之後接收，他可能詮釋這是嘲諷的信息。所以，發訊者發出信息時，必須考慮受訊者的情況、背景及所處的環境。

2 分析溝通渠道

2.1 溝通渠道的類別
2.2 對外與對內的溝通
2.3 正式與非正式的溝通
2.4 書面與口頭的溝通

信息必須轉變成文字、話語或其他符號媒介，通過溝通渠道才能讓受訊者接收、理解和詮釋。

要有效地溝通，必須選擇恰當的渠道。若選用了錯誤的渠道，不但可能令信息受歪曲、誤解，更可能招致其他損失。例如，當一位下屬初次犯了小過失，他的上司可以藉個別面見交談的渠道向他了解情況，並提出改善的要求。在這種情形下，上司一般不宜藉公開譴責的渠道，在其他下屬面前嚴厲指責犯小過失的職員。若這樣錯誤選擇溝通渠道，犯錯的職員可能以為上司故意為難他，其他下屬更會對這上司留下不良的印象，以為他小題大做、不講情理。

● 2.1 溝通渠道的類別

溝通渠道多種多樣，大部分可從三個層面劃分：
第一，機構對內溝通與對外溝通的劃分

對內溝通為機構內的成員或部門、組織之間的信息傳遞。對外溝通的發訊一方為一個機構的成員、部門、組織或機構本身，而受訊一方則為其他機構或其屬下的個人、部門或組織。

部分溝通渠道只適用於對外溝通，如廣告、公告，另一些溝

小心選擇溝通渠道：
• 對內溝通宜用便箋。
• 對外溝通宜用書信、廣告或公告等。

通渠道則只適用於對內溝通，如便箋。

第二，正式和非正式程度的劃分

合約是正式的溝通文件，面試也是正式的溝通會面，而留言便條是非正式的文件，閒談也是非正式的會面。

正式的程度可以有高低之分。雖然有些渠道較容易明顯劃分，但不是每一次溝通或每一種渠道都可以界限分明地作正式或非正式的劃分。如書信和會議都可以是十分正式的溝通渠道，也可以是非正式的寒暄問候。

實際的正式程度，要視乎溝通目的和信息內容而定。而且，一次溝通，不一定是純粹正式的或非正式的。書信和會議可以同時包含不同正式程度的成分。商務書信經常也先在首段問候客套一番，從而建立或鞏固與受訊者的關係，始進入溝通的主題。

第三，書面與口頭的劃分

書面的渠道使用文字媒介傳遞信息，受訊者要閱讀文字，才能取得信息。口頭的渠道以語音媒介傳遞信息，受訊者需要聆聽發訊者的話語，才能取得信息。

一般的溝通渠道都可以按傳遞信息所用的媒介分為書面和口頭兩大類。雖然如此，現代科技發達，書面與口頭溝通常可混合各種途徑來進行。口頭報告不單可配合書面文件進行，更常常配合電子儀器如電腦及發表應用軟件（如 PowerPoint）播放文字和圖像。書面溝通也可藉電子儀器加上聲音來進行。

溝通渠道三個基本劃分層面的應用例子：

例子	對內溝通	對外溝通	正式溝通	非正式溝通	書面溝通	口頭溝通
在電話回答顧客的查詢		✔	✔			✔
寫信回覆顧客的投訴		✔	✔		✔	
在公共汽車上與巧遇的同事談論上司晉升的消息	✔			✔		✔
機構發出通告，通知所有僱員申請放假的新安排	✔		✔		✔	

* 嚴格來說，"正式" 在程度上有很多分別，這裏為求簡潔，只作一般的正式和非正式二元化劃分。

2.2 對外與對內的溝通

要分辨溝通是對內或對外，只要看發訊者與受訊者的身份便可。若發訊者與受訊者同屬一個機構，則他們進行的是對內溝通；否則，就是對外溝通。

對內溝通

各個機構會因應自己的需要和情況而有各自溝通的模式和習慣。在只有五、六位職員的小型商業機構裏，信息通常都可以直接和隨意地傳遞，但在有數百、數千名職員甚至更多的大型機構裏，便需要有組織地使用特定的渠道來傳遞信息。

機構由個別的成員或部門組成，每一個機構，可由多個部門組成，每個部門，又可細分為不同部門又或由一至多位職員組成。各部門有它的專門職責，為求有效運作，各成員各有特定崗位，這是應當具備的管理架構。在管理架構內，各個崗位的職員有其從屬關係。有些職員在架構的較上層，負責調配、指示、評審較下層職員的工作。因着這種關係，對內溝通可按信息傳遞的方向分為下列三種：

第一，下向溝通 (downward communication)

若發訊者為受訊者的上司，溝通信息由管理架構的上層向下層傳遞，就是下向溝通。

下向溝通的渠道包括：關於工作安排的會議、員工守則、機構政策文件、佈告等。

下向溝通的目的，通常包括：

* 指示工作，解釋工作內容及機構的政策；
* 給予評價、意見；
* 鼓勵工作。

下向溝通特別注重信息清晰。與上層的職員相比，較下層的職員往往對與信息有關事情的背景認識較少，對上級的指示，容易錯誤了解；而且，對上層職員的動機往往存有忖測猜疑。因此，上層的發訊者應毫不含糊地作出指示，讓下層的受訊者

> 下向溝通注重信息清晰。

了解信息的重要 。

第二，上向溝通（upward communication）

上向溝通注重內容切題及語調恰當。

若發訊者為受訊者的下屬，溝通信息由管理架構的下層向上層傳遞，就是上向溝通。

上向溝通常用的渠道包括：報告、匯報會議、建議書等。

上向溝通的目的，通常包括：

- 交代工作的進展；
- 提出意見或闡明觀點。

上向溝通特別注重內容切題及語調恰當。上層管理人員每天都要處理很多事務，若下屬發出的信息有太多瑣碎枝節或無關痛癢的內容，容易妨礙上層受訊者理解，也會使他感覺不耐煩。而且，不少機構重視階層的劃分及下屬對上司的尊重。上向溝通的語調便需要尊敬莊重，反映上司與下屬的社交距離。

第三，同級溝通（lateral communication）

同級溝通注重坦誠相向。

若發訊者與受訊者為同職級的職員，即信息在管理架構的同一個級別往來傳遞，所進行的是同級溝通。這種溝通的發訊者和受訊者，可以是同一個部門或不同部門的職員。

同級溝通最常用的渠道有便箋和工作會議等，同級溝通的目的，通常包括：

- 協調工作及安排工作配搭；
- 互通消息，傳達資料；
- 解決問題。

同級溝通特別注重彼此坦誠相向。同職級的職員欠缺溝通或不能有效地溝通，往往是因為互相猜疑、猜忌，或部門間的分隔疏離。機構或部門要職員間及部門間協力同心地合作，需要先鼓勵職員間開誠相見，建立坦誠溝通的文化習慣。

對外溝通

絕大部分機構都要跟很多機構以外的人士、組織或其他機構（例如，供應商、製造商、買家、顧客等）接觸和溝通。對外溝通最常用的渠道是書信。若受訊者是社會大眾，常用渠道包括廣告、新聞稿及對外通訊刊物等。

機構內，最重視對外溝通的是市場營銷部門和公共關係部門。市場營銷的工作包括：

(1) 找出顧客和他們的需要；

(2) 向顧客介紹產品、提升產品的銷售額；

(3) 聯絡分銷渠道，把產品送到顧客手中，而所用的渠道包括廣告、海報及推銷信等。

公共關係部門的主要工作是對外溝通，他們經常需要與社會大眾及對機構有影響的個人或群體組織聯絡，以提升機構的形象，建立互惠互利的關係。公共關係所用的溝通渠道，比市場營銷的廣泛，除了廣告和海報單張外，還常用個人的游說接觸、遊藝會、慶祝會、年報或演講等特別活動。

一般的對外溝通，發訊者代表所屬的機構與外界接觸。雖然對外溝通一般不分下向、上向及同級三種，而是按需要與外界人士或其他機構的有關部門聯絡，但是若發訊者與受訊者所屬的機構已建立了初步合作關係，則一般習慣按雙方規模的大小比例，與同等級的職員聯絡。例如，甲公司與乙公司的規模相若，甲公司轄下部門主管提出的問題，應由乙公司轄下相關部門的主管回覆，否則甲公司可能以為乙公司對它輕視或不尊重。又例如丙公司較甲公司的規模細小，那麼丙公司轄下部門主管提出的問題，可能由甲公司有關部門的一位負責職員來解答，不用部門主管親自回覆，也算恰當。

我要跟他們交代這件事，應該寫信還是口頭向他們説明？

2.3 正式與非正式的溝通

正式與非正式溝通難以界限分明地劃分，一般只適宜作程度上的對比。

正式的程度，通常可藉三種成分的多寡來辨別：
第一，公事

公事是指與工作有關的事。溝通內容與工作的關係愈大，溝通便愈正式。例如，機構的《規章》只與機構的事務及其成員的工作有關，一般不涉及個人私事，所以《規章》是正式的溝通文件。當然也有很多事兼具公事和私事的成分。例如一位職員快要結婚，其他同事向他祝賀，這件事有很重的私事成分，因為那職員結婚與其工作沒有關係。雖然這屬非正式溝通，但是並非完全沒有公事成分，那職員的上司不應該因為祝賀的事與工作無關，阻止其他職員在辦公時間內向他祝賀。那職員與其他職員的關係，是藉工作而建立的；而且，職員間的良好關係，是彼此融洽地合作、使工作順利完成的先決條件。那職員的上司向他祝賀，也不全然是私事上的溝通，因為上司的話語也代表着機構對他的關心和祝賀。

第二，日後辦事的依據

溝通內容愈有可能成為日後辦事的依據，則溝通愈正式，反之亦然。

因此，合約和會議紀錄一般都是正式文件，都可以作為將來辦事的根據。必須注意，商務溝通若涉及交易磋商，即使不是互相訂立契約，也有可能構成雙方協議的一部分，具有法律效力，其中一方可能會按照溝通內容，追究責任。

第三，感情和感受

溝通內容涉及感情和感受愈多，溝通便愈非正式；愈與感情和感受無關的，則愈為正式。

在正式的會議中，應該以事論事，不論議事內容使自己多高興或憤怒，也不適宜在話語中表白自己的感受。又例如在正式的

商務溝通若涉及交易磋商，雖無互訂契約，也有可能構成協議的一部分，具法律效力。

調查報告中，不論報告內容是甚麼，也應該客觀評論。

正式和非正式溝通的具體分別，可從五方面反映：

第一，語調

　　正式溝通較為注重階級的分別，下級一般只向上級報告及請示，上級則可指示下級工作，雙方的語調都較為嚴肅，個人的感情成分較少。而在非正式溝通中，發訊者與受訊者可用同等的語調，當中也可洋溢個人的感情。

第二，用詞

　　正式的溝通用詞比較文雅，而非正式的溝通可使用通俗詞語。例如，正式溝通時說"幫我一個忙"，非正式時可能說"幫我一下"；正式的文件用"祈請早日示覆"，非正式的可用"你要快一點回覆"。

第三，句式

　　正式的溝通較多用長句，而非正式的則多用短句。

　　如正式的文件，可以寫像以下的冗長句子："因為若 A 出席而 B 及 C 缺席，或 D 出席，而 E 及 F 缺席，則必須由 G 把合約交予 H，所以要 G 這樣做，A 或 D 必須出席，而 B 和 C、或 E 和 F 都必須缺席。"但在非正式的文件，則應避免這長達五十多字的複雜句子。

第四，格式

　　正式的書面溝通，如報告、合約、通告等，通常有約定俗成的格式（參考本書第二部分）。

　　正式的口頭溝通，如演講辭、會議發言，也有習慣的語言使用方式（參考本書第三部分）。但是，愈非正式的溝通，格式的限制一般愈少。例如，發贈聖誕咭予老朋友，大可隨意書寫，談天說地，甚至把一些句子橫行書寫，一些直行書寫，也無不可。

第五，篇章鋪排

　　愈正式的溝通，篇章結構的形式也愈固定，組織也愈有系統。例如，一封向僱員介紹機構新措施的通函，結構通常是這樣的：先交代實施新措施的背景，再描述措施的內容，最後説明僱員應如何配合新措施。至於一封寫給熟朋友的信，大可想到甚麼就説甚麼，毋須有嚴謹的篇章組織。

正式與非正式溝通的主要分別：

	正式溝通	非正式溝通
語調	較注重階級分別，較少個人感情	雙方是平等的，較多個人感情
用詞	較文雅	較通俗
句式	較多用長句	較少用長句
格式	較固定	較自由
篇章鋪排	較有系統及組織	較隨意

雖然上文集中討論正式溝通，但非正式的對外及對內溝通也十分普遍及重要。在機構內的職員，除公事溝通外，一般也有複雜的非正式接觸。而華人社會十分注重人與人之間的關係，大客戶選擇商戶進行交易，往往不單考慮商戶的交易條件，也重視與對方負責職員的關係。所以，與客戶進行非正式的溝通，彼此建立良好關係，常常是商務工作的成功關鍵。

正因這種複雜的關係，葡萄藤（grapevine）就成為重要的非正式溝通渠道。所謂葡萄藤，就是非正式溝通的網絡，這網絡正是小道消息的傳播渠道。不論是機構的大事情（如架構重整）或小事情（如某位職員穿了不同顏色的襪子上班），消息都可從葡萄藤網絡的一處傳到其他很多地方。

葡萄藤有以下的特點：

- 在絕大多數的情況下，信息都以口頭傳遞。
- 由於信息以口頭傳遞，受訊者可以即時回應，澄清消息內容，所以不少研究均顯示，葡萄藤上的消息大部分都高度準確。
- 雖然葡萄藤上的消息通常準確，但必須小心使用這網絡。理由是發送或傳遞信息者往往把信息加上自己的詮釋，並且容

正確掌握正式與非正式溝通：
- 正式的溝通須按約定俗成的格式。
- 正的口頭溝通，有習慣的語言使用方式。
- 非正式的溝通，不受格式的限制。

易在信息上渲染個人的感情，使原來的信息被扭曲。

- 信息傳遞的速度和層面可以十分快捷和廣泛，幾乎可以深入機構的每個階級層面。
- 管理層可藉葡萄藤，用僱員容易明白理解的方式把政策及指示傳遞下去。
- 僱員的感受及意向也可透過葡萄藤讓管理層知曉。

2.4 書面與口頭的溝通

書面和口頭溝通在商務溝通中的重要性，其實不相伯仲。大多數職員，花在口頭溝通的時間比用在書面溝通的時間長得多；但是書面溝通一般比口頭溝通正式，多涉及比較重要的事。因此，口頭溝通及書面溝通各有其重要性及作用。

書面與口頭溝通的主要分別：

	書面溝通	口頭溝通
紀錄	書面文件本身可用作紀錄。	除非進行錄音或錄像拍攝，一般沒有紀錄。
回應	發訊者一般不能即時收到受訊者的回應。	受訊者通常可即時回應。
信息傳遞時間	傳遞時間較長。文件須經傳真、郵遞、電子輸送、張貼等等方式交送予受訊者。	發訊者的信息可即時傳遞到受訊者那裏。
準備時間	發訊者花在撰寫文件的時間一般較長。	發訊者的準備時間一般較短。
接收時間	受訊者花在接受信息的時間比較短。	受訊者要花在聆聽的時間，通常比較閱讀相近信息的時間長。
地點	發訊者和受訊者毋須身處同一個地方。	除使用電話或視像會議外，發訊者和受訊者必須身處同一個地方。
花費的時間和金錢	發訊者編撰文件的時間遠比受訊者花在閱讀文件的時間長，前者更須支付傳遞文件的費用。	發訊者和受訊者要前往同一地點的費用和時間，及兩者花在溝通的時間（若使用電話或視像會議，還要負擔有關費用）。
用詞	通常使用書面語。	一般使用比較淺白的口語。
內容組織	經過小心設計，組織較周密。	多是一邊想一邊講，信息的內容一般欠缺組織。
強調方法	改變字款、字的大小、顏色或使用粗體、斜體字，又或加上底線、着重號等。	刻意地提高或降低音調，又或改變說話速度。

要決定使用書面還是口頭溝通，應該考慮上述的分別，並配合該次溝通的情況。例如，使用書面溝通的情況，應該是：

- 你需要一份紀錄；
- 你不需要即時的回應或不要求任何回應；
- 你有編寫所需文件的技巧；
- 你有足夠的時間去準備文件；
- 你的受訊者花在接收信息的時間有限；
- 你有所需的資源去傳送文件。

3 掌握溝通策略

3.1 確立溝通目的
3.2 分析受訊者
3.3 鼓勵受訊者
3.4 增加受訊者對發訊者的信任

判斷某次溝通是否成功，要看溝通的目的與效果的一致程度。效果與目的愈接近，溝通便愈成功。

要有效地溝通，第一步當然是清楚釐定溝通的目的。有了清楚的目的，溝通才能有的放矢，發訊者才可以因應需要設計信息和選擇溝通渠道，才能夠評估及改善自己的溝通工作。

3.1 確立溝通目的

在說話和執筆書寫以前，一般人都會粗略訂定自己的溝通目的。即使溝通能力低的人，他們不懂得把自己的目的有系統、有組織地表達出來，但也會說出像這樣的目的：我要推銷這些產品、我要跟那家公司討個公道。然而，這些含糊的目的對發訊者在溝通過程中的幫助十分有限。

一個能取得成效的溝通目的，必須符合以下三方面的要求：
第一，以受訊者為中心

商務溝通與非商務溝通有一個重要分別，就是商務溝通以受訊者為中心。發訊者藉着某次溝通，使受訊者有某種思想或行為上的改變（例如，同意某政策對公司的僱員有利，或去購買某商品），以達到工作上的目的。非商務溝通與工作無關，其重心可能在發訊者或信息本身。在非商務的溝通中，發訊者可以抒發感情，甚至可以發洩情緒為目的，又或以信息的設計及所用文字的文學價值為中心。

例如，一家財務公司向拖欠債款的顧客發出催討欠款的信，即使發訊者（公司職員）對受訊者（顧客）極為不滿，一般也不會嚴厲地作出指責。相反，他在信中會盡量鼓勵顧客清還債款。這是因為發訊者的溝通目的是要使受訊者立即清付賬款，而不是要發洩內心的不滿或憤怒。即使要在信中指出受訊者的不是，目的也只在促使他還款，必定不是宣洩情感。又例如，一家廣告公司花了數天去設計和修飾一則只有數十字的廣告，目的不在於這則廣告的文學價值，而只在於廣告對它的對象所產生的果效。

第二，具體説明受訊者應有的反應

訂定溝通目的時，把受訊者應有的反應愈能清楚掌握便愈好。原因有二：

(1) 對預期的溝通效果愈清楚，便愈容易及有效地設計信息。換句話説，發訊者能夠運用適當的內容、詞句及篇章等把信息表達出來。若目的含糊，信息的設計便欠缺依據。

(2) 溝通是否成功，須視乎目的與效果的一致程度而定。釐定目的時若能掌握溝通對受訊者的預期影響，便可以清楚地評估溝通的成敗；即使溝通不完全成功，發訊者也知道，目的中的哪些方面未能做到，以便為下一次的溝通釐定適當的目的。

所以與其粗略地説：

  我要推銷這些商品。

不如這樣清楚具體地説：

  我要站在面前的顧客都購買最少兩件商品。

與其含糊地説：

  我要跟那家公司討個公道。

不如這樣清晰地説：

  我要那家公司在兩星期內退款。

第三，指定把信息傳遞予受訊者的渠道

要有效地設計溝通信息，必須清楚知道溝通所用的渠道，因為不同的渠道所能傳遞的信息會大相徑庭。例如，以正式的渠道來溝通，跟用非正式的渠道有許多不同的地方；不論語言文字、信息的內容和組織結構，都有各自不同的習慣和要求，這些都對信息的設計有影響。又例如因口頭與書面溝通有多方面的分別，也會影響信息的設計，即影響信息內容、組織及文句的選擇。此外，即使在同樣的類別裏，不同的渠道也對信息設計有不同的要求。例如，同樣是以書面及正式渠道對內溝通，發出書信跟張貼佈告，對所傳遞的信息便有不同的限制。佈告的篇幅一般較短，不宜贅述細節，書信則可有比較長的篇幅。所以，溝通目的不單應該註明期望受訊者應有的反應，也要清楚交代所使用的渠道。

因此，不單要説：

  我要站在面前的顧客都購買最少兩件商品。或
  我要那家公司在兩星期內退款。

更要清楚指出使用的溝通渠道，以期全面地把溝通目的表達出來，取得良好效果。正如下面例子所示：

聽過我口頭的簡單介紹後，站在面前的顧客都購買最少兩件商品。或

那家公司的負責職員閱讀過我的投訴信後，會在兩星期內退款。

3.2 分析受訊者

發訊者的溝通動機，會影響受訊者，使受訊者作出行為或思想上的改變，從而達到溝通目的。換句話說，溝通的成敗，有賴於受訊者對發訊者所發出信息的理解及反應。因此，有效溝通的一個先決條件是清楚了解受訊者。發訊者對受訊者有充分的認識時，便能因應受訊者的各種特點去設計及剪裁發出的信息。

利用下面三個問題，對受訊者進行分析：

第一，受訊者是誰？

受訊者是接收信息的人，可以分為兩類："直接受訊者"（primary audience）和"間接受訊者"（secondary audience）。

直接受訊者就是直接收到信息的人。例如，書信和便箋上款註明的收件人，以及聆聽發訊者說話的人。在商務溝通中，常有不少接收及使用信息的人，並不是直接受訊者，他們只是間接地得到信息，故可稱他們為間接受訊者。雖然間接受訊者不是發訊者直接發予信息的對象，但是也不能對他們掉以輕心。

可能……
間接受訊者才是主要受訊者

間接受訊者

直接受訊者

發訊者

書信、便箋除了給指定的收件人看外，還會輾轉傳遞及複印給其他人看。例如在大型機構內，發予部門主管的函件常會在部門內傳閱。在這種情況下，部門內的職員便是間接受訊者。一份發予公司執行總監的市場研究報告，經這位總監審閱過後，他可能會在會議上跟公司的高級經理討論這份報告，並將報告當作一份會議文件送交各高級經理閱讀。會議後，他可能會把這份報告交予市場營銷部門跟進，甚至交給廣告商作設計廣告計劃的參考。這樣，那位總監是直接受訊者，其他閱讀和使用這份報告的人便是間接受訊者。

　　要透過這份報告達到溝通的目的，發訊者不單要考慮誰是直接受訊者，而且也要知道哪些人是間接受訊者。口頭溝通也一樣，當甲（發訊者）向乙（直接受訊者）說話，在他們周圍的人可能也聽到甲的話語，成為間接受訊者。例如，某位主任在一個多人參與的會議中，提醒一位下屬（直接受訊者）要小心完成某件事，這位主任可能同時也想提醒其他下屬（間接受訊者）某件事的重要性，也可能希望藉此讓列席會議的一位上司，知道自己已經盡了本分。

　　既然在一次溝通中，受訊者可以有多人，而不同的人對同樣的信息，可有不同的詮釋及反應。發訊者必須弄清楚誰才是某次溝通的主要受訊者（key audience），亦即發訊者希望受到發出信息影響的主要對象。主要受訊者不一定是直接受訊者，正如上述的例子，當一位主任提醒一位下屬完成某件事，可能會以在旁的其他下屬、甚至自己的上司為主要受訊者。

第二，受訊者已經知道些甚麼？

　　在有效的溝通中，發訊者所說的話或所寫的文字，應該每一字、每一句都能使受訊者明白。要能這樣做，必須知道受訊者在溝通的內容方面已經有些甚麼背景知識。

　　跟一位資深律師，與跟一位不熟悉法律的人去分析一份合約的條文，所用的詞彙可能有很大程度的不同。跟自己所屬部門的同事交代一項工作的安排，往往比跟其他部門的同事交代簡單得多，因為在同一個部門工作的同事，比別的部門的人對你的工作知道得較多。

使用專門的詞彙，有助受訊者掌握信息的內容細節，但若使用受訊者不熟悉的詞彙，他們便難以明白。此外，受訊者已經知道的事情或細節，毋須說出來，因為冗贅的話語，只會令受訊者感覺煩厭，降低聆聽的興趣，妨礙他吸收其他新資料內容。另一方面，如果內容太簡單，受訊者也難以詮釋甚或容易誤解，使溝通目的無法達至。

第三，受訊者持甚麼態度？

受訊者所持的態度對溝通的果效，有舉足輕重的影響。受訊者對發訊者的信賴程度和對信息內容涉及事情所抱持的態度，都會影響他們對信息的詮釋以及作出的回應。

例如，若甲認為乙是個不可靠的人，自然難以接受乙所說的話，也不會接受他所提出的意見。在這情況下，乙的溝通目的自然難以達致。同樣地，若某部門的經理一向討厭音樂，他可能對舉辦部門卡拉 OK 比賽的建議不加考慮便斷言拒絕。又例如某位員工十分重視每天能準時下班，享受下班後的生活，那麼，要說服這位員工加班，留在辦公室多工作數小時，必然十分困難。

3.3　鼓勵受訊者

要溝通成功，達到溝通的目的，傳遞的信息必須獲得受訊者接受。受訊者能欣然接受發出信息，發訊者的預期果效愈容易達到。因此，鼓勵受訊者接受發出信息，是成功溝通的一個關鍵。

鼓勵受訊者接受發出信息，有三種常用的方法：
第一，獎勵或懲罰受訊者

要促使受訊者去做或不做某事，或作出某種改變，一個常用的方法是給予獎勵。若受訊者按着發訊者的期望或要求去做某事或作出某種改變，可以給予獎勵；反之，若受訊者不按期望或要求去做某事或作出改變，便要受到懲罰。這樣，受訊者為着得到獎勵或避免懲罰，便會按着發訊者的期望或要求去做，發訊者也藉此達到目的。

對受訊者使用獎懲的方法，以期達到溝通效果，應當注意兩點：

1. 獎懲的效果有多大，要視乎獎勵對受訊者有多吸引或懲罰對
   受訊者的影響有多大。例如對一位正準備辭職的下屬說：「你
   若再不按我的指示去做，我便在考績報告中，給你不合格的
   評分。」這樣說可能完全沒有作用，因為所說的懲罰對下屬
   沒有絲毫影響。

2. 按現代管理學和應用心理學的分析及研究顯示，獎勵比懲罰
   有效。獎勵是積極的做法，通常能產生正面的效果。相反，
   懲罰是消極的做法，往往帶來負面的效果，並容易引致不良
   的副作用或其他問題。例如，一家零售商店的兩位店員經常
   在工作時閒談聊天，店主知道後十分不滿，想藉着懲罰促使
   他們改善這種行為。於是說：「若你倆再在工作時間內閒談，
   我便要開除你們。」這類提出懲罰的威嚇，只可能壓制或阻
   止某些行為（如閒談），但不一定能夠產生預期的效果（如好
   好地招待顧客）。其次，要執行懲罰，發訊者可能要負上沉
   重的代價。如上例，除非店主可以經常監察店員，並且讓店
   員知道他可以這樣監察他們，否則仍是解決不了問題，店員
   也許仍繼續閒談聊天。最後，懲罰容易招致受訊者不滿或仇
   恨，破壞發訊者與受訊者的關係。店主的威嚇，可能導致店

員憎恨他，店主將來便難以得到他們的支持，店員更不會與他合作。對店員而言，商店已不再是一個令他們工作愉快的地方，即使以後不閒談，也許會對顧客不瞅不睬。

第二，分析成本效益

要做一件事以得到某種利益，必須付出一定的代價。如果得到的利益遠高於付出的成本，即表示這件事有好的成本效益，值得去做；但假若所能獲得的利益比成本少，即表示這件事的成本效益差，不值得去做。

若受訊者明白某事情對自己的利弊，自然可因應成本效益的多少去改變自己的行為。因此，成本效益分析（cost-benefit analysis）常是促使受訊者去做或不做某件事的有效方法。

溝通以受訊者為中心，成本效益分析也應當以受訊者為中心。受訊者要知道的是他做或不做某件事的成本效益，而不是對發訊者有甚麼利弊。例如，若大型機構的一位部門主管要求機構增加自己所負責部門的人手時，只向機構的高級管理層解釋增加人手的好處和不增加人手的壞處，可能完全不能達到目的。機構的高級管理層，可能只有興趣知道，接受他增加人手的提議與否，對機構整體及對他們自己有甚麼好處，要付出的成本代價有多大。

第三，借助受訊者的需要

心理學和管理學皆有不少研究理論指出，借助別人的需要，可以鼓勵及促使別人作出行為上的改變。例如，馬斯洛（Maslow）把人類的需要由低至高分為以下五個層次：生理、安全、社交、自尊、自我實現。許史弼（Herzberg）使用這五個層次分析人類工作的動機，他認為按這五個層次的需要，人類有五種相應的工作動機。這些動機由低至高分別為安全、工作環境、工作上與別人建立關係、晉升或認同、工作本身的價值或工作成就。這些需要可應用於商務溝通上，發訊者可以用來鼓勵受訊者的有多種鼓勵方法，如下所示：

可借助受訊者的需要而使用的鼓勵方法：

需要	動機	鼓勵方法
自我實現	工作本身的價值	工作成就給予自我或專業成長的機會，賦予工作自主權，確認工作本身的價值。
自尊	晉升／認同	擔任專業的顧問，認同／讚賞工作上的成就及能力，鼓勵上進及爭取機會。
社交	工作上與別人建立關係	與別人建立及維持交往，彼此合作、欣賞，增加溝通機會。
安全	工作環境	訂定工作內容、分清工作上的角色及管理上的從屬關係。
生理	安全	適當調節工作的空間、工作地點的溫度、減少噪音及安排飲食設施等。

其實，可以借用於溝通上的人類需要，多種多樣。例如，人皆需要保持心理上的平衡。當聽到或看到不屬於自己認知範疇內的事物時，便會感到愕然，需要回復心理上的平衡。如果告訴一位十分重視公平的部門主管他不公平，他可能即時會焦慮不安地追問他幹了甚麼不公平的事，並且追究到底，找出自己可以作些甚麼。他要得到答案才能回復心理上的平衡。不少意外或人壽保險的推銷信，都在開始部分，向收件人提問他們有否為家人作好打算，如果自己一旦遇上不測，家人能否得到生活保障。這樣提問，目的就在使受訊者突然失去心理上的平衡。受訊者藉購買保險以取得平衡，這正是發訊者要達到的目的。

● 3.4 增加受訊者對發訊者的信任

發訊者要促使受訊者作出預期的反應，以達到溝通目的，需要先讓受訊者接受發出信息。受訊者對發訊者愈信任，愈能全然接受發出信息。所以，發訊者必須使受訊者對自己有高度的信任程度（credibility）。

同一句話語，出自不同人的口裏，受訊者大可有完全不同的反應。假設你今天上班的時候，在電梯裏聽到有人說公司的辦事處將要搬遷。若說話的是公司的行政總裁，你可能對這消息深信不疑；若説話的是位清潔工人或是某部門的主任，你可能對消息有不同程度的懷疑。

發訊者在受訊者心目中的可信程度，受着以下六個因素的影響：
第一，專門知識

影響發訊者可信
程度的因素
- 專門知識
- 影響力
- 客觀
- 好感
- 善意
- 表達能力

如果受訊者認為發訊者在有關方面具備豐富的專門知識，自然會深信發訊者對有關事情的分析，並且容易接受他的意見和觀點。假若你不幸跟三位陌生人一起被困在電梯內，你跟他們談論如何逃生。若他們當中一位是電子機械工程師、一位是水喉匠、另一位是中學生，你對他們意見的接受程度便自然不同了。由於那位電子機械工程師具備專門知識，你和其他兩人都會輕易接納他的提議。

第二，影響力

就上例機構辦事處是否搬遷一事而言，行政總裁的影響力自然比部門主任或清潔工人大，所以他的話語的可信性較高。因此，發訊者因其權力和地位而對所談事情的影響力愈大，受訊者也愈容易接受發訊者對有關事情提出的意見和觀點。

第三，客觀

發訊者愈能表現公正持平、立場客觀，便愈容易獲得受訊者接受信任。所以，若事情不涉及發訊者的個人利益，他可以向受訊者表明自己的客觀立場，以增加話語的可信程度。

以上三個因素，皆會對不同的事情起着不同的作用。處理不同的事情，可能要使用不同的專門知識來分析，而發訊者對不同事情的影響力可能不同，所涉及的利益也可能不同。例如，在一個大型機構中，一位職員打算説服董事局更換電腦軟件系統，以及更改開設零售商店的地點，可能他對兩件事的影響力迥然不同。若那位職員是資訊科技部門的主管，熟識電腦軟件系統，並且沒有與軟件供應商有利益聯繫，他就更換軟件系統的事而説的話，自然具有很強的説服力。但假如他對零售及地產業不熟識，一向沒有處理商舖的選址工作，這次卻建議機構購買他名下的一個店舖物業作零售點，可能毫無說服力。而且，由於這件事涉及那位職員的個人利益，如果他在這方面說話愈多，便愈使董事局懷疑他話語內容的可靠。

第四，好感

如果受訊者對發訊者有好感，便較容易接受他的話語。正是這個原因，廣告中往往由明星、歌星或其他大眾偶像去推銷商品，同樣，出於一位有好感的人口裏的話語總比一位素未謀面的人所說的話容易聽得入耳。

第五，善意

受訊者若對發訊者存有的戒心愈大，對發出信息的懷疑便愈多，也愈難以相信發訊者的話語。因此，要說服受訊者聽從自己的意見，一個有效的方法是向受訊者強調自己重視與他的關係，所提供的意見都是為他着想，並讓受訊者明白溝通的動機乃出於善意。

第六，表達能力

發訊者愈懂得選詞用字、組織信息，並且能夠準確地吐字或書寫，使用合適的聲調或格式，便愈容易獲得受訊者信任。

以上三個因素不單對不同事情所起的作用有較少差別，而且全都受到發訊者與受訊者的互動關係影響。發訊者跟受訊者的關係愈好，愈對受訊者有吸引力、受到認同，便愈能傳達自己的善意及建立受訊者對自己的好感。能夠使用受訊者認為恰當的溝通方式，即表示他的表達能力很高。

要增加受訊者對發訊者的信任，有多種方面的途徑。有些途徑可以幫助受訊者建立初步的信任（initial credibility）；另一些途徑可以在溝通過程中，提升所獲取的信任（acquired credibility）。現把其中一些方法羅列於下表：

增加發訊者可信程度的因素及其分析：

影響發訊者的因素	影響受訊者的因素	建立信任的途徑	提升信任的途徑
專門知識	學識、經驗、以往的成就	在文件中夾附註明學歷及經驗的履歷	運用專門知識分析一些例子或論點，以展示實力；提及其他受訊者認為是專家人士的意見。
影響力	職位、權力、在機構中的地位	先介紹自己的職銜，送遞名片予受訊者	提及有關事情乃自己的管轄範圍之內；提及自己與位高權重人士的關係。
客觀立場	對有關事情的價值觀及所涉及的利益關係	若事情不涉及個人利益，便首先加以強調	提及有關事情的利弊，表現公正持平。
好感	吸引力、認同感、為人	強調能吸引受訊者的個人特點	強調就有關事情而言，自己的利益及觀點與受訊者是一致的。
善意	溝通的動機、雙方的關係	提及彼此的關係及以往的合作經驗	羅列受訊者作出預期回應的各種好處，並指出這些好處如何能滿足受訊者的需要。
表達能力	表達方式、事情及場合的吻合程度、說話時能否表現信心	選擇適當的場合及穿着合適的服裝	有系統地組織信息，選用具說服力的詞語及肯定的語氣。

4 衡量溝通環境

4.1 溝通環境的成分
4.2 掌握基調的要點：關係
4.3 溝通的障礙
4.4 非語言的溝通：口頭及書面

溝通的環境（context）就是發訊者及受訊者交流信息的整個環境。了解溝通環境，有助提升設定溝通方法的能力。

4.1 溝通環境的成分

根據哈利迪（M.A.K. Halliday）的系統功能語言學之分析，環境有三種成分：

1. 範圍（field）：溝通過程中所談論或所發生的事。

2. 基調（tenor）：發訊者和受訊者的身份和相互間的關係。

3. 方式（mode）：溝通的渠道，以及傳遞信息的渠道在溝通中所擔當的角色。

這三種環境成分都對信息的設計有重要的影響。假如談論的是令人哀傷的事，便不宜使用語調輕鬆或表示快樂的語句言詞。如果發訊者和受訊者是互不相識的，兩人在飛機上坐在一起，剛剛互相介紹，開始閒談，那麼溝通範圍便不宜涉及個人的事（如年齡、入息），溝通的基調也應以平等為原則，不宜使用上司對下屬指示或下屬向上司報告的語調交談。至於溝通渠道，就不同的溝通目的而變化。例如，書面形式的商務溝通，往往要受書面語的使用習慣約束，除了廣告和標語可用口語句子外，其他書面文體一般不宜使用口語。如果上司要指出下屬的錯誤，用書面溝通比用口頭溝通來得嚴重，尤其是不嚴重的過失，口頭譴責總比書面警告較容易得到下屬接受。

由於哈利迪的着眼點在於語言的功能分析，所以只把環境分為範圍、基調和方式三種直接影響語言使用的成分。其實溝通的環境還包括第四種成分：處境（environment），即溝通進行的時空環境。

處境是構成溝通的八個部分之一（見 11 頁）。處境對語言使用沒有直接的影響，但對信息能否有效地傳遞，卻有重要的影響。例如，在一間空氣不流通、氣溫高達攝氏四十多度的房間交談，發訊者便難以使受訊者集中精神，聽他説話。

溝通的環境成分

環境成分	成分內容	直接影響
範圍	所談論的事或正發生的事	語言使用
基調	發訊者與受訊者的關係	語言使用
方式	使用的渠道	語言使用
處境	溝通進行的時空環境	信息傳遞的效率

4.2　掌握基調的要點：關係

關係就是個體之間所存在的關聯。溝通的基調由發訊者與受訊者的關係決定，由於在商務中個體之間可有多種不同形式的關聯，所以溝通有多種不同的基調。

若着眼於個體之間的聯繫，最少可把關係劃分為九類。這因為關係必然涉及最少兩方，一方可以是一個機構、一個機構的部門或個別人士。至於與機構有關係的可以是另一個機構、機構的屬下部門或個別人士；同樣，與個別部門及個別人士有關係的可以是一個機構、一個機構的部門或個別人士。

個體之間所存在的九種關係：

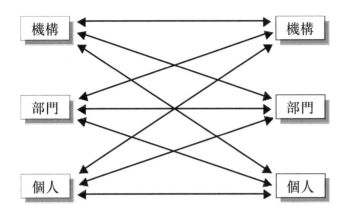

　　若着眼於關係的本質，又可把關係劃分多個種類。個體間的關係，可以是建基於彼此的身份上。因着身份，個體間互有權利與義務。例如，僱主有權對僱員發出工作上的指示，要求僱員按照指示去完成工作，但也有義務要為僱員提供合理的工作環境及按承諾支付薪酬。

　　個體間的不同身份，構成個體間的不同關係。如僱主與僱員按各自的身份有着從屬的關係。

　　個體間的關係，也可能是建基於利益上，使彼此互有權利與義務。例如，顧客有權利取得服務或貨品，又有義務繳付所取得服務或貨品的金額。

　　因着個體間不同的利益聯繫，彼此便產生不同的關係。如貨品的買方跟賣方各自在交易中可得到利益的大小及性質，都影響着他們在交易過程中的溝通基調。舉例來說，甲乙正討論一宗買賣，假若交易成功，甲可以得到豐厚及對自己十分重要的利益，而乙只能得到微薄的利益。甲在交易討論中的基調可能十分積極，對乙十分有禮，並盡量討好乙，希望乙答允進行交易；而乙的基調則可能比較冷淡，應對敷衍。

　　正因為個體間有多種多樣的關係，種種關係對溝通基調也有多方面的影響。由於篇幅所限，這裏只介紹關係對基調產生的兩種影響：

1. 稱呼

因為雙方的關係，發訊者對受訊者可有不同的影響。例如，若受訊者為陳大文經理，那麼按發訊者與這位陳經理的關係，依次遞增其親密或相熟程度，對他的稱呼應序列如下：

- 陳大文先生
- 陳大文經理
- 陳大文
- 陳兄／大文哥
- 阿文／小陳／老陳

簡言之，若發訊者與受訊者的關係極為密切，不會以全名稱呼，通常連標示階級身份的稱謂（如兄、弟、經理）也省去。至於阿文、小陳、老陳哪個較為恰當，則要視乎所處群體的文化及受訊者的年齡而定。雖然受訊者跟發訊者毫無血緣關係，但加上兄、弟、姊〔香港口語一般用姐（用陰平聲讀）〕、妹等標示血緣身份關係的稱謂，可拉近發訊者與受訊者的距離。以全名稱呼，表示關係較為疏離。若發訊者加上"經理"等的職銜稱呼受訊者，可表示這次溝通只與商務有關，與個人私事無關。若在商務溝通中，發訊者明知受訊者是"經理"，而以"先生"稱呼對方，可以表示自己對受訊者的"經理"身份持保留的態度，甚或不認同他具有這個身份。發訊者用愈親切的稱呼，便表示他確認自己跟受訊者有愈親密或稔熟的關係。用適當的稱呼來與受訊者打開話匣子，便可以藉稱呼確立溝通的基調。

2. 禮貌的程度

假若發訊者希望受訊者立即去做一份報告，可有多種不同的方法表達自己的期望。下面是其中一些表達方式，依次遞增禮貌的程度，可排列如下：

- 馬上去完成那份報告。
- 請你馬上去完成那份報告。
- 請你幫個忙，馬上去完成那份報告。
- 你可否馬上去完成那份報告？

- 由於董事會議必須在明天收到那份報告，所以請你幫個忙，馬上去完成那份報告。
- 我明白你近來十分忙碌，但是董事會必須在明天收到那份報告，勞煩你幫我一個忙，馬上去完成那份報告。
- 我明白你近來十分忙碌，但是由於董事會必須在明天收到那份報告，所以不得不打擾你。你可否先完成那份報告呢？有勞之處，不勝感激。

這些例子反映，愈有禮貌，表達方式愈不直接，句子愈冗長。較有禮貌的表達方式，不單加上"你"、"請你"、"勞煩你"等詞，而且愈有禮貌，表示發訊者愈不假設受訊者會去做他所期望的事，使用的句子從提出要求或請求，改為提問，並且加上要求或請求的原因，以及表示歉意和謝意。

此外，溝通是雙向及具互動性的。在溝通的過程中，若其中一方改變基調，可以影響或改變溝通雙方的關係。例如：

陳經理：阿三，今天下班後，有甚麼地方去？

張三（下屬）：陳大文經理，你這個問題是甚麼意思？

雖然陳經理用親切的基調和張三說話，張三卻以"陳大文經理"稱呼對方，改變了陳經理的話語所假設的雙方關係，拉遠了自己與陳經理之間的距離。又例如在一家商店內有這樣的對話：

顧客：請問有沒有 ABC 牌電子辭典？

售貨員：沒有。

"沒有"二字雖然簡潔，但卻有冷冰冰的感覺，顧客聽後，可能認為售貨員冷漠、不友善。要避免受訊者對售貨員產生不良的感覺，售貨員可用較友善的基調，表示關心顧客的需要。例如，售貨員可以這樣說：

"對不起，這裏沒有。"

甚或這樣說：

"對不起，這裏沒有，但我們有 XYZ 牌的，介紹給你用好嗎？"

4.3 溝通的障礙

溝通不成功，在很多情況下都是由於在溝通過程中，未能配合處境因素，導致種種溝通障礙。這些障礙不僅妨礙受訊者準確地接收發出信息，並且可使受訊者對信息作出對發訊者不利的詮釋。

溝通的障礙可分為三類：
第一，心理障礙（psychological barriers）

受訊者的心理狀況，是重要的處境因素，對受訊者如何詮釋所接收的信息，有關鍵性的影響。心理障礙多源於三類心理狀況：

1. 情緒

受訊者在情緒高漲或平穩的時候，較為容易分析複雜的事情，也有較佳的記憶能力；在情緒低落或不安的時候，大腦可能不大清醒，較難處理複雜的事情，記憶能力也較弱，情況嚴重時，可能失去自我控制的能力。例如，有些人會在求職面試時，因為焦慮不安，不單忘記了自己事先準備要說的話，而且說話結結巴巴的。還有些人對一些事物有十分強烈的反應，如一位女權運動倡導者，可能對有關女性的地位及權益的話題，反應異常強烈。所以，要跟她商討男女應否同工同酬的問題時，若要她冷靜分析別人的意見，可能需要先把話題拉長，避免直接談及女性的地位及權益問題，以免這位受訊者反應過敏。

他剛給總經理罵了一頓，心情很壞，你仍要跟他討論加薪的事嗎？

人力資源部經理

2. 感覺

對同樣的事物，不同的人往往有不同的感覺。若聽到一則新聞說：某座消防設施殘舊的大廈發生大火，有多人受傷。有些人聽了會感覺難過；有些人會無動於衷，認為這只不過是司空見慣的新聞；也有些人可能反覺得高興，認為這是推銷消防用品的好時機。受訊者的感覺可以影響、甚至支配他對信息的詮釋，而受訊者的經驗往往影響他對事物的感覺，而這些感覺可能是十分主觀的。若受訊者曾經被一位推銷員欺騙而蒙受慘重損失，他可能會感覺所有推銷員所說的話都是謊話。又假如受訊者以往所見的郵差都是男性，他看了"郵差工作完了，換了衣服，穿起漂亮的裙子"這句子後，感覺難以置信。

3. 專注力限制

我們不能在同一時間留意多件事情，也不能同時去接收及處理大量資料。

當有人在你看電視的時候同你說話，你可以有兩種選擇：一是放棄看電視，專心聽這人說話；二是不理會這人的話語，繼續去看電視。正因為專注能力有限制，所以受訊者只可接收部分同時向他發出的信息。

當有多個信息發出時，大多數人都傾向於選擇那些突出的或自己有興趣的信息來接收。因此，廣告的設計往往為求突出而標奇立異，以刺激受訊者接收廣告信息。

此外，選擇在快將下班的時間，跟其他同事詳細討論公事，可能十分不恰當，因為同事已專注於下班後的私事，難以專心致志地研究公事。這也說明專注力的限制影響了受訊者接收信息。

第二，物質障礙（physical barriers）

溝通的實際環境以及傳遞溝通訊息的媒介，若不能配搭得宜，都可能導致溝通障礙。進行口頭溝通時，空調機的噪音、電話響聲、周圍的人的交談嘈雜聲等都可妨礙受訊者聆聽，不能清楚地接收信息。在書面溝通方面，潦草的字體、文件上的咖啡污漬以及模糊的影印本都可能妨礙受訊者辨認文字，難以清楚及完整地接收信息。現代溝通又多使用電子傳訊工具，若電話傳來的聲音斷續微弱，或視像會議中的電視畫面模糊扭曲，都會妨礙溝通。

第三，語義障礙（semantic barriers）

語言是傳遞信息的主要工具，若受訊者從發訊者的語句詮釋出跟發出信息不同的信息，問題很可能是出於語義障礙。

導致語義障礙的原因有三種：

1. 艱澀的字詞

若使用受訊者不認識的字詞，他自然難以理解發出的信息。所以，使用愈艱深、生僻的字詞，愈容易造成溝通上的障礙，使受訊者難以準確地詮釋發出的信息。有些人以為用艱澀的字詞就表示自己的語文能力高，會給受訊者留下好印象。但是，在商務溝通裏，能夠清楚地傳遞信息往往是最重要的溝通原則，除非有特別目的，否則應盡量選擇常用的詞彙來表達意思。

2. 多義詞或同音詞

漢語裏不少字詞都有多個意義，例如"戲班的主管下台了"

這句話，可能有人詮釋"下台"一詞為"退場"或"從舞台走下來"的意思，也可能有人理解為"不再擔任職務"或"交出權位"的意思。此外，因為"空氣"和"兇器"在廣東話裏同音，若用廣東話説出來，而又沒有前言後語，有人會以為説的是前者，有人以為是後者；除非上文下理及説話處境可以幫助受訊者分辨説的是甚麼，否則同音詞可以妨礙溝通。又如在普通話裏，"中級"跟"終極"同音，必須靠上文下理及説話處境來分辨語音的意義。

3. 時代或文化的差異

同一個字或詞在不同時代或不同地域，可有不同的意義。例如，"差強人意"一詞從前並無貶意，是尚能使人滿意的意思。但現在已有不少人以這個詞表示使人失望的意思，明顯帶有貶意，而這個意思與原來的意思剛剛相反。又如"班房"一詞在香港是指學校裏的"教室"，但在內地卻是指"監獄"。由於這類意義因時或因地而異的詞語很多，所以使用這類詞語時，必須格外小心。

4.4 非語言的溝通：口頭及書面

很多人以為語言是溝通的唯一工具，其實不然。除了使用語言外，我們還可使用很多非語言的途徑與人溝通。非語言溝通又可稱為副語言（paralanguage）溝通，它的種類繁多。有效的非語言溝通，可以輔助語言溝通，藉以表達自己的態度、情緒、價值觀以及所用字詞的重要性。

口頭的非語言溝通，常見的包括以下五種：

第一，面部表情

面部表情可以表達説話人對所談及事情的態度及感受。

若説話人滿面笑容，喜上眉梢，表示他對所談及的事感到很高興；相反，若説話人七竅生煙、直眉瞪眼，便表示他對所談及的事十分不滿。一般商務溝通，説話人的面部表情應該與説話的內容相呼應，否則便傳遞了不同的信息，使對方無所適從。試

> 非語言的溝通：
> * 面部表情
> * 眼色
> * 身體動作
> * 服裝儀容
> * 説話語氣

想，如果一位朋友向你祝賀，説：“恭喜恭喜，你獲提升，真是值得高興。”但這位朋友卻毫無笑容，愁眉苦臉，你自然難以相信他是真心的祝賀你。

第二，眼色

眼色就是表示意見的目光。眼睛所望向的地方和目光所停留的時間不同，可以表示多種不同的意思。在談話時，眼睛向下望，不正面望向對方，可以表示自覺有歉意。若中斷話語，目光向下停留，可以表示正在沉思。若瞳孔放大，定睛看着對方，可以給人目光灼灼逼人的感覺，以傳遞對受訊者不滿的意思。談話時與受訊者的目光接觸，可以表示對他的重視。所以兩人談話的時候，大家應該經常有目光的接觸；一方若眼球經常四處移，另一方會感覺不受重視，及以為對方沒有意思跟他交談。同樣地，向一群聽眾演説的時候，眼光應常常投向聽眾，以表示重視他們，正在用心地向他們説話，而不是把目光停留於演講稿上。

第三，身體動作

身體的動作，可以表示多種意思。例如，點頭可以表示同意；搖頭可以表示反對或有異議。點頭、搖頭的幅度愈快及愈大，便表示贊同及反對的程度愈大。若把身體背向受訊者，可以表示不重視他及不願跟他説話。談話時不斷看手錶，可以表示聽得不耐煩或趕着要離開，希望快快中斷談話。

手勢是身體語言之中十分重要的一部分。日常生活中，用手勢溝通的情況十分多，比如豎起拇指可以表示讚賞，把食指豎直放在嘴前可表示要保持安靜，把食指尖與拇指尖接在一起及舉起其餘三隻手指可以表示妥當（即英語的 OK）。

第四，服裝儀容

穿着的衣服鞋襪、頭髮的整理、穿戴的飾物及面部化妝等都是服裝儀容的一部分。雖然這些都不是溝通時所發生的事，但是都可以幫助傳遞信息，顯示發訊者認為溝通屬於甚麼性質。

愈正式的場合，服裝儀容愈不能隨便。

例如，要出席一個專業或行政工作的面試，男的職位申請人應當穿着深顏色的西裝及皮鞋，女的申請人則應當穿着套裝，化上淡妝、塗口紅。不論男女，也應當把頭髮弄得自然整齊，飾物切忌誇張，否則會給人不尊重這次面試的感覺。但若是跟同事去郊外野餐也像出席正式場合般穿着打扮，便像是向同事說，不想跟他們一起去玩。

第五，語氣

語氣除了跟所用句子的文法形式（如陳述、疑問、祈使、感嘆等）有關係外，還跟話語的聲音高低、快慢及輕重有關。用高音調來說話，可以表示興奮或懷疑，也可吸引對方的注意；使用低沉的音調，可以表示事態嚴重或令人哀傷。若在同一段話語中，有些說得快，有些說得慢，便表示說得較慢的內容比較重要。

同樣，在同一段話語中，若有些詞加強語氣來說，便表示這些較為重要，希望受訊者留意。輕輕說完的句子，自然重要性比較低，發訊者若用輕柔細弱的聲音來說話，便表示內容並不重要。

每種方式都能加強或削弱語言溝通的有效性。

書面的非語言溝通

書寫的字體，所用的紙張和信封等都可以幫助傳遞信息。愈正式的溝通，語言運用愈為講究，非語言的溝通也同樣講究。

例如，正式的公函，字體必須整齊清楚，及使用印有機構標

正式公函，須使用印有機構標誌的信紙，且字體必須整齊清楚。

誌的信紙。若字體潦草凌亂，則等於向受訊者説，發訊者認為這是隨便的一封非正式信件；若寫在沒有機構標誌的信紙上，也等於説，發訊者不認為信中內容跟機構有關。

5 設計溝通信息

5.1 "以你為中心"的態度
5.2 積極的態度
5.3 遣詞造句
5.4 謀篇佈局

要有效地溝通，發出信息必須小心設計，才能因應需要來配合以上四章所分析的要點。設計商務信息，需要符合幾個重要原則，第一就是"以你為中心"。

5.1 "以你為中心"的態度

"以你為中心"是一種溝通的態度。持這種態度的發訊者事事從受訊者的角度出發，處處為受訊者着想，而不是自私或專橫地從發訊者自己的角度出發。英文通常簡稱這種態度為 You-attitude。

"以你為中心"的態度正是商務溝通的其中一個特點。非商務溝通的目的可能僅在於表達自己和傳達信息。但在商務溝通，更重要的是使受訊者作出發訊者所期望的回應；若受訊者沒有作出發訊者所期望的回應，即使發訊者已經表達了自己的意思，傳達了信息，溝通目的仍沒有達到。因此，商務溝通切忌處處只為自己設想，只想解決自己的問題；相反，應該切身處地為受訊者着想，從他的角度來考慮信息應該如何設計。

要這樣做，必須能夠有效地確立溝通的目的（參考第 3 章），包括分析受訊者，掌握鼓勵受訊者及增加受訊者對自己信任的方法，並且能夠有效地配合溝通的場合（參考第 4 章），包括溝通的範圍、基調、方式及處境。雖然要考慮的因素有很多，但是發訊者可以首先就所溝通的事情簡單地問問自己以下的問題：

- 受訊者所需要的是甚麼？
- 受訊者對甚麼會感興趣？
- 要告訴受訊者甚麼，才能使他作出對自己有利的回應？

問過這些問題後，相信發訊者不會說／寫出下表左面一欄內的話語，而會改用右面一欄內的語句。

"以自己為中心"與"以你為中心"的例句對比：

以自己為中心	以你為中心
·我們售賣的工具箱，有多種顏色。	·請從中挑選自己所喜歡的顏色。
·為方便本行處理這訂單，你必須把入口准許證副本交給本行。	·為迅速處理你的訂單，並把貨品盡早送交給你，煩請交予本行一份入口准許證副本。
·若你在限期前仍不清還欠款，本行便會取消你的戶口。	·只要你在限期前把所欠款項交到本行，便可以繼續享用本行的各項服務及優惠。

抱持"以你為中心"的態度，有多個原則，以下是幾個常用的原則：

- 強調受訊者可以得到的利益而不是自己可以得到甚麼利益；
- 除非受訊者希望知道發訊者的感受，毋須提及自己有甚麼感受；
- 直接回應受訊者的要求；

當提及對受訊者有利的事時，多用"你"這個詞。

上面最後一個原則，值得加以說明，這因為有些人誤以為抱持"以你為中心"的態度，就是多用"你"少用"我"。其實，問題並不是這麼簡單。"以你為中心"態度的重點在於是否以受訊者為中心。有時濫用"你"這個詞，反會妨礙溝通，尤其在提及對受訊者不利或使受訊者尷尬的事時，更應該小心。

以下是一些可以不使用"你"這個詞，卻能符合"以你為中心"這個原則的例子：

與其這樣說：（用 "你"）	不如這樣說：（不用 "你"）
你必須在下班前把文件做好。	五時以前，這份文件便要交給總經理。
你不可使用這個出口。	歡迎使用其他出口。 其他出口較為方便。 這個出口已經關閉了。
你的公司因為你訛稱擁有 ABC 產品的代理權，遭 XX 公司起訴。相信你一定為這件事十分煩腦。	最近的法律訴訟事宜，相信叫人十分煩惱。

● 5.2 積極的態度

要促使受訊者作出發訊者所期望的回應，以達到溝通目的，發訊者不單要以受訊者為中心，更要讓受訊者知道你有積極的態度，使受訊者能欣然接受信息的內容。

積極的態度又可稱為正面的態度，英文為 positive attitude。持積極態度的發訊者，會在信息中強調有建設性及令人快慰的一面，避免負面及使人不快的言語，以促使受訊者對信息作出積極的回應。

在信息中反映積極態度的方法：

1. 把批評轉化為純粹針對事情的分析或解釋，避免在指出受訊者的錯誤時，作出針對受訊者的批評，使他難以下台或感到非常尷尬。所以，與其使用下表左欄的批評語句，不如改用右欄中較為正面的語句。

批評語句與強調積極一面的語句對比：

批評語句	積極語句
你不小心，大力碰撞這部儀器，所以使它受損。	這部精密儀器對震盪甚為敏感，必須小心搬運及輕力擺放。
這個部門出現問題，全因你控制成本失敗。	若能有效地控制成本，這個部門的業績便可以改善。
你把訂單填錯了，你不告訴本公司所訂機器的型號，本公司不能送貨給你。	請你在訂單上，補填上所訂貨品型號的資料，以便本公司盡快安排送貨。

2. 不向受訊者說他不可做的事，而向他說可以做的事。換句話說，是把負面的語句，改為強調積極一面的語句，例如把"不准"、"嚴禁"等令人不快的詞，改為"可以"、"歡迎"等較容易接受的詞語。

向受訊者提出要求的負面與正面語句對比：

負面語句	正面語句
購物少於二百元，不可使用信用咭。	購物滿二百元，歡迎使用信用咭。
不准使用此通道。	請使用其他通道。
每年一月至三月期間，員工不准放假。	員工可在每年四月至十二月期間放假。

3. 向受訊者提出要求時，應盡量使用正面的語句；拒絕受訊者要求時，也應該避免說"不"。用"可以"、"樂意"代替"不可以"、"不可能"等詞，便可以在信息中表現積極的一面，容易獲得接受。

婉拒要求的負面與正面語句對比：

負面語句	正面語句
我們不可能在今天完成這份報告。	我們可以在明天完成這份報告。 報告可以在明天送交給你。
本公司從不退換已遭損壞的貨品。	若貨品完整無缺，本公司樂意退換。
本公司不接受信用咭或支票付款。	歡迎以現金付款。 請以現金付款。

5.3 遣詞造句

有效的商務溝通，在遣詞造句方面的一般原則可歸納為七個，而且每個都可用一個以"C"開始的英文字來翻譯，所以統稱為"7C 原則"：

- 正確（Correct）
- 簡潔（Concise）
- 具體（Concrete）
- 清楚（Clear）
- 有禮（Courteous）
- 完整（Complete）
- 緊湊（Continuative）

第一，正確

這包括兩方面的要求：

1. 信息內容的資料正確

若資料錯誤，便妨礙受訊者作出發訊者預期的回應。在商務溝通中，信息的準確性十分重要。發出錯誤的信息，往往比不發出信息的害處大。試想，若甲擬花一萬元，向乙購買貨品一批，但在發給乙的合約中卻誤把銀碼的“一”字寫為“十”字。乙收到這份合約當然十分高興，立即簽署接受，但甲的損失就可能十分慘重了。所以，應該確保商務信息的內容正確無誤才發出。愈重要的文件，愈需要反覆檢查核對，才可以發出。

2. 句子和用字符合正確的語文法則

錯別字、不完整或詞序顛倒的句子都可以妨礙受訊者理解信息，甚至使受訊者獲得錯誤的信息。例如，若把“汽車洗過了”一句錯寫為“汽車駛過了”，意思便差距千里了。

第二，簡潔

要以最少的詞語或句子，去表達完整的意思。這既可以節省發訊者和受訊者花在溝通上的時間和精神，又可以減少信息被誤解的機會。相反，長篇累贅的句子和段落，不但浪費溝通時間和精神，也為受訊者帶來多餘的負擔。凡是一個詞可以足夠交代的，便毋須使用兩個；同樣地，一句話或一個段落可以充分表達意思，便毋須用兩句話或兩個段落來說。

要確保信息簡潔，應該避免：

(1) 無關要緊的內容；

(2) 冗長的詞句；

(3) 不必要的重複。

以下是一些冗贅及簡潔詞句的對比例子：

冗贅的表達方式	簡潔的表達方式
多無關要緊的內容— • 今天早上十時，我聽到郵差按門鈴。我打開門，他便遞給我一封信。這封信原來是你寄來的，我已經讀過了。信上的日期是九月十日。	只有必要的內容— • 九月十日的來函收悉。 • 多謝你九月十日的來信。 • 你九月十日的來信已經收到了。
不必要的重複成分— • 在不久的將來某個時候，…… • 這個理由是因為…… • 由現在開始即時生效。	沒有重複成分— • 不久，…… • 這個理由是…… • 即時生效。
冗長的詞句— • 在這一個時候，……我要向你表示衷心的感謝。 • 這款鞋子，我們有很大的，也有很小的，不大不小的一般尺碼也有。	簡潔的詞句— • 現在這時，……衷心感謝。 • 我們這款鞋子的尺碼齊全。

第三，具體

要使用確實和清晰的資料和數據，使受訊者容易掌握信息的內容實質，切記避免抽象和籠統的描述。使信息具體的方法有很多，常用的有三種：

(1) 盡量使信息的內容確切，凡是可以把描述的範圍收窄的，就盡可能收窄。

(2) 運用比較，把籠統的形容變為清晰的資料。

(3) 繪形繪聲，使內容生動。

下面列舉例子：

籠統抽象的詞句	具體而清晰的詞句
把描述的範圍收窄	
·把文件交給我。	·把上個月人力資源部會議的紀錄交給我。
·明天一早來見我。	·明天早上九時來見我。
·這部電冰箱可使食物保持在很低的溫度。	·這部電冰箱可保持食物的溫度在攝氏零下四度。

（下續▽）

（接上△）

運用比較	
·六月的營業額，已有令人滿意的增長。	·本公司的營業總額為九千二百萬，比較對上一年上升了百分之十五。
·你花了太長時間去做這工作。	·你花了三天時間去做這工作，但一般人只要一天便可完成了。
·A 公司的產品現時仍沒法跟本公司的產品較量。	·本公司的產品市場佔有率達百分之七十，而 A 公司的產品只有百分之十一。
繪形繪聲	
·在這廠房裏，工人都感覺很熱。 ·聽了他的話，員工感覺驚奇。 ·兩家工廠十分接近，必然互相受到影響。	·在這廠房裏，工人都汗流浹背。 ·聽了他的話，員工都瞠目結舌。 ·兩家工廠雞犬相聞，必然互相受到影響。

第四，清楚

要做到沒有含糊或歧義，最簡單的一個方法，就是看看可否把信息詮釋為不同的意思。若可以的話，便應該更改表達方式，使受訊者不會誤會信息的意思。

意思不清楚與意思清楚的詞句比較：

意思不清楚	意思清楚
最少三至五次。	最少三次。
本公司特准你延期呈交稿件，但請你盡快完成。	本公司特給予你三天寬限期，務請在寬限期內呈交稿件。
有興趣參加的員工，應立即報名參加；沒有興趣參加的員工也應先行報名參加。	所有員工皆應立即報名參加。
議案獲得代表一致大多數接納通過。	議案獲得大多數代表接納通過。

第五，有禮

有禮包括兩方面的要求：

1. 對受訊者表示恰當的敬意

這並不是要求機械式地在信息內加上"多謝"或"請你"等語句，而是發訊者按着自己與受訊者的身份與關係，在言詞間適切地表達敬意。例如，向陌生人問路時，與其說："喂，告訴我去圖書館應往哪邊走。"不如說："先生，請問你到圖書館應該往哪邊走？"這樣說容易得到所期望的回覆。在信息內適當加上表示敬意的詞句，就像在菜餚中加入適當的調味料，使菜餚容易入口，獲得接受。其他有關表達敬意的方法可參考第 4 章。

2. 內容、措詞及句式應該跟溝通的正式程度配合

如果在機構的重要會議上，談論一些娛樂花邊新聞，便會被受訊者視為不禮貌。有關溝通的正式程度，可見第 2 章第 20 頁。

第六，完整

完整這個原則要求資料全面，即信息要包含足夠的資料。

信息的資料完整有三個好處：

(1) 成功的溝通，有賴於受訊者作出發訊者所期望的回應，使發訊者達到溝通目的。如果資料不充足，受訊者便難以作出適當的回應。

(2) 提供足夠的資料，顯示發訊者關心受訊者的需要，對促進發訊者與受訊者間的關係，以及增加彼此的好感，都有幫助。

(3) 資料充足可避免浪費溝通的資源和招致損失。若資料不足，不但要花更多的溝通資源（如更長的交談時間或多發信件），以提問及補充所遺漏的資料，更可能招致嚴重的損失。

有些機構花費數以萬計甚至數以億計的金錢在法律訴訟及賠償上，往往就是因為沒有在合約上交代完整充分的資料。

要確保信息完整，可以檢查信息是否包含了所有必要的資料。例如，在描述事情時，可檢查信息是否已將 5W 及 1H 交代了。5W1H 就是來自英語的甚麼（What）、誰人（Who）、為甚麼（Why）、何時（When）、何處（Where）及如何（How）。

若要回覆受訊者的問題，便應該檢查信息是否包含了所有問題的答案。

何為 5W1H？
What（甚麼）
Who（誰人）
Why（為甚麼）
When（何時）
Where（何處）
How（如何）

第七，緊湊

緊湊這個原則要求句子與句子間有緊密的聯繫，使文句通順易明。

文句若如下例般鬆散斷續，受訊者便難以理解：

"A 產品毫無作用。我十分憤怒地指責。戴黃色帽子的耐心地解釋。"

使文句緊湊，有賴於兩個因素：銜接（cohesion）和連貫（coherent）。

銜接是語法和詞彙方面的聯繫，其中包括句子結構上的聯結關係（如"因為……，所以……。"）、句子間的聯結關係（如"……。因此，……。"）、代名詞與其所指的名詞之聯繫、以及相同和相關詞項的重複。把上面的例句加上銜接的成分，句子便成為：

"雖然我十分憤怒地查問為甚麼 A 產品毫無作用，但是戴黃色帽子的店員還是耐心地回答我。"

加上了"雖然"和"但是"這兩個連接詞後，句子便聯結起來。此外，把"指責"和"解釋"兩個詞改為"查問"和"回答"兩個相應的詞，更能產生承上啟下的效果。增添了這些銜接的成分後，句子自然較容易明白。

連貫是指意義上的聯繫，也是使詞句緊湊的最重要一環。

句子間有銜接的成分，當然可以幫助達到文句緊湊的效果，但即使沒有銜接的成分，句子間也應該互相連貫，圍繞着相同的事物，或有同一個中心思想，使篇章容易理解。刪除了上面例句的銜接成分，仍可將句子的其他成分緊湊連貫，如下句所示：

"我十分憤怒地投訴 A 產品毫無作用，戴黃色帽子的店員仍耐心地向我解釋。"

5.4 謀篇佈局

要有效地溝通，不單須在遣詞造句方面多下功夫，好好設計信息，也必須因應溝通的需要，小心鋪排信息的內容，謀求整份文件或整篇話語在各方面都能配搭合宜，以達到預期的溝通效果。

簡單而言，信息可分為三大類，不同的類別在謀篇佈局方面也不盡相同：

第一，受歡迎的信息

設計受歡迎的信息，一般可用以下的篇章結構，直截了當地傳遞信息：

開頭 —— 交代主要的信息。

中間 —— 闡釋／交代原因或內容。

結尾 —— 積極地建立好感、及／或總結內容、及／或鼓勵
　　　　回應。

在開頭部分直接向受訊者交代好消息，可以促使受訊者從一開始便開放自己，接受整個信息。詳細的資料，可在中間部分才闡釋或交代。在結尾部分，可多花一點筆墨或唇舌，促使受訊者作出你所期望的回應。

雖然在傳統漢語中，這樣直接的篇章結構並不普遍，但是現代的商務溝通，已愈來愈傾向使用直接的方式，傳遞受歡迎的信息。

從下面一封信的正文可見，（A）、（B）及（C）三部分的內容按這次序排列，總比其他的排列次序較為妥當、有效。

(A) 恭喜！本公司決定提升你為資訊科技部經理。

(B) 經本公司董事會在本年一月八日的會議決定，將於本年
　　六月一日起調升你至上述職位，薪金亦相應於同日起調
　　整為四萬元正。
　　請你與即將退休離任的陳 XX 經理安排各項工作的交接
　　事宜。你現時的高級資訊科技主任一職，將於你調升同
　　日由林 XX 先生填補，故亦請你與林先生安排現時工作
　　的交接。

(C) 藉此機會，本公司向你致以熱誠的祝賀；並盼望你在新
　　的任務中，更能發揮所長，作出貢獻。

第二，不討好的信息

不討好的信息，不獲受訊者歡迎，也較難獲得受訊者接受。

在篇章設計方面，一般可用以下的組織方法：

開頭 —— 以積極的態度，傳遞一些受歡迎或中性的信息，作為緩衝。

中間的前部分 —— 就主要的信息作出解釋，分析有關的事情。

中間的後部分 —— 交代主要的信息。

結尾 —— 積極地建立好感及把話題稍為轉向另一件相關但不會令受訊者不高興的事。

不討好的信息設計方法，關鍵在於如何使受訊者接受壞消息。發訊者要盡量把不討好的成分淡化，並且在陳述壞消息以前，給予受訊者足夠的心理準備去接受信息。因此，發訊者可以利用開頭部分作為壞消息的緩衝，例如，先行讚賞受訊者，強調跟受訊者的良好關係或自己在甚麼方面同意受訊者的意見等。在中間的前部分，可以羅列導致事情不如受訊者所願的原因，或分析有關的事情，使受訊者明白，發訊者已經盡力而為，並且對發訊者而言，事情有這樣的發展乃不得已的事。然後才向受訊者交代信息的中心。最後，再把不幸的消息沖淡，藉着對受訊者的鼓勵、向受訊者作出的保證或將要發生的其他事情，將溝通的基調扭轉為積極，並建立好感。下面一封信是要傳遞不討好的信息，(A)、(B)、(C) 及 (D) 的內容次序排列，是最為有效及自然的。

(A) 多謝你十月二日的來信，代表司機職級的員工要求縮減工作時間。對於你和各位司機作出這項要求的原因，公司十分明白；你們能坦誠提出要求，公司也甚為欣賞。公司衷心感謝你們一向辛勤地工作。

(B) 就你們的要求，公司經已深入地作出多方面研究。首先，公司向其他同類型機構收集有關工作時間的數據，經過比較分析，發現⋯⋯。其次，公司又曾⋯⋯。種種調查分析皆顯示⋯⋯。另公司為深入研究你們要求的可行，又曾⋯⋯，結果⋯⋯。

(C) 基於上述的原因，公司最後決定司機職級員工的工作時間維持不變，並盼望各位同事明白公司所面對的多種困難。

(D) 維護員工的福利，以及為員工提供合理的工作條件一向
　　是公司關心的重點問題。上月起增加司機職級員工的膳
　　食津貼百分之五便是其中一個例子。日後你們對工作的
　　安排有任何意見，歡迎向公司提出。

第三，游說性的信息

游說性篇章可用 AIDA 表述：
A（Attention／注意）
I（Interest／興趣）
D（Desire／慾望）
A（Action／行動）

游說性的信息，旨在促使受訊者接受發訊者的觀點，或按發訊者的期望採取行動。傳遞這類信息時，一般會把要求放在最後一部分，常見的篇章結構如下所示：

開頭——吸引注意或建立信任

中間——闡釋理由

結尾——籲請回應

受訊者願意去聽（或看）發訊者所說（或所寫的），游說才有成功的機會。所以，傳遞游說性的信息通常先講述一些吸引受訊者注意的事物（如為震災而寫的勸捐信中，可先扼要地描述災民的苦況），或提出資料數據等，以增加受訊者的信任（如在推銷信中，發訊者可先提及自己的機構有多龐大，出售的產品一向如何受歡迎）。然後就有關事情闡釋各種理由，消除妨礙受訊者接受發訊者觀點的障礙，使受訊者相信，自己沒有理由不依發訊者所說（或所寫）的去做。最後提出回應的具體方法，讓受訊者依照去做。

在一般情況下，中間部分不單要闡釋理由，更要先針對受訊者的需要，引起他的注意和興趣；然後促使受訊者把興趣轉化成慾望，讓他受自己驅使，去作出行動。換句話說，這種篇章組織總共可分為注意、興趣、慾望和行動四個部分，英文可稱為AIDA，即 Attention、Interest、Desire 和 Action 的簡稱。

下面一封銀行發出的推銷信，內容便是按這種 AIDA 的組織，排列成（A）、（B）、（C）及（D）四段。

(A) 只要花一杯咖啡的金錢，便可擁有一部最新型的迷你手
　　提電腦！——不錯，正因為你貴為本行的"行政人員信
　　用金咭"會員，你現在即可享有這項優惠。

(B) 為滿足你事業發展的需要，幫助你提升辦事效率和組織能力，本行特別與 BBM 電腦公司合作，讓你能以最低廉的價錢，優先購得即將推出的 MXX 型號電腦。MXX 內置最新 PV 處理器及……。特大的記憶容量可以幫助你……。預先裝置的 "門窗軟件" 更可讓你……。

(C) 特別優惠分期付款方法已經為你妥善安排。你只要每天花十元，便可以購買 MXX，盡享上述的種種方便，親身體驗 MXX 的……。這個難得機會，你絕對不能錯過。

(D) 請馬上填妥隨函附上的訂購表格，立即寄回本行。兩星期內，便有專人把 MXX 送到你指定的地址。如有任何疑問，歡迎致電 2000 0000 向本行信用咭部職員查詢。

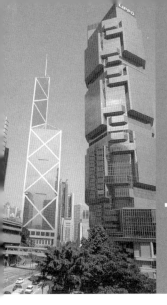

第二部分
商務應用文

6 商務應用文概要

● 6.1　商務應用文的種類

定義

"商務應用文"就是在商務上使用的應用文。

所謂"應用文"，就是因"應"需要而使"用"的各種"文"體。應用文與其他文體，如純粹為抒發感情或文字藝術而創作的文體不同。每篇應用文的背後，都有發件人為滿足某種需要而寫作的動機。所以，每篇應用文必有：

（a）特定的閱讀對象；

（b）清楚的內容範圍；及

（c）用來記錄或傳遞文字的媒介。

至於"商務"，有廣、狹二義。狹義的商務是指貿易買賣業務。廣義的商務即英文 Business 一詞的意義，泛指各種工作上的事務，不但包括直接以及間接跟貿易買賣有關的各種事務，還包括政府、公營機構、各個行業的運作或活動在內。本書採用廣義的意思來談論商務應用文。

簡言之，商務應用文就是因應工作上的需要而使用的各種文體，凡直接或間接因公事而寫作的文體，均為商務應用文。

> 商務應用文，就是因應工作上的需要而使用的各種文體。

有一點值得注意。在香港，"公事"一般指工作上的事務或為各類公營、私營、工商社團組織運作而進行的事務，通常不僅是指政府事務。"公文"也是指工作上的文書或文件，不一定是政府文件。在中國內地，"公務"、"公用"、"公事"等詞的"公"字常帶有政府或國家的意思。所以，內地常詮釋"公務文件"為政府或國家發出的文件。

種類

商務應用文，多種多樣，大致上可以按功能來分類。下表嘗試列出八類文體功能，以及發件人與受文人的身份或關係：

類別	例子	功能	發件人與受文人
書信便箋類	書信 便箋 傳真	用途極為廣泛，可按需要及情況達至多種多樣的功能。	發件人與受文人皆可以為個人，或整個組織、機構，或組織、機構的不同部門。
通告類	通告 佈告 通函 啟事 告示 公告	通知事情、提出要求、作出公開聲明。	由個人或組織向下屬、轄下部門或公眾發出。
規章類	章程規則	規定組織、機構的性質、宗旨、架構及活動。	發件人和受文人皆為組織、機構本身。
契約類	意向書 契約	記錄締約當事人的協議內容。	發件人和受文人皆為締約各方，受文人可能包括涉及法律訴訟的參與者。
報告類	工作報告 業務報告 調查報告	向組織、機構或上司陳述事情、說明情況及徵詢意見。	發件人和受文人皆可為個人、小組，或組織、機構。
會議文書類	開會通知 議事程序 會議文件 會議紀錄	記錄、儲存及傳播會議內容，作日後辦事的依據。	會議召集人為發件人，與會者及根據紀錄來工作的人士為受文人。
傳播類	廣告 新聞稿	機構通過媒體向群體或公眾傳播信息。	發件人為組織、機構，受文人則是接觸媒體的公眾或群體。
電腦網絡應用	電子郵件 萬維網	用途廣泛，可按需要及情況達致多種多樣的功能。	電子郵件的發件人與受文人皆可以為個人，或整個組織、機構，或組織、機構的不同部門。

當考慮使用哪一類文體來進行某項溝通工作時，可以看哪一類的功能最能達到該次溝通的目的。若溝通旨在向上司陳述一項工作的進展情況，便可以使用報告類文體，因為報告類文體的功能比較配合陳述情況的目的。

不論任何種類的商務應用文，都可以應用本書第一部分的溝通策略。例如，訂定溝通目的（第 3 章）是寫作應用文的一個必要預備步驟；以受文者（即應用文的受訊者）為中心的態度（第 5 章）是使應用文能有效地達至商務溝通目的之常用信息設計手段。除此以外，以下這些通則是各類商務應用文一般都會遵守的。

6.2 語體通則

撰寫商務應用文，應有明確的受文對象。而對象與發件人的關係，是斟酌稱呼、措辭、語氣等的重要考慮因素。例如，若果受文對象是發件人不認識的，文件便不能省去姓氏，只用名字稱呼。又例如，在重視階級的組織、機構中，下級向上司發出正式文件時，須在稱呼上加上稱謂（如 "李主任"）。

與主題的搭配

主題即是文件主要內容所屬的範圍，對溝通的方式有重要的影響。受影響範圍包括稱呼、措辭、語氣，以至所採用的格式及使用的溝通媒介。例如，文件的主題為工作崗位的委任聘用，稱呼便要正式，不能使用親切但不正式的稱呼（如 "小王"、"志明兄"）。假若主題為慶祝節日的娛樂活動，可用輕鬆幽默的措辭及語氣書寫。又如主題為租用物業的協議，則應用正式語體及契約形式。

與媒介的搭配

同樣，溝通媒介的使用，對稱呼、措辭、語氣也有決定性的影響。例如，會議紀錄的措辭語氣，一般不單要正式，也要持平中立，使各受文人都感覺文件是有關會議的持正紀錄。

稱呼代詞的卑恭選擇

傳統上，受文者若為個人，習慣上以代詞恭稱"台端"、"閣下"；若為組織、機構，則恭稱"貴公司"、"貴廠"。至於自稱，若為個人，以往習慣以用"鄙人"、"職"（對上司的自稱）或"愚"等謙稱；若為組織、機構，也謙用"敝公司"、"小店"等。

現代溝通，傾向使用含有平等意義的措詞，自稱一般以不卑不亢為原則。以上謙卑自稱的例子在香港、內地以至星馬等地已絕少使用；尊稱的代詞在香港、台灣及星馬等地仍作有限度的使用。過往，使用人身代詞（即"你"、"您"、"我"）稱呼被認為十分不禮貌；現在，這些代詞已普遍獲得接受使用（包括香港特別行政區政府）。在內地，使用人身代詞更是一般做法，自己的公司和受文人的公司，已慣於使用"我司"及"你司"互相稱呼。

文言與白話的使用

要利用文字清楚傳意，用詞應當淺白，使受文人容易了解傳達的信息。現代商務溝通，一般都使用白話文。但是，由於文言語句比較簡潔流暢，所以在書面溝通上，仍慣於在白話文體內保留一些文言語句。

例如，信首語"來函收悉"及收束語"謹此佈達"等。又如撰寫酬酢書信時，常常因應場合及受文人的背景，使用淺白文言。還有，當來信使用文言文，覆信也可使用文言文。

內容恰如其分

要達致發件人的溝通目的，必須能使受文人在閱畢文件後作出行為改變，例如，對文件提及的事情有新的了解，按文件的指示來行事等。

要取得滿意的效果，便要給予受文人足夠的資料，使其作出改變。資料殘缺，可能使受文人誤解文件的內容，或無所適從。

行文精簡

文件的內容要恰到好處，不應包括多餘無關的資料。應當用精簡的文句交代內容，不應長篇累贅。

6.3 格式通則

書寫方向

　　傳統中文都是自右而左、直行書寫的，近年，自左而右的橫式寫法普遍通行。採用橫式，加插英文詞句和阿拉伯數字比較方便。但部分題辭、獎狀及請柬等，仍有沿用直式的。

字體及墨色

　　字體的端正整潔，乃禮貌表現；若字體潦草，容易使人誤解及有不快的感覺。由於現在大部分的商業文件都使用電腦排版，不用人手書寫，使字體清楚及整齊。

正式文件須用黑色字體。並使用機構專用箋。

　　但是，為保障文件的有效性，簽署部分不宜假手電腦。另一方面，為了表示誠意，即使大量印刷的函件，也往往需要個別簽署（邀請信和推銷信便是常見的例子）。此外，為了進一步表示誠意，文件中受文人的名字和稱謂，也常由發件人親自寫上。

　　至於墨色，一般商業文件以黑色為宜，尤其是正式文件。其他往來文件也可使用藍色。中文書信的墨色切忌用紅色（紅色可暗示發件人有意與受文人斷絕交情）。

　　不同漢語地區有不同的字體規範。中國內地及星馬等地區均使用簡體字，而簡體字系統也基本相同，一般不會引致很大的溝通問題。台灣和香港特別行政區兩地的商業機構以及政府機關，則使用繁體字。在台港兩地，雖然正式文件、排版印刷的文件或報刊都只使用繁體字，但是書寫時常繁簡混雜。

用箋

　　文件通常應該印寫在機構的箋紙上。各機構應按自己的要求，印製自己的信紙。機構的箋紙上應印有機構的標誌、名稱、通訊地址、電話號碼、傳真號碼及電郵地址。適當的箋紙，不但讓受文人清楚所收到的是正式文件，而且也可以方便回覆或進一步聯絡。若機構的規模龐大，機構內的部門也可各自印備箋紙。

　　如文件超過一頁，第一頁書寫或列印在機構箋紙上，其餘可用普通白紙。

　　箋紙應採用品質高的紙張，至於顏色，應以素雅大方為原則。但有一點須注意，若發出弔唁書信，必須用白色的紙張。此外，若函件純為私人用途，應避免使用機構的信箋，以免違反職業操守。

標題

簡明扼要的標題可助即時識別文件的主旨。

　　在正文之上加上標題，可讓受文人容易辨別文件的主旨、方便處理和把文件歸檔。標題應當簡短扼要，一般應在十個字以內。標題可以放置於行的中央並且加上底線或用粗體字排印，以資識別及方便閱讀。

職銜

　　一般正式文件，應該註明發件人和受文人的職銜，再按需要寫上姓名。對外溝通的文件，職銜與姓名多同行並列，但也可以分兩行書寫。

下款

　　文件的下款，不論是由發件人、代行人簽署或蓋章，一般都具有同等效力。下款可先以正楷具列職銜及姓名，方才簽署或蓋章，又或在簽蓋後，加上正楷職銜和姓名。下款的發件人，必須具有簽發文件的權力。

　　重要的文件，多由機構／部門主管簽發；其他文件，可由主管授權屬下人員"代行"。代行人的姓名可加上圓括號，並列放在發件人職銜的上一行或下一行，而代行人的職銜通常毋須寫出。此外，不少機構也授權其職員按照其所有權力自行簽發文件，毋須使用代行人身份。

簽署和蓋章方式

　　簽發的文件，可按情況及工作機構的習慣，採用下表的簽署或蓋章方式。一般來説，蓋章或簽名若可清晰辨別姓名，則毋須另用正楷加上發件人的姓名。

	簽蓋置中式	先簽蓋式	後簽蓋式
若圖章的文字清晰易認，則毋須另外寫上姓名	XX公司 [蓋章] 總經理	[蓋章] XX公司總經理	XX公司總經理 [蓋章]
	XX公司 （[蓋章]代行） 總經理	[蓋章] （代行） XX公司總經理	XX公司總經理 （ [蓋章] 代行）
若圖章的文字不容易辨認，則必須寫上姓名	XX公司 [蓋章] 總經理陳大文	[蓋章] XX公司總經理陳大文	XX公司總經理陳大文 [蓋章]
	XX公司 [蓋章] （何志明代行）	[蓋章] XX公司總經理 （何志明代行）	XX公司總經理 （何志明 [蓋章] 代行）
若簽名的文字清晰易認，則毋須另外寫上姓名	XX公司 （簽名）總經理	（簽名） XX公司總經理	XX公司總經理 （簽名）
	XX公司 （簽名 代行） 總經理	（簽名 代行） XX公司總經理	XX公司總經理 （簽名 代行）
若簽名的文字不容易辨認，則必須寫上姓名	XX公司 （簽名） 總經理陳大文	（簽名） XX公司總經理陳大文	XX公司總經理陳大文 （簽名）
	XX公司總經理 （簽名） （何志明代行）	（何志明 簽名 代行） XX公司總經理	XX公司總經理 （何志明 簽名 代行）

6.4 符號通則

數字

　　文件內引述數目時，用中國數字還是阿拉伯數字書寫，要視乎實際情況而定。但同一份文件所用的數字形式須盡可能貫徹始終。

　　簡單地說，直式書寫的文件引述數目，適宜全部用中國數字表達。但是，若數字冗長，可能引致閱讀上的困難，應盡量改以橫式書寫。大量引用複雜數目（包括整數、分數、小數、百分比、萬位或以上的數目等）的文件，則採用阿拉伯數字及以橫式書寫較為恰當。

當以橫式書寫時，"十"和"十"以上的數字，一般應該使用阿拉伯數字。但是"十"以下的數字，則多仍使用中國數字。而在下列的情況，也應該使用中國數字：

a) 兩個相近數字並列使用，表示大概數目。

例如：二三斤、三五米、十四五天、五六十歲。

b) 數目後用"幾"、"餘"或"多"等字，表示大概數目。

例如：七十幾天、一百餘輛車、三百多萬元。

c) 成語。

例如：一帆風順、百尺竿頭、千載難逢、萬人空巷。

d) 星期。

例如：星期六。

若數字包括正負的符號或屬於分數、小數、百分比等，則應使用阿拉伯數字。例如：

-5、¾、12.3、34%

超過三個位的阿拉伯數字，可採用國際通行的三位分節法，節與節之間留空半格或加上逗號，以方便閱讀。此外，萬位或以上的整數，可用"萬"、"億"、"兆"等作單位。例如：

1,000、3,456、1,234,500、2,345,678

6 萬、78 萬、900 億、1.2 兆

用阿拉伯數字書寫的數目字，應整個寫在同一行上，不宜分拆兩行書寫。

日期和時間

日期和時間，可用中國數字或阿拉伯數字書寫。例如：

一九九九年八月十日 或 1999 年 8 月 10 日

上午十時十五分 或 上午 10:15

同一份文件之內，應該以前後一致的方式標明日期，而且不宜用 AM 和 PM 代替上午和下午。

標點與分段

標點符號可以用來表示停頓、意思的連接與完結、語氣以及詞語的性質和作用。準確地運用標點符號，才能清楚地傳遞信

標點符號的運用要準確。

息。不少字典和詞典都附有標點符號的用法說明，可供參考。

為了方便受文人閱讀理解及查檢主要內容，文件應當區分段落。不少組織、機構（如香港特別行政區政府部門）都有在文件加上段落號碼的習慣，使查檢更為準確容易。

區分段落，應以方便閱讀理解為原則。每個段落應該只有一個主要內容。如果段落較長（大概有一百字以上），則可在段落開始或結尾，放置一個主題句子，交代全段的主旨。

6.5 稱謂通則

現代商務，多以平等及彼此尊重為原則，所以稱謂宜平實得體，不宜過分客套或謙卑。

一般使用於文件封面的收件人姓名可參照下表加上稱謂：

常用稱謂	方式	備註
先生	男士稱呼（但也可作一般的稱呼）	如有需要詳列收信人的勳銜時，勳銜的部分可用英文縮寫。例如：何 XX 議員，M.B.E.，黃 XX 局長，O.B.E.，J.P.
小姐（未婚）、女士（未婚已婚皆可）	女士專用稱呼	
君（只限於不知道收信人性別時使用）	男女通用稱呼	
爵士、博士、教授	榮銜	
主席、經理、主任、社長	職銜	
主席先生、經理先生、校監先生	職銜加尊稱	

一般使用於書信上款的稱謂可參照下表：

常用稱謂	方式	備註
何先生、李女士、楊小姐	姓氏加上尊稱	在中國內地，為表示尊敬受文者，常把其榮銜與職銜一併使用。例如：陳博士總經理、林教授院長等。這種方法在香港並不普遍。
何經理、李主席、楊主任	姓氏加上職銜	
何爵士、李博士、楊教授	姓氏加上榮銜	
主席先生、主任先生、編輯先生、執事先生、各位客戶、各位商戶	（用於不知姓名的收件人）	

至於內文的稱謂，則可參照下表：

常用稱謂	方式	備註
本人 / 我、我們、太太 / 內子、外子、我和太太	自稱及稱呼配偶	中國內地習慣使用"我處"（即我所屬的單位）、"你處"（即你所屬的單位）和"我司"（即我的公司）、"你司"（即你的公司）等稱謂，但在香港並不普遍。
你、你們、閣下和夫人 / 你和太太	稱收件人	
陳經理、總經理伉儷、社長和夫人	稱第三者	
我司、本會、本校、本行、我處、本署、本部、我方	機關自稱	
你司、貴會、貴校、貴行、你處、貴署、貴部、你方	稱對方機關	
滙豐集團、滙豐、商務印書館、商務、該公司、該會	稱第三機關	

應當注意，正確的稱呼，反映發件人對受文人的尊重；錯誤的稱謂，可引致受文人不快。

此外，稱呼的方式，反映了發件人與受文人之間的關係。若在函件的開端用上恰當的稱呼，有助鞏固彼此的關係，以便順利達至溝通的目的。

近代商務的非正式往來文件中，為了表示親切，愈來愈多人對相熟的受文人以不用姓名連稱謂的方式稱呼。例如：不稱"徐可欣主任"，而以"可欣"稱呼。內地通常在受文人姓氏前加上"小"字（例如："小陳"、"小李"），表示親切友好。要與內地機構建立良好緊密的業務關係，往往要先弄清楚如何稱呼當地機構的負責人才能成功。

6.6 封套書寫和箋紙摺疊通則

信封的使用

機構對外的文件傳遞，一般用自行印備的封套。封套不論大小，都應在正面印上機構的名稱、徽號。橫式封套可放在正面左上角或正中上方；直式封套可放在左下角。

為方便郵局退回未能寄遞的郵件，通常信封印上機構的地址。地址可以放在封套正面機構名稱的下端或旁邊，也可以放在封套的背面。

　　至於機構對內的文件傳遞，一般另有自行設計的封套，而且
封套可以多次使用，避免浪費。

信封的寫法

　　信封的寫法有橫式和直式兩種。

　　信封橫寫時，行序應由上向下，字序則由左至右。信封豎寫
時，行序應由右向左，字序則由上至下。

　　受文人的地址應寫在信封的正中間。

　　地址內的項目，應由大區域至小區域排列，最後寫上受文人
的姓名及加上"收"、"啟"和"鑒"等字。若傳遞的屬正式文件，
受文人的姓名後應加上稱謂。

示例一 · 機構封套寫法

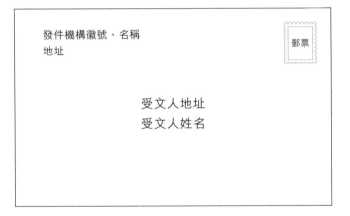

發件機構徽號、名稱
地址

郵票

受文人地址
受文人姓名

機構對外專用的封套，應在正面印上機構的名稱、徽號和地址。

　　寄信往內地或在內地投寄文件，有較嚴格的格式規限。

　　按內地郵電部門的要求，文件應放在橫式標準信封內。橫式
信封分上、中、下三個部分：

(1) 上面部分應寫受文人的地址。

　　　外省的要清楚寫上省、自治區、市、區、縣、街和門牌
　　　號碼；村要寫清楚省、縣、鄉／鎮或村；即使發往組織、
　　　機關的信，也必須在單位名稱之前，詳細寫上地址。在
　　　大地名和小地名之間、地名和號數之間，應留空一格，

方便清楚分辨。地名和號數之間,則不可拆開,以免混淆。

(2) 中間部分應寫受文人姓名,字體要比較大一些。

姓名後應留兩個字的空位寫上"小姐"、"先生"等稱呼,但也可以省略。姓名的最後面寫"收"、"啟"、"鑒"等。信封是寫給郵遞人員看的,不應寫上發件人與受文人親屬關係的稱謂(如"父"、"姐"、"叔")。

(3) 下面部分應寫上發件人的地址、姓氏或姓名。

回郵地址應準確詳細地書寫,以便即使錯誤投遞,也能迅速退還。信封的字,不應用鉛筆或紅筆書寫,用毛筆或黑色圓珠筆書寫較佳。

發件人除注意以上三項之外,發信內地還必須寫清楚郵政編碼。把受文人的郵政編碼寫在信封左角上;發件人的郵政編碼則寫在信封的右下角。

示例二·中國內地信封寫法

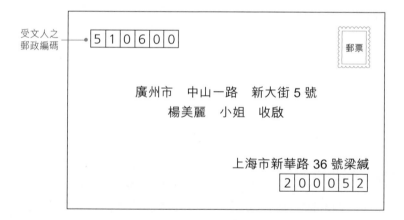

發件人之郵政編碼不論何地,託人轉交的信,受文人的地址若為送件人所熟悉,信封面可寫上"面交"、"煩交"、"呈交"、"送交"、"專送"等字樣。若送件人不熟悉受文人的地址,則應寫清楚詳細地址。信封中間部分的寫法與上面所述相同。信封下面,可加寫"XX託"、"XX拜託"等字樣。

示例三．託人轉交的信封的寫法

```
請面交
Ｘ Ｘ Ｘ　先生　收

                    ＸＸ託
```

示例四．派人送交的信封的寫法

```
送交
    Ｘ Ｘ Ｘ　先生　收

                    ＸＸ公司
```

信箋的處理

　　信箋的處理，也是禮貌的表現。

　　一般而言，信箋應保持清潔，上下左右各留下至少三公分（或一吋）的空位，而且沒有多餘的摺痕。信件應摺疊至比信封略小，而摺疊及入封，應按下面三個原則：

(1) 文字應向外，讓受文人在開啟信封時，立即可看到發信人的名字；

(2) 應整齊縱線對摺，以不掩蓋受文人名稱為原則；

(3) 若信封以直行書寫，把信箋插入信封時，封面文字與信內受文人名稱的方向應一樣。

信件應整齊縱線對摺至比信封略小。

7 書信便箋類

7.1 特點
7.2 種類
7.3 格式
7.4 示例

● 7.1 特點

　　書信便箋類文體是應用文中最常用的文體，使用範圍較其他應用文體大，功能也較其他文體廣。這類文體可因應內容發揮各種各樣的功能，舉凡查詢、推銷、提供資訊、訂立協議、通知指示等等，皆可使用書信便箋類文體。至於其他應用文體，一般有特定的應用功能範圍，例如契約類文體用於記錄契約雙方或多方的協議內容，規章類文體用於規範組織或其部門的權利或運作。

傳統與發展

　　漢語中很早便有書信的概念。

　　"書"，在古漢語的原意為執筆書寫的意思（《說文》：書，箸也）；或寫下來的東西，如典籍、信件等。所以，"書"字在古漢語也有"書信"的含義。

　　"信"的古義為言語真實（《說文》：信，誠也。從人從言會意），後來引申為音訊、消息，以至"信件"的意思，並一直沿用至今。書信也稱為函或函件。函在古漢語是指匣子或封套，因為後來引申為其內盛裝的東西，信件亦叫做函，再後來轉變為雙

古文 "書"，表執筆書寫；"信"，即誠也。

音節，稱為"函件"。

便箋在近二十年才漸獲普遍使用。它是從書信中，仿效英文的 memorandum 而衍生的。至於傳真，更是隨着現代電子傳訊科技發展而出現的嶄新溝通方式。

事實上，不單溝通的媒介和工具不斷改變，連使用的文字、語法、語用法則和格式也不斷在變；從前合用的方式，現在未必合用。本書內容特別着重對讀者的適切性，只介紹現代商務中最廣為接受的方式。

7.2 種類

書信便箋類文體，大致可分為書信、便箋、傳真三類。

書信與便箋

雖然書信和便箋（或稱備忘；英文為 memorandum 或簡稱 memo）在格式上有明顯的區別（兩類文體的格式將在 "7.3 格式" 部分詳細交代），但許多人對其在功能上的分別，常有不少誤解。例如，不少人以為書信是用於正式場合，便箋用於非正式場合，或以為書信較長，便箋較短。其實這些都是錯誤的觀念。書信和便箋皆可應用於正式及非正式場合，兩者的內容，皆可以簡短至一小段或長至數頁。

書信與便箋的分別

書信與便箋的分別，主要在於發件人與受文人之間的關係。一般而言，書信可適用於任何性質的關係，而便箋則只適用於發件人與受文人已有特定關係的情況。書信可以在最前的段落與受文人寒暄一番，或寫一些建立或鞏固關係的語句例如：

您好嗎？好久不見了。相信您仍然記得……。

便箋則習慣開門見山，直截了當的談論公事。由於華人文化注重對外溝通中彼此的關係，所以機構對外溝通，只使用書信；而便箋只適宜於機構的內部溝通，較少用於對外溝通。

便條不能作正式文件使用。

書信與便箋比較：

對比項	書信	便箋
對外溝通	適用	不適用
對內溝通	適用	適用
加入跟受文人寒暄的內容	可以	不可以
開門見山說話，不說任何寒暄話	可以	必然
發件人與受文人的關係	可以為各種類的關係	已經因為所承擔的工作職責而建立
機構的日常內部通信（如取消休假、通知收到貨品數量等等）	較少使用	較多使用

便條與便箋的分別

便箋和便條在功能和形式上皆有顯著分別。便箋可用作正式場合的溝通工具，作正式的文件使用，篇幅可長可短；而便條只能在非正式的場合使用，一般不能視作正式文件，而且通常只有三言兩語，十分簡短。所以，在現代商業溝通中，便條常用於來訪不遇的留言，以及簡書在附於文件上報事貼（post-it）的簡單指示或請示。

有一點值得留意，雖然便箋在香港已獲普遍使用，但在星、馬和中國內地，便箋仍遠不及書信普遍。

便箋與便條比較：

對比項	便箋	便條
長度	可以簡短，也可以長篇	必然簡短，一般只有一段，並且在數十字以內
正式程度	可因應內容，有不同的正式程度	只用於非正式場合
形式	機構一般有自己的箋頭格式，箋頭應該註明發件人、受文人、日期及標題等。	沒有固定的格式

傳真

傳真（英文為 facsimile，或簡稱 fax）是指利用傳真機透過電話線傳遞的文件。在公務及商業上，為方便應用，傳真一般有相近的上款，其中包括受文人、發件人、日期及受文人的傳真電話號碼等項目。此外，通常也附有受文人和發件人的職銜、發件人的電話及傳真總頁數，以方便傳真的送遞、回覆聯絡及檢查傳真是否接收齊全。

傳真的內容，可以用書信形式，也可以用便箋形式表達。書信形式可應用於對外及對內的溝通，便箋式的傳真只宜用於對內溝通。

一般辦公室的傳真機由多人共同使用，難以保證只有特定的受文人才看到傳真。因此，除非經過預先特別安排，或受文人擁有個人接收機密文件的傳真機，否則不宜利用傳真機發放機密文件。

7.3 格式

書信和便箋皆可以直式或橫式書寫，但兩者的格式明顯不同。不過現在已愈來愈少人使用直式，而由於傳真有習慣使用的頁頂欄位，這些欄位一般不會放在傳真頁的側面，所以絕大多數人只用橫式，不用直式書寫傳真。

書信格式

書信格式不單可以分為直式和橫式書寫兩類，也可各自細分為前稱式和後稱式兩類。前稱式的把受文人的稱呼放在信的前部分，而後稱式則把受文人的稱呼放在信的後部分。

合併這兩種分類，書信可分為四種，即：

a) 橫前式（橫式書寫前稱式）

b) 直前式（直式書寫前稱式）

c) 橫後式（橫式書寫後稱式）

d) 直後式（直式書寫後稱式）

傳真文件的頁頂欄位內，應包括受文人和發件人的傳真號碼、電話號碼和傳真總頁數。

a. 橫前式書信（橫式書寫前稱式）格式樣本

橫前式書信的一般應用原則：

(1) 機構或部門專用的信箋，應印上通訊地址，方便受文人回覆。

(2) 按機構的習慣及需要，把書信的機密等級（如高度機密、機密、限閱等）、緊急程度（如特急件、急件等）及傳遞方式（如郵遞、傳真、專遞等），在信箋頂部註明。

(3) 把檔號寫在信箋近頂端的位置，方便受文人引述。若檔號只作內部用途，可放信箋底部。

(4) 列明來函檔號，方便受文人歸檔及跟進。

(5) 收信人的地址姓名要清楚寫上，以便使用有透明窗口的信封郵寄及往後跟進。

(6) 按中文習慣，先寫地址，後寫姓名。

(7) 屬正式書信，應加上稱謂。

(8) 標題扼要寫出書信主旨。

(9) 橫式書信的內文，可以標註段數。可選擇由第一段或第二段開始標註。

(10) 下款加上稱謂與否，應跟上款一致。

(11) 日期應該自成一行，寫在信末頂格處。

(12) "附件" 及 "副本送" 等部分，可放日期以前或以後。

機密[2]　　　　專遞急件[2]

南亞財務集團[1]
香港中環雪廠街 300 號國際大廈

公司檔號： [3]
來函檔號： [4]

九龍 XX 道 XX 號 X 樓[5]
XXX 公司[6]
XXX 經理

X 經理[7]：

<u>標 題[8]</u>

1. [9] _____
_____ 。

2. [9] _____
_____
_____ 。

XX 經理[10]
〔 簽 名 〕
（XXX 代行）

XXXX 年 X 月 X 日[11]

附件：　XX 表格一式二份[12]
　　　　XX 議程一份
副本送　1.XX 公司總經理 XX 先生（連附件）[12]
　　　　2.XX 公司會計部主任（不連附件）

b. 直前式書信（直式書寫前稱式）樣本

機密(2)　　　　　　　　專遞急件(2)

WT 宏大公司(1)
尖沙咀金馬倫道45號

公司檔號…SOS/98 (3)
來函檔號…H/K7/10 (4)

X主任 (7)

標題

XXXX年X月X日 (10)

附件：XX會議議程一份 (11)
副本送：XXX總經理

XXX經理 (9)
蓋章
（XXX代行）

除了直行書寫外，直前式書信的格式與橫前式書信相同，但要注意下列特點：

(1) 機構或部門專用的信箋，應印上通訊地址，方便受文人回覆。

(2) 按照機構的習慣及需要，把書信的機密等級（如高度機密、機密、限閱等）、緊急程度（如特急件、急件等）及傳遞方式（如郵遞、傳真、專遞等），在信箋頂部註明。

(3) 直式書信的檔號應由上而下，寫在上款的前面，即信的右上方。

(4) 列明來函檔號，方便受文人歸檔及跟進。

(5) 直式書信不必寫上地址，如有必要寫地址，應寫在檔號之後、上款之前。

(6) 屬正式書信，應加上稱謂。

(7) 標題扼要寫出書信的主旨。

(8) 直式書信內文的段落，宜略去段數。

(9) 下款加上稱謂與否，應跟上款一致。

(10)日期應該自成一行，寫在信末頂格處。

(11)若有"附件"及"副本送"等部分，可放於日期以前或以後。

橫後式書信的一般應用原則，與前稱式書信相似，獨特之處註釋如下：

(1) 機構或部門專用的信箋，應印上通訊地址，方便受文人回覆。

(2) 按機構的習慣及需要，把書信的機密等級（如高度機密、機密、限閱等）、緊急程度（如特急件、急件等）及傳遞方式（如郵遞、傳真、專遞等），在信箋頂部註明。

(3) 把檔號寫在信箋近頂端的位置，方便受文人引述。若檔號只作內部用途，可放信箋底部。

(4) 列明來函檔號，方便受文人歸檔及跟進。

(5) 發端語獨立一行，放第一段第一行最前部分。

(6) 標題應獨立一行，放發端語之前或之後。

(7) 橫後式書信通常不加註段數。

(8) 下款加上稱謂與否，應跟上款一致。

(9) 日期應該自成一行，寫在信末頂格處。

(10)"附件"及"副本送"等部分，可放日期以前或以後。

機密(2)　　　專遞急件(2)

南亞財務集團(1)

香港中環雪廠街 300 號國際大廈

公司檔號：(3)
來函檔號：(4)

敬啟者：(5)

標 題 (6)

(7) _____
_____
_____。

(7) _____
_____
_____
_____。

　　此致
ＸＸＸ 經理

　　　　　　　　　　ＸＸ 經理(8)
　　　　　　　　　　〔簽 名〕
　　　　　　　　　　（ＸＸＸ 代行）

ＸＸＸＸ 年 Ｘ 月 Ｘ 日(9)

附件：　　ＸＸ 表格一式二份(10)
　　　　　ＸＸ 議程一份
副本送　　1.ＸＸ 公司總經理 ＸＸ 先生（連附件）
　　　　　2.ＸＸ 公司會計部主任（不連附件）

d. 直後式書信（直式書寫後稱式）樣本

機密 (2)　　　　專遞急件 (2)

WT 宏大公司 (1)

尖沙咀金馬倫道45號

公司檔號：SOS/98 (3)

來函檔號：H/K7/10 (4)

標題 (6)

敬啟者： (7)

(8)

此致

X X X 經理 (10)

X X X 年 X 月 X 日 (11)

X X X 經理 (9)

蓋章

（X X X 代行）

直後式書信的一般應用原則，與橫後式書信相同，但應注意下列數點：

(1) 機構或部門專用的信箋，應印上通訊地址，方便受文人回覆。

(2) 按機構的習慣及需要，把書信的機密等級（如高度機密、機密、限閱等）、緊急程度（如特急件、急件等）及傳遞方式（如郵遞、傳真、專遞等），在信箋頂部的位置註明。

(3) 與其他直式書信相同，檔號應由上而下寫在上款的前面，即信的右上方。

(4) 在信箋右邊列明來函檔號，方便受文人歸檔及跟進。

(5) 直後式書信一般不寫受文人地址，如有必要寫地址，應寫在檔號之後、上款之前。

(6) 標題應獨立一行，放在發端語之前或之後。

(7) 發端語獨立一行，可放於第一段第一行最前部分。

(8) 直式書信的內文，通常不加註段數。

(9) 下款加上稱謂與否，應跟上款一致。

(10) 日期應該自成一行，寫在信末頂格處。

(11) "附件"及"副本送"等部分，可放日期以前或以後。

此外，以獨立一封信而言，可大概分為前文、正文、後文三個部分，其中前文和後文可再細分。

現簡列前稱式書信的各部分如下：

(a) 前文

　　(a1) 文件檔號

　　(a2) 受文人地址

　　(a3) 受文人稱呼

　　(a4) 標題

　　(a5) 信首語

(b) 正文

(c) 後文

　　(c1) 收束語

　　(c2) 自稱

　　(c3) 署名

　　(c4) 啟告語

　　(c5) 附文

　　(c6) 日期

其中第 (a3)、(b)、(c3) 及 (c6) 項是不可或缺的，其他則視乎需要而定。

書信正文須按個別函件的需要而編寫。以下只討論前文和後文。

前文、正文、後文均有慣用的格式。書信若有檔號，應該書寫在信的最前方，以便把書信分類存檔。如果是覆信，且來信也有編號，便應把來函的檔號也寫出來，以便受文一方存檔及跟進。

傳統中文書信，不在前文加上受文人地址。現代中文書信的格式受英文影響，兼且普遍使用有窗口的信（使用信箋上的地址，不另在信封寫上地址），在中文信的前文加上地址的做法日趨普遍。雖然如此，這仍通常只限於在橫前式的書信使用。

受文人的稱呼及標題，在上一章已有交代（參見 70 及 73 頁）。而信首語是在書信開始時所說的話。

常用的信首語：

信 首 語	作用
多謝您 X 月 X 日的來信。 X 月 X 日的來函收悉。	回覆
本公司為香港一家鐘錶製造商，現希望…… 本行從事 XX 業務多年，信譽卓著，……	自我介紹
由於本公司黃大仙分行近日遭不法之徒多次…… 香港特別行政區政府現已實行新的 XX 買賣登記方法。本行為……	引述事由
素仰貴行規模宏大，組織完善，…… 貴校歷史悠久，人才濟濟，……	求職

　　如果使用後稱式，則在信首語前要加上"敬啟者"、"逕啟者"等發端語。發端語後，可接上信首語及正文，也可以在發端語後，另開新段，寫信首語及正文。

　　現代書信的正文，即使用文言，也可分段。有關語體運用的要求，請參考上一章"語體通則"部分。

　　書信內文的結束部分是收束語。若用後稱式，通常在結尾處開新一行入兩格寫上"此致"或"此覆"等收束語，再在下一行頂格寫上受文人的名字和稱謂。

　　若使用前稱式，並且發件人與受文人互相認識，則可以在收束部分加上頌候語。常用的方式是在結尾處開新一行入兩格寫上"順頌"、"恭候"或"順候"等詞，然後在下一行頂格寫上"鈞安"、"商安"、"商祺"、"台安"或"大安"等詞。

在收束語之前常加上一些結尾語，以示鄭重。結尾語也可視為收束語的一部分。

常見的結尾語：

以"敬禮"作為結尾語，在中國內地十分普遍。

結尾語	對象	作用
專此函達，敬候回覆。 祈請示覆。 專此，盼候佳音。 特此奉告，並候回音。 特此函告，請覆。 以上辦法是否可行，請作指示。 特此請示，請查照批覆。	長輩、平輩 長輩、平輩 平輩 長輩、平輩 平輩 上級 上級	要求回覆
謹覆函如上。 謹此奉覆。 專此覆達。 特此批覆。	上級、平輩 上級、平輩 平輩、下屬 下屬	作出回覆
敬希垂注。 有勞之處，深表謝意。 不便之處，尚祈見諒。 致禮。 敬禮。	一般 一般 一般 一般 上級、機關單位領導	請關注 表謝意 致歉 致禮 致禮

在署名後面，可以加上啟告語，例如，"啟"、"謹啟"、"敬啟"等。但是，現代書信已經愈來愈少人使用啟告語。

附文部分應該列明隨信夾附的文件是甚麼以及附件的數目，附文一般放在日期以前，這種格式是香港特別行政區政府內部規定的。但也有不少人習慣把附文放在日期以後。

便箋格式樣本一

便　箋 (1)　　　　　　　　　機密 (2)*

致　　　　：(3)　　　　　　　　由　：(3)

（經辦人：(4)　　　　　　）*　　檔號：(7)　　　　　　　*

經　　　　：(5)　　　　　*

來文檔號：(6)　　　　　*

日　　期：(8)

標　題 (9)

1.(10) _____

_____

_____ 。

2.(10) _____

_____

_____

_____ 。

3.(10) _____

_____

_____ 。

〔簽　署〕(11)

附　　件：(12)*
副本送：(13)*

便箋的一般規定如下：

(1) 便箋可以書寫在機構印備箋頭的紙張上。

(2) 按需要，把便箋的機密等級（如高度機密、機密、限閱等）和緊急程度（如特急件、急件等），在箋紙頂部註明。

(3) 箋頭項目的名稱和位置，宜按機構的習慣使用，沒有一定的格式。例如：使用"致／由"、"受文者／發文者"或"受文人／發文人"皆可以；"致"及"由"兩項並可以左右調換位置，但通常應放在最前的項目。

(4) 若受文人為部門，則應註明經辦人，以方便傳遞。

(5) 若須經由發件人的上司審閱後才轉交受文人，應在此註明。

(6) 如來文有檔號，回覆時必須引述，方便受文部門歸檔及跟進。

(7) 註明本文檔號，方便受文人引述。

(8) 發文日期。

(9) 標題寫在正文的上中央，可用粗體字或加底線以作突顯。另外亦可在箋頭加上"主旨"一欄。

(10) 正文可以一段或分多段書寫，甚或分為篇、節、段落。此外，亦可標註段數，可選擇由第一段或第二段開始標註。

(11) 發件人在正文後簽蓋，不用寫上其姓名及職銜，因箋頭上已有，在此不用重複。亦有些機構習慣在此重複發件人的姓名及職銜，如此則應按本書"簽署和蓋章方式"部分所述加上署名簽蓋。

(12) 如有附件，應列於便箋末處。

(13) "副本存"、"副本送"放便箋的左下角，亦可放箋頭作為其中一欄。

　* 非必要項目，可因應需要而加上。

便箋格式樣本二

(1) 便箋可以書寫在機構印備箋頭的紙張上。

(2) 按需要，把便箋的機密等級（如高度機密、機密、限閱等）和緊急程度（如特急件、急件等），在箋紙頂部註明。

(3) 箋頭項目的名稱和位置，宜按機構的習慣使用，沒有一定的格式。例如：使用"致/由"、"受文者/發文者"或"受文人/發文人"皆可以；"致"及"由"兩項並可以左右調換位置，但通常"致"放在最前。

(4) 註明本文檔號，方便受文人引述。

(5) 如來文有檔號，回覆時必須引述，方便受文部門歸檔及跟進。

(6) 發文日期。

(7) 標題寫在正文的上中央，可用粗體字或加底線以作突顯。另外亦可在箋頭加上"主旨"一欄。

(8) 正文可以一段或分多段書寫，甚或分為篇、節、段落。此外，亦可標註段數，可選擇由第一段或第二段開始標註。

(9) 發件人在正文後簽蓋，不用寫上其姓名及職銜，因箋頭上已有，在此不用重複。亦有些機構習慣在此重複發件人的姓名及職銜，如此則應按本書"簽署和蓋章方式"部分所述加上署名簽蓋。

(10)如有附件，應列於便箋末處。

＊ 非必要項目，可因應需要而加上。

便 箋 (1)＊ 　　　　　　　　機密 (2)＊

致　　　：(3) _____

副 本 送：_____

由　　　：(3) _____

本文檔號：(4) _____

來文檔號：(5) _____

日　　期：(6) _____

主　　旨：(7) _____

標 題 (7)

1. (8) _____
_____
_____ 。

2. (8) _____
_____
_____ 。

3. (8) _____
_____
_____ 。

〔簽 署〕(9)

附 件：(10)＊

傳真格式樣本

急件 (2)

大業行 (1)

傳　真

致　　　　　：_____(3)　　　　由　　　　：_____(3)
機　　構：_____(4)　　　職　　銜：_____(5)
職　　銜：_____(6)　　　傳真號碼：_____(7)
傳真號碼：_____(8)　　　電話號碼：_____(7)
總頁數(包括本頁)：_____(9)　　日　　期：_____(10)
本文檔號：_____(11)
來文檔號：_____(11)

_____(12)
_____。

_____(12)
_____
_____
_____
_____。

(姓名)(13)
〔簽名〕

傳真的一般規定如下：

(1) 傳真應書寫在機構或部門印備的傳真箋紙上。

(2) 因應需要，在箋紙頂部註明文件的緊急程度（如特急件、急件等）。

(3) "致"及"由"兩項放最前項。"致"可改為"受文人"，"由"可改為"發文人"或"發件人"。

(4) 寫上收件人的機構名稱。

(5) 寫上發件人的職銜。

(6) 寫上收件人的職銜。

(7) 寫上發件人的傳真號碼及電話號碼，方便受文人回覆。

(8) 寫上收件人的傳真號碼。

(9) 寫上全份傳真的總頁數，方便查收。

(10) 發文日期。

(11) 寫上來文檔號及本文檔號，方便發件人和受文人歸檔及跟進。

(12) 傳真內容可用書信或便箋形式書寫。

(13) 若傳真內容以便箋形式書寫，可單單在此簽蓋，不重複箋頭已有之發件人姓名及職銜。但若使用書信形式，仍須按本書"簽署和蓋章方式"部分所述加上署名簽蓋。

7.4 示例

書信類

橫前式示例一 ── 申請市場主任職位

香港 XX 街 XX 號
XX 商業大廈 XX 樓
XXXX 有限公司
人事部經理李小姐

李小姐：

<u>申請市場主任職位</u>

從二〇一〇年六月十九日的 XX 報上得悉貴公司聘請市場
主任，本人對此職位深感興趣。

本人於二〇〇六年畢業於 XX 大學市場學系，並具三年市
場推廣工作經驗，自信適合此份工作；隨函附上本人的履
歷表及畢業證書影印本以供參考。

希望貴公司能考慮本人的申請並抽空安排面試，敬候回覆。

〔簽名〕

XXX 謹上

二〇一〇年六月二十日

附件：履歷表及畢業證書影印本

香港電傳公司

貴客戶：

隨函附上 XXXX 年《香港上市公司名錄》贈閱本乙冊，供閣下查閱。

全冊約有十七萬個上市公司名單，均以英文字母順序排列登載。資料包括所有上市公司的內部架構（要求將資料保密者除外）。

本年度的《香港上市公司名錄》刊載截止至 XXXX 年 X 月 X 日的資料。

本公司熱線 XXXX XXXX 或綜合熱線 XXXX XXXX 提供多項查詢服務，歡迎隨時與我們聯絡。

服務部管理經理

〔簽名〕

許大偉

XXXX 年 XX 月 X 日

附件：名錄

香港世界援助會

親愛的會員：

聽到 X 月 X 日在 XX 省發生大地震的消息後，想你也深感不安。

這次黎克特制七級大地震，奪去數千人的生命，更令數以萬計的倖存者陷於絕境。災民一無所有，孩童更要在嚴寒的氣溫下風餐露宿。

本會已派遣由三人組成的救援隊，前往災區視察災情，幫助地震的生還者，即時提供救援服務。

我們初步已撥款港幣五百萬元，以濟災民燃眉之急，並計劃全面展開救災工作。惟災民幾近百萬人，急需更多的幫助。他們前面的日子定必非常艱苦。您的即時回應，將是他們希望的泉源。

相信你必定關心危地上的災民，懇請伸出援手，即時回應，並把隨信寄附的捐款表格填妥，連同劃線支票，寄回本會。

施比受更為有福。災民急待你的援助，請即回應。

總幹事

〔簽名〕

曾嘉玲　謹啟

XXXX 年 X 月 X 日

高雅電品經銷有限公司

親愛的公司客戶：

為滿足不同客戶的需要，本公司誠意推介本年度增設的多款產品，以供選擇。其中包括進口的高級電器及由本港製造的經濟實用商品。

作為一家專業及歷史悠久的電器經銷商，我們在產品挑選及價格釐定上，均按市場的需求作出"以客為本"的安排。相信閣下對本公司的新產品及價目必定滿意。

為收集客戶對本公司新產品的寶貴意見，現隨目錄附上問卷乙份，敬希閣下回覆賜教。本公司將於收到閣下填妥的問卷後，即時送上最新推介的產品乙份，以酬謝閣下的寶貴意見。順頌

商祺

〔簽名〕

李大文 謹啟

XXXX 年 X 月 XX 日

附件： (i) 新產品目錄
　　　 (ii) 問卷

香港中環

XXX 道 XX 號

XX 中學

XXX 校長

X 校長台鑒：

　　從報章得悉貴校招聘生物學科主任，甚感興趣，現特函應徵。盼能效力貴校，以學識和經驗，作育英才。

　　作為生物科教師，必須對生物科學有豐富的認識，而且諳熟公開考試範圍及發展，既能清楚有效地傳遞學科知識，又能指導學生，掌握課程及考試的要求。我在 XXXX 年進入 XX 大學，主修生物科，一向成績優異，XXXX 年畢業，獲一級榮譽理學士學位。畢業後加入 XX 中學，任教生物學科，至今已具 X 年教學經驗，對整個生物科課程有深入的認識。在 XXXX 至 XXXX 年間，我歷任香港考試局中學會考生物科評卷員，自 XXXX 年起，每年皆獲香港考試局聘為高級程度生物科評卷員。我不單融會貫通生物學科課程及公開考試的課程要求，而且過去多年負責任教班別的學生均在公開考試中取得良好成績。以去年的中五級學生為例，百分之九十五在中學會考獲及格成績，而其中百分之五十五達 B 或 C 級，百分之十九更獲 A 級成績。

　　作為學科主任，必須深諳教育學和教育管理。自 XXXX 至 XXXX 年，我在 XX 大學攻讀教育文憑課程，且於 XXXX 至 XXXX 年在 XX 大學進修教育碩士課程，專攻教育行政。我不但具備教育理論、教學方法及教育行政管理等多方面的知識，並且能學以致用，把知識有效地應用於學校工作上。過去幾年，我已為 XXX 中學生物學科重新編訂中一至中七各級的課程；又曾為該校課外活動作出修訂規劃；去年更協助該校校長制訂一套行政管理新方案，呈交校董會。

　　深信本人資歷符合貴校要求，盼望能夠加入貴校，在生物學科主任崗位中發揮所長，為教育工作作出貢獻。謹附上履歷及學歷證書副本乙份，供貴校審閱，考慮我的申請。懇請給予機會，安排面試，讓我能向貴校詳細交代我的資歷及抱負。敬請致電 XXXX XXXX 與我聯絡。

　　恭候

教安

〔簽名〕

XXX 謹啟

XXXX 年 X 月 X 日

東南集團有限公司

西北經貿公司董事總經理：

我司定於 XXXX 年 X 月 X 日下午 X 時正假廣州 XX 酒店舉行時裝表演，並禮聘多位國際著名模特兒演出，隆重向海內外買家介紹我司在香港設計及在內地製造的新款時裝。

貴司在內地紡織服裝業享譽盛名，又與我司業務關係密切，現特誠邀閣下屆時出席，為盛會做特別嘉賓，並為時裝表演主持開幕儀式。未知意下如何？祈請示覆。順頌

商祺

主席

〔簽名〕

胡淑芬謹啟

XXXX 年 X 月 X 日

橫前式示例七 —— 推銷信用卡

親愛的朋友：

英國必達通卡，送您三大即時優惠

若您現已使用信用卡簽賬，便有三大理由轉用全新英國必達通信用卡。此卡讓您即時節省更多，可比其他信用卡的使用者多享用三大優惠：

1. 豁免首年年費 即時申請全新英國必達通信用卡，可獲豁免首年年費，讓您節省更多。首年後所須繳付的年費，亦僅為港幣 200 元。同時為您的摯愛親朋申請附屬卡，首年年費亦可獲半價優惠。

2. 新簽賬項絕不即時計算利息 使用全新英國必達通信用卡，即使選擇延期還款，新簽賬項在下次截數日以前，絕不會計算利息，相比其他信用卡即簽即計息的方法，可大大節省開支。

3. 年息僅為 17% 全新英國必達通信用卡，年息僅為 17%，遠遠低於其他信用卡所給予的 27% - 35%。從此，您可省回大量不必要的利息開支。[1]

加入英國必達通積分計劃，換取精美獎品

您只須憑全新的英國必達通信用卡簽賬消費，即可自動累積分數，免費換取近百項精美獎品。

全球性周全服務

全新英國必達通信用卡服務質素較其他信用卡優良，其中包括長達 95 日之購物保障、在 24 小時內完成失卡補領服務，我們配合全球 140 個國家，共 2,000 間英國必達通辦事處，讓您無論身處香港或世界任何角落，均可隨時享用英國必達通勝人一籌的服務。[2]

立即申請，即時受惠

請即填妥並於 XXXX 年 X 月 X 日前寄回附奉的申請表格。申請一經批核，您更可即時將其他信用卡之賬戶結餘轉移至您的必達通卡，享有低至 17% 的年息。如欲查詢，歡迎致電 XXXX XXXX 與本行客戶服務部聯絡。

總經理
〔簽名〕
許俊申謹啟

註：
(1) 全新英國必達通信用卡之利息並非以複式計算，且根據市場狀況調整。
(2) 包括美國必達通公司、附屬公司及代理機構。各地旅遊辦事處所提供的服務，將因應個別地方法律而有所不同。

KOWLOON BANK
九龍銀行　竭誠為你

親愛的客戶：

逾期供款事宜

茲因逾期供款手續費在過去五年未曾調整，且處理逾期供款的成本日益昂貴，本行在迫不得已的情況下，將逾期供款手續費略為提高。由 XXXX 年 X 月 X 日起，逾期供款手續費每期將提升至港幣一百元正。此外，遲交到期供款，本行將另行收取逾期利息。

若有任何疑問，歡迎致電 9821 2121 本行貸款部 XXX 小姐查詢。

貸款部

〔簽名〕

吳廣理謹啟

XXXX 年 X 月 X 日

XX 市外貿公司：

貴司 XXXX 年 X 月 X 日來函收悉。有關貴司向我司提供塑膠原料出口貨源一事，特函回覆。我司出口這類產品多年，十分樂意與貴司建立業務關係。為便於我司推銷貴司產品，請早告知有關產品的具體規格、可供數量、包裝、交貨期限及價格，同時每種原料產品給我司寄一公斤樣品，以便我司安排對外寄樣。

候覆。謝謝！

XX 省 XX 出口公司

XXXX 年 X 月 XX 日

KOWLOON BANK
九龍銀行　竭誠為你

親愛的客戶：

貴為九龍銀行的尊貴客戶，你現在可憑信用卡以優惠價訂閱《南週刊》—— 一本暢銷本港的時事雜誌。

內容包羅萬有
《南週刊》銷量屢創新高，其吸引之處，在於準確的經股匯分析。雜誌內容更是包羅萬有，既有每月新聞撮要，時事追擊，詳細分析；又有每週專題報導，網羅本地教育、中國政治、東南亞經濟、保健消息及時裝快訊等，務求令你耳目一新。

印刷精美，絕對超值
《南週刊》印刷精美，配合電腦圖文分析，色彩斑斕，美輪美奐，必令你愛不釋手。尤以信用卡付款享有的優惠（每期 $9.6，一年 52 星期，合共 $499.2），相對於原價 $12 一本而言，絕對超值。

敬送贈品，機會難逢
為酬謝閣下訂閱《南週刊》，凡於即日至本年四月四日前以九龍銀行信用卡訂閱者，除可享價格優惠外，更可獲贈袋裝輕巧計算機。機會難逢，萬勿錯過。
現隨函附上《南週刊》優惠訂閱表格，填妥後傳真至 2345 9876《南週刊》客戶訂閱部。週刊必於兩週內寄達閣下手中。

如有任何查詢，可隨時致電 2654 3210 九龍銀行信用卡客務中心（二十四小時服務），與我們的客戶服務員聯絡。

信用卡客務部經理
〔簽名〕
曾守信啟
XXXX 年 X 月 XX 日

關於ＸＸＸ公司機構擬建住宅樓
急需徵用土地請示

ＸＸ縣人民政府：

隨着本縣經濟貿易的蓬勃發展，我公司的設施及機關人員逐漸增多，原機關小區內的各種建築用房及配套設施擁擠不堪，已無場地再建住宅。為適應發展的需要，逐步考慮公司總體規劃的實施，經公司研究，希望在公司機構本部西面擴展生活區。

生活區地址擬選擇在金全大道西側，即東靠金全大道，西鄰濱江多田，南接ＸＸ實業總公司，北依ＸＸ化肥廠。

徵用土地面積：（東西長約 200M，南北寬約 180M）。
$200 \times 180 = 36000M^2$（約六畝）。

擴展將對本縣市容及我公司對本縣的經濟發展皆有所影響，敬請查照及批覆。

ＸＸＸ公司

〔簽蓋〕

行政總監

ＸＸＸＸ年Ｘ月Ｘ日

附件：附徵地示意圖

立成銀行有限公司
LAP SHING BANK, LIMITED

星期五支票入賬

親愛的客戶:

香港金融管理局宣佈從 XXXX 年 X 月 X 日起實施即時支付結算計劃,為配合這項新措施,香港銀行同業結算程序亦將有所修訂。

根據有關當局指示,本行現特函通知閣下,凡經自動入賬的項目及於星期五使用支票入賬的項目,可動用款項的時間將有以下修改:

港幣自動入賬
可動用款項之最早時間為下一個工作天上午 X 時。

星期五入賬之港幣支票
可動用款項之最早時間為下星期一上午 X 時,若星期一為公眾假期,可動用款項的時間將順延至下一個工作天。

上述措施將不會影響現行之利息計算方法,利息仍維持由存款日起開始計算。如有查詢,請致電所屬分行或總行熱線 XXXX XXXX 與客戶服務部聯絡。

機構
印鑑　立成銀行謹啟

XXXX 年 X 月

伍先明先生：

《音樂藝術二千》報告書已於 XXXX 年 X 月 X 日發表，素仰貴中心一向對愛護香港不遺餘力，現奉上《音樂藝術二千》中、英文本報告書各乙份以供存照，並歡迎就報告書提供意見。

《音樂藝術二千》主要分為兩部分。第一部分簡介音樂藝術的概況，包括音樂藝術規劃的評估及監察；第二部分輯錄二十篇專題文章及有關音樂藝術委員會發表的文章資料。

本報告書可供貴中心作為教材之用，如有需要，內文資料可複印使用。

如有任何題問，歡迎致電 XXXX XXXX 與何愛心女士聯絡。

音樂藝術委員會主席

〔簽名〕

姚君樂

XXXX 年 X 月 X 日

陳氏同鄉會

周仁愛中心主管
朱錦行先生：

關於參觀貴中心事宜

本人曾於今年X月致電與你聯絡，了解貴中心的運作，並商討有關本會會員參觀貴中心的事宜。

本會有三十五位會員對貴中心的運作感興趣，並希望可以參觀貴中心，實地了解狀況。本會計劃於今年X月X日上午X時至下午X時拜訪貴中心，請閣下給予支持，協助安排參觀事項。至於參觀的具體安排，煩請代為落實，並盡早告知本人。

得到你的協助，相信是次參觀必能順利進行，而本會會員必會獲益良多。謹代表本會先向你致謝。

會長

〔簽名〕 謹啟

XX 百貨公司

查詢價目樣品

敬啟者：

本公司計劃於下半年度擴展及增設鐘錶部門，銷售各類鐘錶。現擬挑選質高價合的產品在鐘錶部門出售。特函祈請惠寄貴廠的產品詳情、價目及樣品以便參考。

    此致

XX 鐘錶行經理先生

總經理

〔簽名〕

XXX 啟

XXXX 年 X 月 X 日

橫後式示例二 —— 學校上課安排通知連簽知回條

第 十 九 屆 畢 業 典 禮

敬啟者：

本校訂於 XXXX 年 X 月 X 日（星期 X）舉行第 XX 屆畢業典禮。中一至中三級學生該日毋須上課。中四至中七級學生、學生長、各服務團體、歌詠團及銀樂團成員，則必須在當上午十時返校參加典禮。典禮約在中午十二時完畢。

畢業典禮翌日（即 X 月 X 日 星期 X），放假一天。

專此函達，尚祈垂注。

　　　此致

貴家長

　　　　　　　　　　　　　　　香港 XX 會 XXX 紀念中學校長

　　　　　　　　　　　　　　　　　〔簽名〕謹啟

XXXX 年 X 月 X 日

- -

回 條 (請於 X 月 X 日交回班主任)

敬覆者：

有關貴校於 X 月 X 日舉行的畢業典禮及 X 月 X 日為貴校假期一事，業已知悉。

　　　專此奉覆
XXX 中學

　　　　　　　　　　　　中＿級＿班學號＿學生＿＿＿＿＿

　　　　　　　　　　　　　　家長＿＿〔簽名〕＿＿謹覆

XXXX 年 X 月 X 日

東西集團有限公司

敬啟者：

本會二○○九年七月份董事例會，謹定於七月七日（星期六）下午七時在九龍尖沙咀金馬倫道 777 號金馬倫酒樓三樓舉行。特此函達，敬希依時出席，共商一切為荷。

　　此致

XXX 董事台鑒

主席〔蓋章〕謹啟

XXXX 年 X 月 XX 日

附件：(1) 會議議程
　　　(2) 襟章〔敬請於會議當日攜帶赴會〕

蝶蜂銀行

親愛的客戶：

咭業部搬遷

多謝閣下對本行的支持，本咭業部為了配合日益繁重的工作，將於ＸＸ月ＸＸ日正式遷往尖沙咀加威道30號加威大廈8樓。各轄下部門的聯絡電話保持不變。

如有任何查詢，歡迎致電客戶服務部熱線ＸＸＸＸ　ＸＸＸＸ。

ＸＸＸＸ年Ｘ月

咭業部謹啟

便箋類

示例一 —— 準時上班新政策

便　箋

| 致　　：全體員工 | 由　　：總經理 |
| 日　期：XXXX 年九月十日 | 檔號：P/18/99 |

<u>準時上班新政策</u>

準時上班乃員工的本分，對確保各部門的工作效率十分重要。希望各員工認真留意，必須準時上班。由九月二十一日（星期一）起，本公司實行新措施，員工於早上須先到本部門辦事處登記上班時間。

〔簽名〕

何守時

便箋類

示例二 —— 保安措施通知

便　箋

發文人：總務經理
檔　號：HK/SS/99/1
日　期：XXXX 年 X 月 X 日

受文人：全體總務部職員

加強保安的措施

為了加強廠房的保安，在 XXXX 年 X 月 X 日，本部召開了高級職員會議，議決如下：

a) 由 XXXX 年 X 月 X 日起更改密碼門的密碼，並定期三個月更改密碼一次，而新的密碼將由總務部主管通知各組主管，繼而由各組主管通知各職員；

b) 為確保各員工的安全，各員工進出廠房時，應留意密碼門是否上鎖，切勿為一時的方便讓密碼門敞開；

c) 由即日起為訪客製備訪客證。當訪客進入廠房時須首先在接待處登記姓名及身份證號碼，登記處職員會即時發出一張訪客證予每一位訪客，若無佩帶訪客證者一概不可在廠房活動；

d) 各職員若發現沒有訪客證的陌生人在廠房活動，應立刻通知總務部主管，以便跟進。

以上議決敬希各位執行。

〔簽名〕

陳大文

新文學出版社

受 文 者：公關部主管
發 文 者：出版部主管
本文檔號：PTU/019/99
來文檔號：PR/G04/99
電　　話：XXXX XXXX
日　　期：XXXX 年 X 月 XX 日

記者招待會主席工作

多謝你在 X 月 X 日發出之便箋，邀請本人於 X 月 X 日當記者招待會主席一職。惟本人屆時正在海外休假，未能於當天履行此任務。可否考慮邀請編輯部總經理代為擔任主席？不便之處，懇請原諒。

〔簽名〕

李卸堅

便箋類

示例四 —— 工作指示

致　　：總務組主管
由　　：籌委會主席
檔號　：G/01/8
主旨　：八十週年聯歡晚宴安排
日期　：XXXX 年 X 月 X 日

X 月 X 日舉行之八十週年聯歡晚宴，祈請安排辦理下列事項：

1. 通知總務組全體工作人員於 X 月 XX 日下午 X 時出席聯歡晚宴籌委會工作分配會議。（會議議程及時間將於稍後派發。）
2. 委派五名工作人員於當日下午 X 時前往酒樓佈置場地。
3. 通知總務組全體工作人員須於當日散席後留下來，處理一切善後工作。
4. 購買二百份禮品作抽獎用途，每份為港幣五十至八十元。

〔簽署〕

傳真類

示例一 ── 更改到訪時間

 香城工程公司

傳　真

致　　　：李國鼎		由　　　：戴鐵維	
機　　構：大關公司		職　　銜：公關部經理	
職　　銜：行政部經理		傳真號碼：（XXX）XXXX XXX	
傳真號碼：XXXX XXXX		電話號碼：（XXX）XXXX XXX	
總頁數（包括本頁）：1		日　　期：XX-X-XXXX	

李國鼎先生：

<u>更改到訪時間</u>

本公司行政總裁張良先生及亞太區業務主管黃梅調女士原定於今日乘坐國泰航空公司CX123班飛往台北，並於上午十一時三十分抵達台北中正機場，到貴公司訪問兩天，承蒙閣下答允前往接機，感謝萬分。惟由於航班更改，張良先生與黃梅調女士將轉乘明天早上CX234班次離港，並將於下午二時正抵達台北中正機場，煩請屆時到機場接待。

對於這次更改帶來的不便，懇請見諒。若有任何問題，請與本人聯絡。

香港總部公關部經理

〔簽名〕

戴鐵維謹啟

HK 港九貿易行

傳　真

致　　　　：周明旭		由　　　　：吳興	
機　　構：玲瓏絲綢廠		職　　銜：營業部經理	
職　　銜：採購部經理		傳真號碼：(XXX) XXXX XXX	
傳真號碼：XXXX XXXX		電話號碼：(XXX) XXXX XXX	
總頁數 (包括本頁)：1		日　　期：XX-X-XXXX	

周先生：

<u>訂單 XXX 號 —— 來貨欠妥</u>

上述訂單貨品，已於今日下午運抵本公司，惟有關貨品有以下不妥善之處：

(A) 第四箱包裝欠妥，其內貨號 AB234 的絲料，染有水漬。

(B) 第六箱的布料應為十疋，現只有五疋。

(C) 第八箱貨號 PQ678 之布料，並非原定貨品。

你我雙方，交易向來交收妥當；上述情況，從未發生，希望只是一時忙中之誤。請你更換第四及第八箱貨品，並補回第六箱所欠布疋。祈請即時辦理及盡早回覆。

港九貿易行營業經理

〔簽名〕

吳興謹啟

8 通告類

8.1 特點

8.2 種類

8.3 格式

8.4 示例

● 8.1 特點

　　通告類文體是向多人、多個機構或公眾直接發佈、傳遞消息或作出公開呼籲的形式。不論事情大小，皆可藉通告類文體將信息傳遞予受文者。通告類與書信便箋類的異同如下：

通告類與書信便箋類文體的異同：

	通告類	書信便箋類
受文人	一般不適用於個人或個別機構，只宜向多人、多個群體或組織、機構同時發出。 通常只複印一份文稿，藉張貼、傳閱，或於媒體刊登等方式，發予多人或多個部門、組織，即使文稿個別發予組織、機構，其內容也會一樣。	可以是個人、個別組織、機構，或多人、多個群體或組織、機構。
目的	一般僅用作傳遞和發佈信息，或公開呼籲。 通常不會涉及發件人與受文人的關係。	可作多種用途，發揮多種多樣的功能，而不限於傳遞和發佈信息，或公開呼籲。
傳遞	一般不以緘封寄遞。 對內可以把文件張貼於佈告板或有關地方的當眼處；又或在機構或部門內把文件傳閱，也可刊登於作內部通訊的刊物上。 對外則可把文件張貼於有關地方的當眼處，或發佈於大眾媒體上。	書信和便箋可緘封傳遞、郵寄、或託人送交。便箋可以使用或不使用信封傳遞；傳真是通過傳真機和電話傳遞。

8.2 種類

通告類文體的使用範圍最廣泛，類別名目繁多，包括通告、佈告、啟事、通函、告示及公告多種。若信息只向特定的對象群體發放，可以使用通函。如果文件只會張貼於佈告板上，可以用佈告。若果只刊登於報章上，可以用啟事。若只張貼於有關地方，可用告示。又若政府要知會公眾某些信息（尤其與法律有關的事），可以發出公告。

通告類文體的各個類別間有其共通之處，也有其分別。這些異同之處頗為複雜，為方便讀者分辨，現把它們的異同分別羅列於下表。

通告類各種文體（在香港使用）的異同：

	類　別	通告	佈告	啟事	通函	告示	公告
使用範圍	對內溝通	✔	✔	✔	✔	✔	
	對外溝通	✔		✔		✔	✔
發佈方法	張貼於佈告板	✔	✔				
	向受文對象各派發一份	✔					
	張貼在有關地方的當眼處	✔				✔	
	刊登於報紙雜誌上	✔		✔			✔
	機構內部傳閱				✔		
	可以連同簽知回條發出	✔					
受文對象	社會大眾	✔		✔			✔
	張貼範圍內的有關人士	✔	✔			✔	
	會閱讀所登載刊物的人士	✔		✔			✔
	有特定的對象群體				✔		
	註明受文對象				✔		
	毋須註明受文對象	✔	✔	✔		✔	✔
	可以加上分發名單及副本送交名單	✔			✔		
發件人	政府或政府部門	✔	✔	✔	✔	✔	✔
	其他組織、機構	✔	✔	✔	✔	✔	
	個人			✔		✔	
功能	發佈消息	✔	✔	✔	✔		✔
	傳遞信息	✔	✔	✔	✔	✔	✔
	作出呼籲	✔	✔	✔	✔	✔	

文體的特點通常按使用習慣約定而俗成，通告類文體多而複雜，其類別難以黑白分明地清楚劃分。上表僅顯示通告類各種文體在香港一般使用上的區別，並非明文規定的區分方法。

但必須留意，在不同的地區，相同的文件可被劃分成不同的類別。例如，公告、佈告及通告在中國內地的使用跟香港不同。在內地，公告僅用於政府宣佈的重大事項，不一定具約束性。佈告若為內地政府向公眾宣佈應當遵守的事項，則內容具有很強的法律約束力；若佈告為個別機構發出，其內容必須與整個機構有關及具約束力，否則應該使用通告。通告在中國內地的使用，與告示相似，用於發佈影響較小的事情。不同地區文件的種類，應按照當地的習慣劃分，以免招致誤會。現把香港與內地的佈告、通告和公告在使用上的分別表列出來，以便讀者分辨。

佈告、通告及公告在中國內地與香港的異同：

種類	佈告		通告		公告	
	中國內地	香港	中國內地	香港	中國內地	香港
發件人	可由政府或個別機構發出	可由政府或個別機構發出	可由政府或個別機構發出	可由政府或個別機構發出	只可以由政府發出	通常只由政府發出
發佈方法	藉傳媒發放，也可張貼	一般只張貼於佈告板上	藉傳媒發放，也可張貼	藉傳媒發放，也可張貼	藉傳媒發放	藉傳媒發放，也可張貼
對象	所有管轄範圍內的人士	張貼範圍內的有關人士	與內容有關的人士	與內容有關的人士	全國人民或其他國家	公眾
內容	影響重大的事	大小事情皆可以使用	影響較小或較短暫的事	大小事情皆可以使用	對國家重要的事	凡是政府向社會大眾公佈或說明的事皆可以使用

8.3 格式

原則上，文種的區分，應該先根據使用及功能上的特點區分，格式只具體反映這些區分特點，故不能本末倒置地先考慮格式。

為了方便區分文件所屬的種類，不少大型、公營或私營機構都會在文件上註明文件屬通告、佈告、啟事、通函還是告示，其中大機構的通告、佈告及通函更要註明編號，以方便查檢歸檔。若內容較長（一般長於一百字），應該註明標題，方便受文人識別正文的主旨。

大多數商務機構的內部溝通，往往把通告和通函混合使用，不作劃分。但也有些機構把兩者明顯地區分。例如，香港特別行政區政府只將通告用以公佈長久有效的政策或規定，通告也必須註明編號，以方便徵引，並由專人歸檔保管。通告的內容除非另行公佈廢止或修訂，否則永遠有效。通函則只用於非恆久有效的政策規定，故此*毋*須經常翻查其中的資料，也無必要加上檔號。

傳統通告類文件由右至左的直行書寫方式已日漸式微，現代商務機構已很少使用直式行款書寫文件。直行書寫的格式絕大部分只在書信中保留使用。因此，本章只介紹橫式書寫的格式。

通告

通告若以傳遞方式分發，可加上"分發名單"及"副本送交名單"。以張貼形式發佈的，只適宜篇幅短小的內容，這種通告可用比一般文件較大的字體書寫（或列印），使受文人不用佇立細閱，也容易明白內容。

通告格式－樣本

註：

(1) 通告一般毋須書寫在機構或部門的信箋上。

(2) 如有需要，通告的緊急程度（如特急件、急件等），應在信箋頂部註明。

(3) 在近頂端處註明檔號，以便查檢歸檔。若檔號只純為發件人查檢而設，則可放信箋底部。

(4) 因應需要，在檔號以後加上分發名單。（參考通告格式二）

(5) 大型機構內的通告通常要求在文種前加註部門名稱，以便識別發文部門。若為中小型機構，只寫上"通告"即可。

(6) 可設標題，扼要地道出主旨。

(7) 內文可以標註段數，可選擇由第一段或第二段開始標註。

(8) 通告必須簽署，保障其真確性及有效性。簽署部分必須加上職銜，以識別發件人的身份。

(9) "附件"部分可放於日期以前或以後。若要註明"分發名單"及"副本送交名單"，可放文件末處，日期以前或以後。

(10) 日期自成一行，頂格。

* 非必要項目，可因應需要而加上。

---

(1)

急件(2)*

檔號：(3)*

(4)

XX 部門通告(5)*
標題(6)

1.(7) _____。

2.(7) _____。

3.(7) _____。

〔簽名〕

XX 部門經理(8)

（陳 X X 代行）

附件：XX 表格一份(9)*

XXXX 年 X 月 X 日(10)

如果通告較冗長（一般約長於三百字），可分作數部分，並在每部分加上小標題。另分發名單及副本送交名單可放在標題以前。這種通告的格式如下：

通告格式二樣本

<table>
<tr><td>

(1)

檔號：*(3)　　　　　　　　　　　　　　　　　急件(2)*

分發名單*(4)：總經理　　　　　　　　　副本送：執行總監
　　　　　　　各高級經理
　　　　　　　各部門經理
_____

(5)

　　　　　　　　　　標題(6)

1. 小標題(7)
　　1.1 _____
　　　　_____ 。
　　1.2 _____
　　　　_____ 。

2. 小標題(7)
_____
_____ 。
　　(a) _____ 。
　　(b) _____ 。

3. 小標題(7)
　　3.1 _____
　　　　_____ 。
　　3.2 _____
　　　　_____ 。

　　　　　　　　　　　　　　　〔簽名〕(8)

　　　　　　　　　　　　　　　　總　監

附件：XXXX*(9)

XXXX 年 X 月 X 日(10)

</td></tr>
</table>

註：

(1) 通告一般毋須書寫在機構或部門的信箋上。

(2) 如有需要，通告的緊急程度（如特急件、急件等），應在信箋頂部註明。

(3) 在近頂端處註明檔號，以便查檢歸檔。若檔號只純為發件人查檢而設，則可放信箋底部。

(4) 因應需要，在檔號以後加上分發名單。

(5) 大型機構內的通告通常要求在文種前加註部門名稱，以便識別發文部門。若為中小型機構，只寫上"通告"即可。

(6) 可設標題，扼要地道出主旨。

(7) 內文可以標註段數，可選擇由第一段或第二段開始標註。

(8) 通告必須簽署，保障其真確性及有效性。簽署部分必須加上職銜，以識別發件人的身份。

(9) "附件"部分可放於日期以前或以後。

(10) 日期應自成一行，頂格。

* 非必要項目，可因應需要而加上。

佈告

　　因為佈告一般僅以張貼形式發佈，受文人通常站在佈告板前閱讀，所以篇幅應當短小，以言簡意賅為前提。為方便閱讀，可以使用比一般文件較大的字體。

佈告格式樣本

註：

(1) 是否標明文件為"佈告"，可按機構習慣而定，並無嚴格規定。

(2) 註明標題，方便受文人理解內容。一個佈告板上往往同時張貼多個佈告，標題具有識別的作用。

(3) 佈告內容較為簡短，毋須加註段數。

(4) 可用一般書信的簽蓋形式。若由機構部門或單位發出，可以只寫上發件人姓名及職銜；又或只寫上機構部門或單位名稱，然後蓋上部門或單位印鑑。

(5) 註明發出日期。

(6) 具有時效的佈告應該註明除下日期，受文人即使事忙也可自行安排閱覽的時間，並提示管理佈告板的職員按時把佈告除下。

(7) 佈告一般不設檔號，若有檔號，可放在最後部分。

　* 非必要項目，可因應需要而加上。

佈告[(1)]*

標題[(2)]

[(3)] ＿＿＿＿＿＿＿＿＿＿＿＿＿＿＿＿＿＿＿
＿＿＿＿＿＿＿＿＿＿＿＿＿＿＿＿＿＿＿＿＿＿
＿＿＿＿＿＿＿＿＿＿＿＿＿＿＿。

＿＿＿＿＿＿＿＿＿＿＿＿＿＿＿＿＿＿＿
＿＿＿＿＿＿＿＿＿＿＿＿＿＿＿＿＿＿＿＿＿＿
＿＿＿＿＿＿＿＿＿＿＿＿＿＿＿＿。

XX主任余 XX[(4)]

XXXX年 X 月 X 日[(5)]

(本佈告會在本月 XX 日除下。)[(6)]*

(檔號：　　　　　)[(7)]*

通函

如上所説，通函與通告的功能十分相近，只是有些機構把兩者可以發佈傳遞的內容加以劃分而已。因此，通函可以使用與通告一樣的格式，只是若註明文種，應標明為通函。

通函格式一樣本

機密*(2)   急件*(2)

(1)
檔號：*(4)
(5)

XX 部門通函(3)

標題(6)

1.(7) _____
_____ 。

2.(7) _____
_____ 。

3.(7) _____
_____ 。

X 部門高級經理(8)

〔簽名〕

（XXX 代行）

附件：*(9)

XXXX 年 X 月 X 日

註：

(1) 若使用書信形式，通函可以書寫在機構或部門專用的信箋上或普通紙張上。

(2) 因應需要，通函的機密等級及緊急程度，在信箋頂部註明。

(3) 大型機構內的通函通常要求寫明發出部門，以資識別。另可按機構習慣，選擇是否寫上文種名稱"通函"。

(4) 在近頂端處註明檔號，以便查檢並歸檔。若檔號純為發件人查檢而設，則可以放信箋底部。

(5) 書信式通函應註明受文對象。

(6) 設標題，扼要地道出主旨。

(7) 內文可以標註段數。可選擇由第一段或第二段開始標註。

(8) 通函必須簽署，保障其真確性及有效性。簽署部分必須加上職銜，以識別發件人身份。

(9) "附件"部分可放於日期以前或以後。若要註明"分發名單"及"副本送交名單"，可放文件末處，日期以前或以後。

* 非必要項目，可因應需要而加上。

如果通函較冗長（一般約長於三百字），可分作數部分，並在每部分加上小標題。另分發名單及副本送交名單可以放在標題以前。這種通函的格式如下：

通函格式二樣本

註：

(1) 若使用書信形式，通函可以書寫或列印在機構或部門的信箋上或普通紙張上。

(2) 因應需要，通函的機密等級及緊急程度，在信箋頂部註明。

(3) 大型機構內的通函通常要求寫明發出部門，以資識別。另可按機構習慣，選擇是否寫上文種名稱"通函"。

(4) 在近頂端處註明檔號，以便查檢並歸檔。若檔號純為發件人查檢而設，則可以放信箋底部。

(5) 書信式通函應註明受文對象。

(6) 設標題，扼要地道出主旨。

(7) 內文可以標註段數。可選擇由第一段或第二段開始標註。

(8) 通函必須簽署，保障其真確性及有效性。簽署部分必須加上職銜，以識別發件人的身份。

(9) "附件"部分可放於日期以前或以後。若要註明"分發名單"及"副本送交名單"，可放文件末處，日期以前或以後。

* 非必要項目，可因應需要而加上。

(1)

檔號：*(4)   機　密*(2)   急　件*(2)

(3)

分發名單*(5)：總經理   副本送：財務部經理
人力資源部門經理及主任

標題(6)

1. 小標題(7)

　1.1 ＿＿＿＿＿＿＿＿＿＿＿＿＿＿＿＿＿。

　1.2 ＿＿＿＿＿＿＿＿＿＿＿＿＿＿＿。

2. 小標題(7)

　＿＿＿＿＿＿＿＿＿＿＿＿＿＿＿＿＿

　(a) ＿＿＿＿＿＿＿＿＿＿。

　(b) ＿＿＿＿＿＿＿＿＿＿＿。

3. 小標題(7)

　3.1 ＿＿＿＿＿＿＿＿＿＿＿＿＿＿＿。

　＿＿＿＿＿＿＿＿＿＿＿＿＿＿＿＿＿。

　3.2 ＿＿＿＿＿＿＿＿＿＿＿＿＿＿＿＿。

　＿＿＿＿＿＿＿＿＿＿＿＿＿＿＿。

〔簽名〕(8)

執　行　總　監

附件：*(9)

XXXX 年 X 月 X 日

通函也可以書信或便箋的形式發出。使用書信形式的通函，英文叫 circular letter；使用便箋形式的，中文仍叫作通函，英文叫 circular memorandum。

使用書信和便箋形式的通函，格式可參考以下所示：

通函格式三樣本

(1)

機　密 (2)*　　　　　　　急件 (2)*

XX 部門通函 (3)*

檔號： (4)*
XX 部門全體職員 (5)

標題 (6)

1. (7) _____
_____ 。

2. (7) _____
_____ 。

XX 經理 (8)

〔簽名〕

(X X X 代行)

附　件：XX 表格一式二份 (9)*
副本送：1. XX 公司總經理 XX 先生(連附件)*

　　　　2. XX 公司會計部主任(不連附件)

XXXX 年 X 月 X 日

註：

(1) 若使用書信形式，通函可以書寫在機構或部門的信箋上或普通紙張上。

(2) 因應需要，通函的機密等級及緊急程度，在信箋頂部註明。

(3) 大型機構內的通函通常要求寫明發出部門，以資識別。另可按機構習慣，選擇是否寫上文種名稱"通函"。

(4) 在近頂端處註明檔號，以便查檢並歸檔。若檔號純為發件人查檢而設，則可以放信箋底部。

(5) 書信式通函應註明受文對象。

(6) 設標題，扼要地道出主旨。

(7) 內文可以標註段數。可選擇由第一段或第二段開始標註。

(8) 通函必須簽署，保障其真確性及有效性。簽署部分必須加上職銜，以識別發件人的身份。

(9) "附件"部分可放於日期以前或以後。若要註明"分發名單"及"副本送交名單"，可放文件末處，日期以前或以後。

* 非必要項目，可因應需要而加上。

通函格式四樣本（便箋式通函）

　　有關用箋標註機密等級／緊急程度、發出的部門、文種、段數和格式，與書信式的通函一樣。

通函格式四樣本

註：

(1) 若有"副本送"部分，應放在受文人一欄以下。

(2) 通函一般不用檔號。若設檔號，應在箋頭的其中一欄列出；但若檔號純為發件人查檢而設，則可以放箋紙底部。

(3) 發件人在正文後簽蓋，不用寫上其姓名及職銜，因箋頭已有，在此不用重複。但亦有些機構習慣在此重複發件人的姓名及職銜；如此則應按本書"簽署和蓋章方式"部分所述在這裏加上署名簽蓋。

(4) 如有附件，應列於末處。

　* 有這符號的為非必要項目，可按需要才加上。

　* 有關用箋標註機密等級／緊急程度、發出的部門、文種、段數和格式，與書信式的通函一樣。

機密*

XXX 部門通函*

致　　　： XXX 部門全體職員
副本送： XX 總經理 [1]*
由　　　： XXX 經理
日　期：
檔　號： [2]*
主　旨：

————————————————————
————————————————————————————————。

————————————————————————————————
————————————————————————————————。

〔簽蓋〕[3]

附件： XX 表格[4]*

啟事

　　啟事一般藉登載於大眾媒體發佈，與刊登於媒體的廣告有不少相似的地方。但啟事與廣告在功能上有些分別，啟事處理的是正式商務事情，通常與促銷商品和建立形象無關；而廣告通常為促銷商品及建立形象而刊登。此外，啟事一般只用文字，沒有圖像，而廣告可加插大量圖像。

　　啟事沒有固定的格式，但一般在正文前設有標題，也可註明文種為啟事。在正文以後應註明發件人。由於啟事為機構對外的溝通工具，所以常以機構的名義發出，通常還在機構名稱後加上謹啟二字。但是發件人也可以是機構（或機構部門）的負責人。在這情況下，應該註明負責人的姓名和職銜。

　　部分機構（尤其是大型機構）習慣把自己的徽號放在啟事的頂部，以方便受文人辨認發出機構或幫助推廣形象。但是，在使用徽號以前，應該先考慮啟事的內容。若內容為中性或與機構的優點、成就有關，大可以加上徽號；但如果是道歉啟事，或內容涉及令機構尷尬的事，大部分機構都不使用徽號。

啟事格式樣本

〔機構徽號〕*

啟事(1)*

標題(2)

(3)

XX 公司謹啟

XXXX 年 X 月 X 日(4)

註：

(1) 是否寫上文種——啟事，按機構習慣而定。一般而言，不註明文種是啟事，對文件的性質及有效性沒有多大影響。

(2) 設標題，放正文前面，方便受文人辨別主旨。

(3) 啟事通常篇幅不會太長，因此毋須標註段數。

(4) 日期應自成一行，放末處。

＊ 非必要項目，可因應需要及機構習慣而加上。

告示

告示應張貼在當眼處，讓張貼範圍內的受文人閱讀。因此，告示應該力求簡明扼要，直陳其事；不宜贅述詳情，切忌篇幅過長。字體應該酌量採用較大的，方便閱讀。

告示格式樣本

註：

(1) 是否標明文種為告示，可按機構的習慣而定。一般而言，有標題便毋須標明文種，若要標明，應用比標題較小的字體。

(2) 若正文較長（多於五十字），應加上標題。

(3) 對內溝通用告示，應註明發出部門。對外溝通告示，應寫上機構名稱。發件部門或機構名稱後面，應加上"啟"等啟告語。

(4) 日期應自成一行，放最後。但若告示內容恆久有效，則毋須寫上日期。

* 非必要項目，可因應需要及機構的習慣而加上。

告示[(1)]*

標題[(2)]*

_____

_____

_____。

_____

_____

XX 部門啟[(3)]

XXXX 年 X 月 X 日[(4)]*

公告

　　不同地區的公告有不同的功能，也因此有不同的格式。這裏只交代香港特別行政區政府的公告規格。在香港，公告的受文對象是社會大眾，通常毋須註明受文人。但在一些情況下，可按需要註明讀者為某個特定群體。公告發佈的方法，包括刊登於政府憲報或報章，以及張貼於與內容有關的街道或樓宇。

公告格式一樣本

XX 署[1]公告[2]

標題[3]*

[4] _____
_____。
_____
_____
_____。

（XX 署[1]　XX 主任 XXX[5]　〔部門蓋章〕[6]

XXXX 年 X 月 X 日[7]

註：

(1) 在開首或在下款署名部分標明發件部門名稱。

(2) 必須註明文種為公告。

(3) 若正文較長（多於五十字），應加上標題。

(4) 公告不用標註段數。

(5) 在下款部分把發件人的職銜及姓名一併寫出來。（若刊登在傳播媒介上，可以只註明發件部門。）

(6) 為證明所發文件得到部門認許，應蓋上部門印鑑。（若刊登在傳播媒介上，則毋須加上部門印鑑。）

(7) 日期應自成一行，放最後。

　* 非必要項目，可因應需要及機構習慣而加上。

公告格式二樣本

(1) 可以在開首或在下款署名部分標明發件部門的名稱。

(2) 必須註明文種為公告。

(3) 若正文較長（多於五十字），應加上標題。

(4) 公告不用標註段數。

(5) 在正文結尾處，應加 "此致" 二字及註明受文對象。

(6) 在下款部分把發件人的職銜及姓名一併寫出來。

(7) 為證明所發文件得到部門認許，應蓋上部門的印鑑。

(8) 日期應自成一行，放最後。

* 非必要項目，可因應需要及機構習慣而加上。

XX 署⁽¹⁾公告⁽²⁾

標題^{(3)*}

⁽⁴⁾ _____

_____。

_____

_____。

此致⁽⁵⁾
XX 街 XX 至 XX 號地下商戶

（XX 署⁽¹⁾）　XX 主任 XXX⁽⁶⁾　〔部門蓋章〕⁽⁷⁾

XXXX 年 X 月 X 日⁽⁸⁾

通告

格式一示例一 —— 停車場收費通告

停車場收費通告

　　由 XXXX 年 X 月 X 日起，本停車場將調整車輛停泊費。新收費如下：

月租車輛	收費（元）
私家車	3,000
小型客貨車	5,000
旅遊車	6,000
電單車	2,000

時租車輛	每小時收費＊（元）
私家車	20
小型客貨車	30
旅遊車	50
電單車	20

　　＊ 時租車輛最少需租用二小時，不足二小時亦當作二小時計算。

　　如對本通告有任何查詢，請致電 2020 2020-5 與本停車場主管張大口先生聯絡。

機構 印鑑	威望高停車場

XXXX 年 X 月 X 日

通告

格式一示例二 —— 青少年中心暫停開放通告

保衛青少年中心暫停開放

1. 本通告旨在通知各校長有關紅磡保衛街 XX 號保衛青少年中心暫停開放事宜。由於保衛青少年中心需要進行改建工程，故此中心將於 XXXX 年 X 月 X 日起暫停開放，重新開放日期將會另行公佈。

2. 如有查詢，請致電 XXXX XXXX 與本人聯絡。

保衛青少年中心主管

〔簽名〕

姓名

XXXX 年 X 月 X 日

通告

格式一示例三 —— 圖書館重新開放通告

文明道圖書館重新開放

1. 本通告旨在宣佈位於九龍文明道十七號的圖書館現已遷往九龍文明道九十九號。

2. 圖書館將於 XXXX 年 X 月 X 日 (星期 X) 起重新開放，開放時間如下：
   星期一至五　　　　上午 X 時至 X 時及
   星期六　　　　　　　　上午 X 時至正午 X 時
   　　　　　　　　　　　(公眾假期除外)

3. 如有任何查詢，請致電 XXXX XXXX 與文明道圖書館主管陳鎮偉先生聯絡。

圖書館館長

〔簽名〕

姓名

XXXX 年 X 月 X 日

通告

格式一示例四——股東週年大會通告（本示例亦可當作啟事發出）

MAO SIN

茂 盛 有 限 公 司

<u>股東週年大會通告</u>

茲通告本公司謹定於 XXXX 年 X 月 X 日（星期 X）下午 X 時正假座香港灣仔海灣酒店三號會議廳舉行股東週年大會，藉以討論下列事項：

1. 省覽截至 XXXX 年 X 月 XX 日止財政年度之經審核財務報表與董事會及核數師報告；
2. 宣佈派發截至 XXXX 年 X 月 XX 日止年度之末期股息；
3. 重選董事及釐定其袍金；
4. 委任核數師並授權董事釐定其酬金；
5. 作為特別事項，考慮並酌情通過下列有修訂或並無修訂之決議案為普通決議案。

A. 動議

(a)　　　　在下文 (b) 節的規限下，一般及無條件批准董事會於有關期間內行使本公司所有權力購回本公司的股份及認股證；

(b) 根據上文 (a) 節之批准而購回本公司股本面值總額不得超過本公司於此項決議案通過日期之已發行股本面值總額之百分之五及根據上文 (a) 節之批准而購回認股證總額不得超過本公司於此項決議案通過日期之已發行認股證總額之百分之五；及

(c) 就本決議案而言：

"有關期間"指由本決議案通過該日起至下列三者之較早日期止的期間：

(i) 本公司下屆股東週年大會結束時；或

(ii) 股東於股東大會上以普通決議案撤銷或修訂本決議案的授權。

B. "動議待召開本大會通告所載之第 5A 項決議案獲正式通過後，本公司購回本公司股本面值總額（根據召開本大會之通告所載之第 5A 項決議案，最多可達百分之五）必須一併計算入董事會可配發或同意有條件或無條件配發之股本面值總額內。"

承董事會命
公司秘書
吳茂義

香港，XXXX 年 X 月 X 日

附註：

(1) 有權出席上述大會並於會上投票之股東，可親自出席或委派代表出席，並在投票時代表其投票。受委任代表毋須為本公司股東。

(2) 委任代表之文件連同已簽署之授權書，或由公證人簽署證明之授權文件副本，必須於大會或續會指定舉行時間四十八小時前送達本公司的股份過戶登記處保安有限公司，地址為香港觀塘觀景道十號五樓。

(3) 本公司將由 XXXX 年 X 月 X 日（星期 X）至 XXXX 年 X 月 X 日（星期 X）（首尾兩天包括在內）暫停辦理股份過戶登記手續。為確保享有建議派發之末期股息，所有股份過戶文件連同有關股票須於 XXXX 年 X 月 X 日（星期 X）下午 X 時前送達本公司之股份過戶登記處保安有限公司，地址為香港觀塘觀景道十號五樓。

通告

格式一示例五 —— 資助基金申請通告 （本示例亦可當作啟事發出）

健康促進基金通告

本基金現接受下列項目申請資助：

（一）健康促進計劃；

（二）健康促進研究；及

（三）罕見疾病治療。

個人或非牟利機構均可申請，有關申請由 "健康促進
基金委員會" 審核，其成員包括政府代表、醫療護理專業
人士及熱心社會事務人士等。

索取章程和申請表格請聯絡

健康促進基金秘書處
九龍歌和老街 7 號
醫療局大樓三樓 320 室
傳真號碼：21234567
電郵地址：hfs@hb.org.hk

申請截止日期為 XXXX 年 X 月 X 日

通告

格式二示例 —— 暴雨警告發出期間上班安排

（為方便閱讀及避免示例過長，示例詳細內容已經省略。）

檔號：XYZ 1/234
分發名單：全體職員

<u>暴雨警告發出期間上班安排</u>

1. 安排背景

  1.1 經董事會本 X 月 X 日會議決定，--。

  1.2 本安排 --。

2. 安排原則

  按照天文台及 --。

3. 黃色暴雨警告

  當黃色暴雨警告發出，所有 --。

4. 紅色暴雨警告

  4.1 若紅色暴雨警告在上午 X 時至 X 時發出，--。

  4.2 若紅色暴雨警告在 X 午 X 時至 X 時發出，--。

5. 黑色暴雨警告

  5.1 若黑色暴雨警告在上午 X 時至 X 時發出，--。

  5.2 若黑色暴雨警告在 X 午 X 時至 X 時發出，--。

總監

〔簽名〕

附件：XXXX
XXXX 年 X 月 X 日

佈告示例

大　廈　佈　告

近年大廈業主及住戶更換單位及搬遷情況頗多，舊有住戶紀錄已經過時。為了使大廈管理更有效率，並能在意外事件發生時（例如，水管破漏等）盡快處理，減少住戶及公共設備受損，法團決定重新登記住戶聯絡資料。此等聯絡資料將會保密，以免對住戶造成滋擾。請給予合作，把資料登記表填妥，並投入管理處的收集箱內。

富亨閣業主立案法團
管理委員會

主席：〔簽署〕(李 XX)

XXXX 年 X 月 X 日

通函

格式一示例——職員福利組通函

職員福利組通函

第二屆新世紀 OK 卡拉歌唱比賽

1. 第二屆新世紀卡拉 OK 歌唱比賽將於 XXXX 年 X 月 X 日舉行。

2. 此歌唱比賽是由本公司與香港卡拉 OK 歌唱協會聯合主辦，目的是提供機會予各位同事分享他們在歌唱及卡拉 OK 藝術的經驗，並藉此機會發掘卡拉 OK 明日之星，敬希各位同事踴躍參加。（有關本屆新世紀卡拉 OK 歌唱比賽資料已詳列在附錄一。）

3. 有興趣參與比賽的同事，請填妥報名表（附錄二）於 XXXX 年 X 月 X 日（星期 X）或以前交回康樂組陳偉文先生收。

4. 如有任何查詢，請致電 XXXX XXXX 與職員福利組聯絡。

總經理
〔簽署〕
姓名

XXXX 年 X 月 X 日

通函

格式二示例──辦公室保安新措施

（為方便閱讀及避免示例過長，示例詳細內容已經省略。）

分發名單：全體職員

辦公室保安新措施

1. 背景
   1.1 鑑於 ------，本公司有必要 --- 。
   1.2 新措施 --- 。

2. 正門
   --- 。

3. 緊急出口
   3.1 在上班時間，即 --- 。
   3.2 在非上班時間，即 --- 。

4. 保險庫
   --- 。

〔簽名〕
執行總監

XXXX 年 X 月 X 日

通函

格式三示例──眼科保健通函

檔號：XXX-XX/X

XX 署通函 X/X 號

各位校長

<u>學生眼科保健服務</u>

請各學校校長將本通函的內容告知學生家長。

1. 政府將於下學年起，撥款為各中學學生提供"學生眼科保健服務"。所有中學及小學學生皆可享用這項服務，服務範圍包括：提供視力檢查及安排眼部護理講座。

2. 眼部健康教育乃普通教育的一部分，請各學校全力支持，鼓勵學生接受這項服務。各學校可盡快派職員往李佳佳眼科大樓索取參加表格，然後分發予學生家長，並鼓勵他們於 XXXX 年 X 月 XX 日或以前交回本署的保健服務部主任以作統計。

XX 署署長

（何 XX 〔簽名〕 代行）

副本送：各組主管

XXXX 年 X 月 X 日

通函

格式四示例——呼籲捐款通函

公司通函

致：　　　全體職員
由：　　　公共關係部經理
日期：　　XXXX 年 X 月 X 日
檔號：　　AB 1/23
主旨：　　樂善好施計劃

由香港舉辦的"樂善好施計劃"是一項既有意義又方便的捐助計劃，去年本公司超過一千名職員參與，籌得善款共五十多萬元，以協助社會上不幸的一群。

1.　慈善基金於本年度再次向本公司發出呼籲，希望未參與該計劃的同事能給予支持，從月薪中抽取部分，捐助慈善基金。同時，他們亦呼籲已參與計劃的同事考慮提高每月的損款額。

2.　為感謝已加入"樂善好施計劃"的善長以及吸引更多人士參與，慈善基金除贈送精美禮品給全年（由 XXXX 年 X 月至 XXXX 年 X 月）捐款一百元或以上的人士外，並舉辦"善長幸運大抽獎"，送出名貴獎品（詳情請參閱夾附由慈善基金發出的呼籲信和宣傳單張）。抽獎將於 XXXX 年 X 月至 X 月期間舉行，如本公司幸運獲獎，特再安排內部抽籤，以決定獎品誰屬。

3.　請伸出援手，慷慨解囊，支持"樂善好施計劃"。有興趣參與的同事，請向公共關係部索取捐款授權書（通用表格第 XXX 號）。如有疑問，請聯絡文書主任（總務）王欣兒女士（電話號碼：XXXX XXXX）。

〔簽名〕

附件：慈善基金捐款呼籲信及單張

啟事

示例一 —— 追繳費用啟事

啟　事

因鑑叢顧問有限公司（KAM CHUNG CONSULTANCY COMPANY LTD.）在南方日報刊登的廣告費已拖欠多時，仍未繳付，所以本報在此刊登啟事，敬希該公司負責人及董事 WU KA MAN（胡嘉文）、NG SHOU SEE（吳守時）、HO FOK SIU（何福兆）於本月 XX 日或以前繳清所有欠款，否則本報將會依循法律途徑追討有關款項。

香港南方日報

XXXX 年 X 月 X 日

啟事

示例二 —— 董事辭任啟事

ABC HOLDINGS COMPANY LIMITED
前進控股有限公司

董事辭任

前進控股有限公司董事會謹此宣佈，張金水先生已於 XXXX 年 X 月 X 日辭任本公司之非執行董事職位，董事會就張先生在任期間對公司作出的貢獻深表謝意。

承董事會命
主席
陳永進

XXXX 年 X 月 X 日

啟事

示例三 —— 遺失證明書啟事

HK 港九證券交易所

遺失會籍證明書啟事

茲通告港九證券交易所會員毛理證券有限公司 (證券公司編號
6868)，其位於香港北角英皇道 999 號英英中心 39 樓之註冊營業
地址之有關會籍證明書 (檔案編號 9588) 經已報失，謹此宣佈上
述證明書即時作廢。

港九證券交易所
公司秘書
秦正勞謹啟

XXXX 年 X 月 X 日

啟事

示例四 —— 道歉聲明

道 歉 聲 明

致朗津有限公司

本公司承認曾在香港出售翻版之 ABC 漫畫系列，侵犯日本
XYZ 授權朗津有限公司在香港印刷及銷售此漫畫系列的獨家
權利。本公司現向朗津有限公司作出承諾及保證，以後不再以
任何方式侵犯漫畫系列的版權，並向朗津有限公司深致歉意。

黑布出版有限公司

XXXX 年 X 月 X 日

啟事

示例五——代理權聲明啟事

聲　明

Wisdom Bell (Far East) Ltd. 聰鈴 (遠東) 有限公司 (本公司) 已於 XXXX 年 X 月 X 日起獲得德國 "ABZ" 嬰兒用品公司 (ABZ Baby Products International) 委任為香港、中國廣東省及星加坡總代理。

鑑於市場近期發現一間 "聯 X" 有限公司訛稱為德國 "ABZ" (ABZ Baby Products International) 產品的香港、中國廣東省及星加坡總代理，並在香港、中國廣東省及星加坡以低價售賣 "德國 'ABZ' 嬰兒用品"！由於此事對本公司及德國 "ABZ" 嬰兒用品帶來極大的負面影響，故本公司特此澄清 "聯 X" 有限公司 (該公司) 並非德國 "ABZ" (ABZ Baby Products International) 產品的香港、中國廣東省及星加坡總代理或該產品之代理商，該公司在市場上的欺詐行為，本公司保留在法律上的追究權利，更藉此聲明，由該公司所售賣之任何 "德國 'ABZ' 嬰兒用品"，本公司及德國 "ABZ" 嬰兒用品公司 (ABZ Baby Products International) 概不會負上任何責任及保證！

聰鈴 (遠東) 有限公司

孔慈

董事總經理

香港，XXXX 年 X 月 X 日

啟事

示例六 —— 招標啟事

承銀主命

現公開招標交吉出售

旺角寶光街 2-6 號

地盤面積約 1,800 平方呎

截標日期為 XXXX 年 X 月 X 日正午 X 時正

如有任何查詢，請聯絡

劉志成先生（電話：9123 4567）

梁大英產業測量師行

告示示例 —— 電梯暫停使用告示

告　示

4 號電梯暫停使用

因 4 號電梯機件故障，該電梯現暫停使用。經緊急維修及安全驗證後，該電梯將盡快恢復使用。不便之處，敬請原諒。

部門
印鑑

物業管理部啟

XXXX 年 X 月 X 日

公告

格式一示例一 ── 招標公告（本示例亦可當作啟事發出）

地政 X 署

招標承租政府土地

租期　　　：　先定兩年，其後每年續租

地點　　　：　新界葵芳芳和街第 XX 區

租約編號　：　第 XXXXX 號

面積　　　：　約 XX,XXX 平方米

用途　　　：　收費公眾停車場，供停泊現時根據《道路交通條
　　　　　　　例》（第 XXX 章）的規定、領有運輸署署長簽發的
　　　　　　　牌照、可在公共道路上使用的貨櫃車拖頭及拖架。

截標日期及時間：XXXX 年 X 月 X 日中午 12 時

如欲查閱圖則、索取投標表格、招標章程、及地積圖則，請前
往香港北角七姊妹道 XX 號香港政府合署 9 樓地政總署測量繪
圖部，或九龍下海街 XX 號佐敦政府合署 3 樓，或新界荃灣新
界公路 XX 至 XX 號荃灣政府合署 XX 樓葵青地政處。

如有任何查詢，請致電 XXXX XXXX 或傳真至 XXXX
XXXX 與廖如坤先生聯絡。

公告

格式一示例二 —— 都市規劃修訂公告（本示例亦可當作啟事發出）

都市規劃修訂（第 XX 章）

唐村市中心地區分區計劃大綱核准圖編號 XXXX

修訂項目

XX 政府根據《都市規劃條例》第 XX (X) (X) 條的規定，把已核准的唐村市中心地區分區計劃大綱圖編號 XX/X 發還都市規劃委員會以作出修訂。委員會現已依據上述條例第 XX 條的規定，擬備該圖的修訂項目。

修訂項目載於修訂項目附表內。根據上述條例第 XX 條的規定，附表所載修訂項目的草圖（編號 XXXX），會由本公告首次公佈日期，即 XXXX 年 X 月 X 日起計的兩個月內，存放在下列地點，於正常辦公時間內供市民查閱：

(i)　　XX 市 XX 道 X 號政府大樓 XX 樓規劃署；

(ii)　　九龍 XXXX 街 XX 廣場 X 室規劃署；

(iii)　　沙田 XXX 路 X 號規劃署地下。

按照上述條例第 X 條的規定，任何受此修訂項目影響的人士，可於上述兩個月內，就其對修訂項目所提出的反對，向都市規劃委員會送交陳述書。陳述書應送交香港 XXX 道政府合署 XX 樓都市規劃委員會秘書。

按照上述條例第 X 條的規定，該陳述書須列明：

(i)　　反對的理由、性質；

(ii)　　對草圖的建議；及

(iii)　　提出有何修改之處。

市民可在九龍 XX 號 XXX 大廈 X 樓銷售處取得編號 XXXX 的草圖複本。

XX 署公告
緊急封閉樓宇

受連日豪雨影響，XX 街 XX 樓東面山坡的護土牆現有下塌危險。為安全着想，XX 樓內所有人士必須立刻疏散，本署亦即時封閉該樓宇，直至另行通告為止。

此致

XX 街 XX 樓住戶

XX 署 XX 主任 XXX〔部門蓋章〕

XXXX 年 X 月 X 日

9 規章類

9.1 特點

9.2 種類

9.3 格式

9.4 示例

9.1 特點

　　規章類文體多種多樣，都是由機構（或機構的部門）發出，用以指示、規範、控制其成員或與其有關人士的行為。這類文體與合約類文體都有規範和制約行為的功能，但兩者有本質上的分別。

　　規章一般屬於對內溝通的文體，對象為機構內的成員，或在有關工作上與機構有聯繫的人。合約則常用於對外溝通，其對象雖然可以是機構內的成員，但也可以是別的機構、別的機構的部門或個別人士。規章類文體通常由機構的管理層制訂或經內部程序（如會員大會、董事會、高級職員會議等）討論、接納並通過。規章類文體一般是單方面訂定；而合約類則多由雙方或多方共同制訂締約。

　　因為規章類文體以規範和制約為主要功能，所以在用詞方面有兩個特點：

　　第一，為達到規範和制約的目的，所用詞語必須明確，使人能夠清楚地遵照執行。因此，規章類文體通常不適宜使用模棱兩可或帶歧義的詞語（例如：略為、大約、也許）。

　　第二，為求嚴謹清晰，要按着不同的程度，配用不同的語詞，例如，在約束的程度方面，可按次序用"應"、"須"、"得"、

"可"劃分四種約束性，其中"應"的語氣和強制性最強，"可"的語氣最緩和，強制性最少。

在構句方面的特點：

第一，在表達語氣的句式方面，由於規章類文體旨在交代所規範制約的內容，所以一般只用陳述句（例如："參賽者應遵從裁判的指示。"），不用疑問句（如："參賽者是否要遵從裁判的指示呢？"），也甚少用祈使句（如："請你遵照裁判的指示去做。"）

第二，在句子結構方面，為求使內容清楚，常在句子中列點交代內容。例如，"候選人必須：(i)為本會正式會員；(ii)獲得三名幹事提名；及(iii)以書面表示接納提名。"

在篇章結構方面的特點：

因為規章類文體常需要陳述繁瑣的內容，所以寫作要求條理清晰。因此，這類文體一般以章、節、款等方式把內容加以分類組織。較簡短的（通常在五百字以下），可只分"條"，或只在"條"下再分"款"；中等長度的（約五百至五千字），可在條以上分"章"，若仍不足夠劃分，可在"章"與"條"之間加"節"；長篇的（約在五千字以上）還可在"章"以上加分"編"，又可在最前部分加上"序言"，最後可加上"附文"。

"編"、"章"、"節"、"條"、"款"五類項目可按次序加上數目或其他排序符號（如英文字母、天干、地支），以方便檢索。

至於內容的結構，一般的次序為"先普遍，後特殊"，即先談整體及範圍較廣的內容，再說細節。若交代的內容為多個辦事方法，則可按工作的先後次序排列。又如果篇幅簡短，可先敍述主要的項目，然後說次要的。

設計規章類文體的內容，要繁簡適度。若內容過於繁瑣，會使文件過度冗長，不容易遵照執行。但若太簡單，甚或遺漏主要內容，便不能藉以達到規範制約的目的。此外，所開列的辦法和指引必須為可以執行的，不單要合乎當地有關的法律，並且就事情本身而言，也是實際可行的。

9.2 種類

規章類文體的種類繁多，主要可歸納為章程和規則兩大類。

章程類包括"章程"、"簡章"和"綱要"；規則類包括"規則"、"細則"、"簡則"、"通則"、"辦法"和"須知"。

一般而言，章程類文體從宏觀角度出發，規範機構或部門的整體活動；而規則類從微觀角度出發，所涉及的範圍比較局限，只與某類事項或某項工作範疇有關。因此，在機構或部門內，規則類文體常用來補充章程類文體，例如，辦法常用以補充章程，作為執行章程所規定事項的方法。下表簡單列出各類規章的特點。

各類規章的特點：

	類別	類別特點
章程	章程	機構或部門的整體計劃或工作原則，可說是機構或部門的"基本法"。內容主要交代其宗旨、組織、規劃、責任、權利、義務等，具指導作用。
	簡章	即簡單的"章程"。 簡章可以獨立編寫，也可由"章程"的重要條文摘撮而成。
	綱要	專門對某事項作概括的規定。 綱要以簡單扼要的方式，對基本和具原則性的主要事項作出規定，並以條款形式記錄。 綱要又可稱為"要綱"、"大綱"和"綱領"。
規則	規則	機構或部門就某範疇或某事項對行為所作的規定。藉着規定應做和不應做的事，促進業務發展，提高效率和維持紀律。
	細則	即詳細的"規則"。 把"規則"中的條文寫得更詳細和周密，使執行更為方便。
	簡則	即簡單的"規則"。 簡則可以獨立編寫，也可由"規則"的重要條文摘撮而成。
	通則 辦法	通用的原則和規定，作為處理同類事情的共同依據。 針對某事務而規定的辦理方法。
	須知	與某事務有關的人士所必須注意的事項、工作程序或方法。"須知"也可稱為"注意事項"。

9.3 格式

所有章程類文體都必須冠以名稱，以方便辨別性質和內容範圍。章程的名稱，通常為機構或部門的名稱，例如"星馬華人文化協進會章程"、"慧賢書院會計課程簡章"等。因為規則類文體所涉及的範圍較局限，通常只就所涉範疇定名，例如"巴士乘客須知"、"申請會籍辦法"、"入學考試規則"等。

內容方面，章程類文體通常首先描述宗旨及總綱，再交代其他條文。較長篇的章程，往往在條文的開首部分為常用及專門名詞下定義。規則類文體則少有宗旨、總綱或定義等部分，常常只羅列細節。

至於條文的分類排序，則如上所述，"編"下可分"章"、"章"下可分"節"、"節"下可分"條"、"條"下可分"款"。短小的規章，可只分"條"或只在"條"下分"款"。為方便參照檢索，"條"的次序可按其在全份文件的出現先後來排列，而不以個別的"章"來劃分。換句話說，若第一章有七條，第二章的首條可定為第八條。

較長篇章程的格式樣本

註：

(1) 名稱必須放在文首中央位置，並用較大字體書寫。

(2) 如有需要，可以在章程名稱之下或條文之後加上規章開始實施的日期及／或註明其權限來源。

(3) 必須清楚註明條文章節的序號。

(4) 如上所述，"條"的次序可以分章排列，也可以按其在全份文件的出現先後來排列。

XXX 協會簡章[1]

[2] 本章程於 XXXX 年 X 月 X 日於 XXXX 大會上通過實施。

[3] 第一章　　：宗旨
第一條　　：‧‧‧‧‧‧
第二條　　：‧‧‧‧‧‧
‧
‧
‧
‧

[4] 第二章　　：會員
第十條　　：‧‧‧‧‧‧
第十一條　　：‧‧‧‧‧‧
‧
‧
‧

簡短規則的格式樣本

<table>
<tr><td>

XXX 規則⁽¹⁾

⁽²⁾ 1. · · · · · ·

    2. · · · · · ·

    3. · · · · · ·

    4. · · · · · ·

    5. · · · · · ·

    6. · · · · · ·

     ·

     ·

     ·

     ·

     ·

     ·

⁽³⁾ 本規則由 XXXX 年 X 月 X 日起生效。

</td></tr>
</table>

註：

(1) 名稱必須放在文首，並用較大字體書寫。

(2) 必須清楚說明條文的序號。

(3) 如有需要，可以在規則名稱之下或條文之後加上規則的生效日期或註明權限來源。

9.4 示例

章程類

章程示例一 ── 青年服務隊組織章程

尚智青年服務隊組織章程

第一章 總則
第二章 隊員
第三章 組織
第四章 工作與職責
第五章 會議
第六章 經費

第一章 總則

第一條　本隊隊名為"尚智青年服務隊"，簡稱"尚智"。

第二條　本隊辦事處設於香港培中道十八號培中大樓三樓。

第三條　本隊以"服務社會、回饋社會"為宗旨。

第四條　本隊成立於一九九一年 X 月 X 日，每年以是日為隊慶日。

第二章 隊員

第五條　隊員年齡必須在二十至三十歲之間。

第六條　申請入隊者須經隊長及隊務委員審核後，始可加入，隊員獲發隊員證。

第七條　本隊隊員職責如下：
　　　　一、 本隊隊員均義務參與，在不影響本身工作、學業及家庭情況下應主動
　　　　　　 而積極參與本隊有關之活動和服務；
　　　　二、 遵守並執行本隊之各項決議；
　　　　三、 繳納隊費及其他規定之費用；
　　　　四、 履行其他依本章程規定應盡之義務。

第八條　隊員資格可在以下情況被取消：
　　　　一、 無故不執行本隊組織章程所規定之義務；
　　　　二、 連續三期無故不參與本隊會議及活動；
　　　　三、 濫用職權，及犯重大過失，損害隊譽；
　　　　四、 違反法律，經法庭判處七天以上的刑期。

第三章 組織

第九條　本隊以隊員大會為最高執決單位。

第十條　本隊設隊務委員會，指導本隊各項服務活動策劃及執行，委員人選為歷任隊
　　　　長及榮任榮譽隊員者。委員人數最多以十五人為限。

第十一條 本隊設隊長一人、副隊長二人，下設活動、研修、文書、公關、文宣、總務
　　　　 等六組，各組設組長一人、副組長一至二人，其餘隊員依個人專長及興趣或
　　　　 隊務需要編入各組。

→

第十二條 隊本部幹部之產生規定如下：

一、隊長：
1. 每年隊慶召開隊員大會投票選舉隊長，因故無法出席之隊員可用"委託書"委託其他隊員投票，委託書須由本人簽章；
2. 入隊屆滿一年以上始可獲提名參選；
3. 隊員入隊屆滿六個月以上始有投票權；
4. 列席之隊員先確認投票及參選資格名單後才進行投票，投票結果揭曉後，以票數最多者當選為下一期隊長；
5. 隊長任期一年，可連選連任；
6. 隊長選舉辦法由隊務施行細則另行規定。

二、副隊長：
需入隊屆滿一年以上由隊長推薦，經委員會認可。

三、各組組長：
由新任隊長自行委派擔任。

四、各組副組長：
由各組組長委派擔任。

第四章 工作與職責

第十三條　隊務委員會職責：
一、協助本隊各項服務工作之推行；
二、隊員入隊及資格取消之審查；
三、督促隊長執行職務並監察隊物之運用；
四、輔導新進之隊員。

第十四條　隊本部職責：
一、隊長：
1. 召開及主持隊員大會，必要時召開臨時大會；
2. 召開工作季會及幹部會議；
3. 掌握活動方針，綜理本隊各項活動，策劃、執行、研究各項服務，推展隊務；
4. 對外代表本隊。
二、副隊長：
1. 協助隊長處理隊務，隊長不能執行隊務時，由副隊長代行；
2. 執行本隊隊務，完成隊長交付的任務；
3. 經常聯繫各組組長及副組長，協助各項工作。
三、活動組：
1. 會同隊長訂定本隊行事曆；
2. 疇辦各項活動；
3. 籌劃與執行各項活動。

四、研修組：
    1. 負責隊員甄訓、研修活動及教學研究發展工作；
    2. 負責有關研修、教學資料之收集與編印事宜；
    3. 策劃與執行隊員進修事宜。
五、文書組：
    1. 記錄隊內外活動之紀錄；
    2. 收發公文；
    3. 整理及貯存隊員資料和隊本部資料。
六、總務組：
    1. 收繳及保管隊費；
    2. 保管隊本部財物；
    3. 編列及收支活動經費。

第五章　會議

第十五條　本隊設隊員大會，其為本隊最高權力機構。隊員大會之成員為所有隊員，其職權如下：
一、選舉隊長；
二、議決章程及隊規修正方案；
三、議決全隊性行事曆。

第十六條　隊員大會之召開規定如下：
一、隊長為隊員大會召集人，並為大會的當然主席；
二、每年應召開兩次以上，必要時可召開臨時隊員大會；
三、隊員大會之決議事項以出席隊員之表決為依據，席者視同放棄權利。

第十七條　隊本部為本隊之決策執行機構，隊本部人員須列席隊員大會，並就會中所提及事項發言或接受質詢。

第十八條　本隊每季召開工作季會，由隊長召集，主席可由隊員輪流擔任。

第十九條　本隊設幹部會議，由隊長、副隊長、各組組長、副組長組成，可邀請隊務委員或相關人員列席參加。會議日期視隊務需要而定，但其間不得超過三個月。

第二十條　凡召開隊員大會或工作季會，須於會前一個月將會議時間、地點、主旨及提案通知所有隊員。

第六章　經費

第二十一條　本隊經費來源為隊費、隊內外人士之補助及其他正當途徑所得。

第二十二條　本隊經費由總務組負責收付，並於隊員大會中提出報告，接受隊之審查。

章程示例二 —— 學校管理委員會規章

東亞傳道會香港分會詠恩書院
管理委員會規章

釋義

1. 在本規章內，下列名詞應解釋如下：
   (i) "學校"是指東亞傳道會香港分會詠恩書院；
   (ii) "分會"是指東亞傳道會香港分會；
   (iii) "長執會"是指東亞傳道會香港分會長執會；
   (iv) "校董會"是指東亞傳道會香港分會學校校董會；
   (v) "校董"是指東亞傳道會香港分會學校校董會的成員；
   (vi) "主席"是指東亞傳道會香港分會詠恩書院管理委員會的現任主席；
   (vii) "校管會"是指東亞傳道會香港分會詠恩書院管理委員會。

授權及責任

2. 校管會乃由校董會授權成立。

3. 校管會負責學校的管理、行政和運作，並向校董會負責。

4. 學校必須：
   (i) 根據教育條例註冊；
   (ii) 由政府根據資助則例撥款資助；及
   (iii) 遵從教育條例及任何適用於學校的資助則例的規定。

5. 校管會的職責包括：
   (i) 安排興建、維修和改善校舍；
   (ii) 佈置和裝置所有設施、傢俬及用具；
   (iii) 管理學校財政；
   (iv) 招聘所需教學人員及其他職員；
   (v) 採取其他合法行動，以確保學校管理完善，對學生施教適當；及
   (vi) 解決員工與校長間之衝突。

6. 校管會須確保學校有適當的制度和程序，以便：
   (i) 建立完善的溝通渠道，促進校內溝通，以及學校與家長和公眾的溝通；
   (ii) 訂定目標及評估進展；
   (iii) 每年評估教職員的表現，以及為他們的專業發展作有系統的計劃；
   (iv) 處理人事方面的工作，包括聘任、晉升、解僱、紀律和行為操守；
   (v) 制定和通過學校週年預算。

7. 校管會成員人數最少為九人，最多不超過十一人，其中包括校監及校董各一人。除校監及校董外，所有成員均稱為校管會委員。

→

8. 校管會所有成員須由校董會提名及委任。其中：
   (i) 現任學校校長應為校管會成員之一；
   (ii) 一位副校長應為校管會成員之一，任期一年，連任次數不限；
   (iii) 由學校教師互選的兩位代表應為校管會成員，每位任期一年，連任次數不限；
   (iv) 由家長教師會成員互選的一位代表應為校管會成員，任期一年，連任次數不限；
   (v) 如學校設有舊生會，由舊生會成員互選的一位代表應為校管會成員之一，任期一年，連任次數不限。

9. 如校管會成員連續缺席校管會會議達六個月，校管會可要求校董會取消該位成員的校管會成員資格。然而，校管會在提出是項要求前，須通知有關成員，並讓他作出口頭或書面解釋。校董會可考慮校管會的要求及解釋後，決定免除該成員的職務。

10. 校管會主席應由學校校監出任，如校監未能出席，則由校董代為主持會議。

11. 如校監已經或可能會離開香港最少 28 天或因病而無法擔任職務最少 28 天，則校董會須推薦一位校董出任代校監一職。獲推薦者必須得到教育署署長批准，方可正式出任。

12. 校管會須每季舉行會議一次，有需要時可召開特別會議。

13. 主席必須主持所有校管會會議。如主席在會議所定時間二十分鐘之內仍未到達，則由校董擔任該次會議的主席。

14. 校管會的法定人數為委員人數的一半或以上。

15. 校管會必須在主席所指定的地點和時間舉行會議。此外，若四名校管會成員以書面聯名提出要求，主席必須召開特別會議。

16. 主席必須給予各校管會成員最少七日的通知，列明會議的舉行地點、時間及討論事項；遇有緊急情況，主席可給予成員認為合適的更短通知，召開會議。

17. 主席可要求學校任何人員或教師列席校管會會議，給予協助或提供資料。

18. 校管會會議上所提出的事項，須由出席會議成員以大多數票決定，但有關教師的聘任、晉升、降級、遷調及解僱事宜，則須獲出席會議成員的三分之二或以上票數通過。

19. 主席須確保每次校管會會議有清楚準確的書面紀錄。

20. 校管會的會議紀錄，須獲各成員通過，並由主席簽署，始可作實。

章程類

簡章示例──銀行存款簡章

港幣儲蓄存款簡章

(一) 所有在九龍銀行（下稱"本行"）開設的港幣儲蓄存款賬戶（下稱"賬戶"），須依照本章則辦理，並受其約束。

(二) 每個賬戶由本行發給存摺一冊。每次在櫃面提款時，必須出示存摺。

(三) 賬戶持有人不得竄改存摺或更動其中任何紀錄。賬戶每次存款、提款或作任何櫃面交易，須在離開櫃面前確定存摺內所記錄的項目正確無誤。

(四) 存摺內所顯示的結存只供參考之用，某些交易（例如非經存摺處理的交易）可能尚未記錄在存摺項目內。惟任何交易，一經記入存摺，即被視為接納，賬戶持有人日後不得異議。

(五) 開設活期儲蓄戶口，最少港幣二百元。如開戶未足三個月而要求取消賬戶者，本行收取港幣五十元之行政費用。

(六) 利息以每日最後結存計算，利率由本行隨時調整，並在銀行內公佈，或刊登報章，而不須預先通知賬戶持有人。利息於每年六月底及十二月底存入賬戶。

(七) 存摺應妥為保存，不得轉讓或作抵押。如有遺失，賬戶持有人應立刻通知本行。本行只會在賬戶持有人簽署保證書或賠償承擔書，並繳付有關的手續費用後，才補發新的存摺。

(八) 賬戶持有人更改地址，必須立即以書面通知本行。凡本行根據存檔的地址寄出之函件，即視為已發出通知賬戶持有人。

(九) 本行保留向賬戶收取存款手續費用的權利。惟費用得按照香港銀行公會利率及存款收費規則收取。

(十) 本簡章的英文譯本僅供參考之用，如與本中文本原意有差異，當以本中文本為準。

AB 公司電腦室使用規則

1. 進入電腦室

   本公司歡迎現任職員及獲准許的訪客使用電腦室。使用者應利用公司職員證或訪客證，通過入口處進入電腦室。電腦室當值職員可隨時要求使用者出示職員證及訪客證。

2. 使用電腦實驗室

   2.1 使用者只可利用在入口處發予的啟動磁碟啟動電腦，但切勿複製啟動磁碟，或以複製的啟動磁碟啟動電腦。

   2.2 使用者若發現電腦組件有任何故障，必須立即通知電腦室當值職員。

   2.3 使用者應經常將數據儲存到自備的軟磁碟上，以免蒙受任何數據損失。

   2.4 使用者在離開電腦室前，應將自己複製到電腦室內任何電腦硬碟上的軟件或數據刪除。電腦室職員有權從室內的電腦上刪除該等資料，而毋須預先通知。

   2.5 未經公司許可，使用者不得擅自將電腦室內伺服器上的資料複製到自備的軟磁碟上。

3. 行為守則

   3.1 使用電腦室者應遵守本規例以及張貼在電腦室內的使用電腦指示。

   3.2 若使用者因複製任何軟件或數據而觸犯香港或其他地方的知識產權法例，責任概由使用者負擔。

   3.3 若要從電腦室攜帶任何硬件、軟件或任何物資離開，必須先得到電腦室主管同意。

   3.4 使用者必須節省電腦紙張及其他資源。

   3.5 使用者應保持電腦室清潔，切勿飲食或吸煙。

   3.6 在電腦室及其附近範圍必須保持肅靜。

規則類

規則示例二 —— **籃球比賽規則**

XX 籃球比賽規則

設施及服裝

一、 **球場**

1. 比賽場地
   標準的籃球比賽場地，尺寸應為二十八米長乘以十五米闊的平滑木板地或石地。

2. 籃球板
   籃球場兩端各有一塊籃球板，大小為一點八米乘一點零五米。

3. 球板上有籃框和籃網。籃框用金屬製造，塗上橙色，直徑四十五厘米。

4. 籃網勾在球框上，使人可以清楚地看見入球與否。

5. 籃框釘在籃板處，防止籃球飛出場外。

二、 **比賽服飾**

1. 基本的比賽衣着為一件運動背心和一條運動短褲。各球員的隊衫必須在前面及背部均編有號數。

2. 數字由四號至十五號，背心前面的號碼要有十厘米高，而背後的則要有二十厘米高。

三、 **球鞋**

1. 必須穿着膠底球鞋。

2. 球鞋對運動員非常重要，所以選購球鞋要注意以下幾點：
   a. 球鞋要輕便和大小適中；
   b. 高筒或短筒鞋均可；
   c. 鞋面用帆布或軟皮製造；
   d. 鞋底可以避震和柔韌；
   e. 鞋底有防滑的凹凸底紋。

四、 **籃球**

1. 由皮革、軟膠或人造纖維包着膠製氣囊的圓球體，圓周要在七十五厘米至七十八厘米之間。

2. 重量在五百六十七克至六百五十克之間。

一般比賽規則

五、 **球隊人數**
   出場人數五人，另設後備七人。

六、 裁判
設正、副裁判、計時員及計分員各一名。

七、 比賽時間
1. 比賽分兩節，每節各二十分鐘。
2. 兩節之間有十分鐘的休息時間。如果兩方均在完場時得相同分數，便得加時，直至分出勝負為止。

八、 比賽開始
1. 比賽開始時，由球證於中圈拋出籃球讓雙方跳球。
2. 第二節亦以跳球開始。球隊有主隊和客隊之分，客隊在第一節有權選擇進攻方向，而到了第二節，雙方要交換進攻方向以示公平。

九、 跳球
1. 每隊其中一人面對面立於中圈等候跳球。
2. 其他球員則要站立於圈外，直至其中一人觸到球為止。
3. 球證站於圈內二人之間，把球向上拋去，拋出的球的高度要比兩個跳球員高。跳球員可跳高把球拍到同伴手中，然後開始進攻。如果籃球落地時不被任何人觸碰到到，就得重新跳球。跳球者只能觸球兩次，直至籃球碰到其他球員、地面或球板。

十、 得分
1. 若籃球由上而下的穿過籃框就是入球。
2. 若在三分線內射入可得兩分。
3. 若在三分線外射入可得三分。
4. 射入罰球可得一分。
5. 如果籃球入了己方的籃框，分數就判給對方。

十一、騷擾球
1. 當攻方射球後，守方觸到開始下墜的籃球時，就叫騷擾球。
2. 如果攻方射球時，守方接觸到籃板、籃框或籃網也叫做騷擾球。這樣，不論攻方入球與否，也可得到應得的分數。

十二、入球後重新開始球賽
攻方入球後，守方要在五秒之內從己方的底線開球。

十三、走步違例
球員要不拍球移 ，必須以其中一隻腳為重心腳，這隻腳不能離地，只能轉動，直至球離手為止，否則算走步。

十四、兩次運球違例
運球結束後，再次運球，便算違例；雙手拍球，亦算違例。

十五、踢球違例

若故意以腳碰球，就算違例。若故意以腳大力踢球則可被判技術犯規。

十六、發界外球的情況

若普通犯規，或任何一方將球撥出界外，應發界外球。

十七、暫停

每隊可要求暫停比賽兩次，暫停要由教練向裁判申請。

十八、換球員

因球員犯規而叫暫停或因跳球而暫停時，可以更換球員，惟須在二十秒之內換人，更換人數不限。

十九、罰球的情況

1. 守方以犯規動作導致攻方射球失敗，攻方可得罰球；
    a. 若攻方在三分線外射球，可判得三個罰球；
    b. 若攻方在二分線內射球，可判得兩個罰球；
2. 若射球成功且守方犯規，分數照計兼得一個罰球；
3. 若一隊犯規次數達九次，由該次起每次犯規，敵隊可得兩個罰球。

二十、個人犯規

球員與對方球員有任何不合理的身體接觸皆為個人犯規行為。若個人犯規達五次，該球員須立即離場，由其他球員代替比賽。

二十一、技術犯規

在以下情況算技術犯規：

1. 不尊重裁判的裁決。
2. 以語言或動作戲弄或不尊重對方球員。
3. 擅自更換球員號碼或在比賽中擅自換人。
4. 故意拖延時間，妨礙比賽進行。

二十二、勝利條件

在完場後得到最高分數者為勝方。若完場時雙方分數相等，得加時直至分出勝負為止。

時間限制

二十三、計時方法

1. 當任何一名球員在球賽開始時觸碰到籃球，即開始計時。
2. 攻方要在三十秒內射出籃球，否則就算違例。
3. 攻方必定要在十秒內把球帶到前場，否則就算違例。一旦把球帶到前方，就不能帶回後場，否則也算違例。
4. 攻方要在五秒鐘之內投出界外球，過了這個時限則算違例。
5. 攻方任何一位球員不能在守方禁區內逗留超過三秒，否則違例。

規則類

細則示例——學會章程細則

應用科技學會章程施行細則

第一條 制定的依據

　　本細則依應用科技學會章程第十條的規定制定。

第二條 常務理事會的職權

　　常務理事會的任務如下：

　　一‧本會日常事務的處理；

　　二‧代表大會及理事會決議事項的執行。

　　三‧會務助理的督導；及

　　四‧學會財務的管理。

　　五‧至於本會書籍出版申請案的處理，其編審工作由出版事務委員會負責。

第三條 委員會的設置

　　本會設置下列委員會：

會員委員會

　　甲、組織

　　本委員會由理事會推選五名委員組成，任期兩年，可連選連任。本會副理事長為本委員會當然委員及主席。

　　乙、任務

　　本委員會負責蒐集、整理與會務有關規定、向理事會提出章程及其施行細則的修正案、收納新會員、整理會員資料及編印會員名錄及依據本會理監事通訊選舉辦法，籌辦選舉事宜。

　　丙、會議的召開

　　每年召開會議兩次，在必要時可召開臨時會議。

學術委員會

　　甲、組織

　　本委員會設學術委員六名，任期兩年，可以連任。本會理事長，副理事長，總編輯，為當然委員；其他委員由理事會推選產生，本會理事長為本委員會的主任委員。

　　乙、任務

　　主辦、合辦及協辦各項與應用科技有關的學術活動，規劃各種學術活動，及負責與學術團體的聯繫，促進國際性學術交流與合作。

　　丙、會議的召開

　　每年召開會議三次，有需要時可增加會議次數。

出版事務委員會

甲、組織

本委員會設總編輯及副總編輯各一名,由理事會同學術委員會聘任,任期兩年。總編輯任期屆滿或因故不能執行職務時,經理事會同意後,由副總編輯接任。

本委員會設編輯委員五名,由原正副總編輯及常務理事提名,經理事會通過後聘任。副總編輯由現任編輯委員互選出任。編輯委員任期兩年,可連聘連任。

本委員會技術編輯助理三名,處理本會出版事務,由編輯委員會聘任,聘任期兩年,可連聘續聘。

乙、任務

本委員會負責本會刊物的審查、編輯及出版事宜;對外公開徵求具學術價值論文。

丙、編審制度

稿件由總編輯交付專長相近的編輯委員負責,依論文的性質送請專家審查,並由該委員綜合審查結果作成審查意見,如有問題再送本委員會作最後決定。

丁、會議的召開

每三個月至少開會一次,在必要時可召開臨時會議。

第四條 理事會人事聘任的決議時間

理事會對於各委員會委員人選的聘任,原則上應於每年度第一次理事會決定。

第五條 委員會年度工作報告

各委員會主任委員或總編輯應於每年度結束前,就一年來工作情形向理事會提交報告。

第六條 委員會的提案權

各委員會得向理事會提出有關該委員會施行細則條文的修訂案。

第七條 會務助理的設立

本會設會務助理三名,由理事會聘任,聘期兩年,可續聘。助理的待遇由常務理事會決定。

第八條 會務顧問及法律顧問的設立

本會為借重會員(如曾任理事長的會員)或非會員的專長以推展會務,可設會務顧問及法律顧問多名,由理事會同意後聘任,任期兩年,可連聘連任。

第九條 會員免費刊物權利

會員於繳納會費期間,享有本會贈閱出版刊物的權利。

第十條 理監事人選

理事會每年應公佈理監事候選人名單。

第十一條 章程及其施行細則的公佈

理事會每年應公佈本會現行章程及其施行細則。

第十二條 本細則的施行期

本細則經會員大會通過公佈施行。對本細則的任何修訂亦必須經會員大會通過,始可公佈施行。

光明學院圖書館學生及校友借書辦理簡則

1. 本簡則乃依據本校圖書館委員會決議訂定；

2. 凡本校學生及畢業生均可依本簡則辦理手續，取得借書
   證；

3. 辦理借書證者須攜帶學生證／身份證、照片兩張及保證
   金 500 元，到圖書館出納台辦理。

4. 借書證在週一至週五上午九時至下午二時間辦理者，當
   天可取得借書證；在週一至週五下午二時後以及週六辦
   理者，可於圖書館下一個開放日取證。

5. 每名持有借書證者累計最多可借書 5 冊，借閱期為 3
   週，期滿無人預訂者可續借 1 次。

6. 借書證須妥為保存，如有遺失應即向圖書館申請補發（每
   次得繳手續費 100 元正）。

7. 借書證不得轉借他人使用，如經發現，本館有權予以沒
   收，不再補發；如因此而涉及本館財產損失，持證人須
   負責賠償。

規則類

辦法示例 —— 校友會幹事會選舉辦法

智才中學校友會
第 X 屆幹事會成員選舉辦法

(一) 幹事會人數及職位

幹事會由八名會員組成，其職位包括：
(i) 主席
(ii) 副主席
(iii) 秘書
(iv) 司庫
(v) 四名幹事

(二) 候選人資格及辦理手續

(i) 被提名者必須為本會的會員。
(ii) 被提名者必須由一位會員提名，並由不少於一位會員和議方可成為候選人。
(iii) 候選人數目不設上限。
(iv) 提名人須填妥提名表格，並於 XXXX 年 X 月 XX 日前寄回學校傳交本會秘書。
(v) 候選人名單將隨同會員大會通告一併寄予各會員。

(三) 投票日期、時間及地點

投票於 XXXX 年 X 月 XX 日之會員大會舉行。投票時間為當日中午十二時至下午三時三十分。地點為學校禮堂。

(四) 投票權

所有會員均享有投票的權利。

(五) 投票手法

(i) 投票以不記名方式進行。
(ii) 候選人將按其畢業年份分成四組，即
第一組：1983 年或以前畢業
第二組：1984 年至 1988 年畢業
第三組：1989 年至 1993 年畢業
第四組：1994 年或以後畢業
(iii) 投票人須於最少其中一組內投票。
(iv) 各投票人在每組內最多可投二票，最多可在全部四組內最多可投八票。
(v) 經點票後，由得票最高之八位候選人當選，每組可有超過兩位候選人當選。
(vi) 得票最高的一位候選人自動當選為主席。
(vii) 主席得在會員大會後一個月內召開幹事會議，並在會中互選出副主席、秘書及司庫，其餘六人的職位則在會議中經洽商決定。

(六) 點票及公佈當選名單

(i) 點票工作會在截止投票後隨即進行，由大會工作人員負責，並由校長監票及核實。
(ii) 結果將於會員大會當日公佈。

(七) 任期及生效時間

新一屆幹事會在選舉結果公佈後隨即生效，直至下一屆幹事會選出為止，任期為兩年。

規則類

須知示例 —— 公共汽車乘客須知

乘客須知

(一) 乘客必須依照路線規定繳付車費，並將車費投入指定錢箱內。

(二) 乘客不可在車箱內向其他乘車者收集巴士車費。

(三) 四至十二歲小童及六十歲以上的長者可獲車費半價優惠。凡半價計算的不足一角部分，仍須作一角繳付。

(四) 每位照章繳費之成人可免費攜同最多兩名四歲以下及不佔座位的小童乘車。

(五) 每位乘客只可攜帶體積小於十分一立方米及重量少於五公斤的小型行李乘車。

(六) 當車上的乘客人數已達乘客限額時，司機有權拒絕乘客登車。

(七) 除緊急情況外，乘客不得在行車時與司機談話。

(八) 車未完全停定，乘客不可上落。

(九) 乘客必須使用指定閘口登車及下車。

(十) 乘客不可於梯級或車廂上層站立。

(十一) 乘客不可把任何物件及身體部分伸出窗外。

(十二) 車廂內不可吸煙。

(十三) 乘客不可攜帶任何易燃或危險物品乘車。

(十四) 車廂內不可飲食。

(十五) 乘客不可在車廂內棄置垃圾或以任何形式損毀巴士。

(十六) 乘客如需下車，請在巴士到達車站前按鐘通知司機。

(十七) 除失明人士可攜帶引路犬隻乘車外，一律禁止攜帶任何動物乘車。

10.1　特點

　　契約為一種法律文件，記錄締約雙方（或多方）所共同承諾遵守的條文，包括互相可享有的權利和應履行義務。契約既為法律文件，對締約各方皆具法律約束力，若任何一方不按照契約履行義務，另一方可以按契約內容要求對方履行，或循有關地區的法律程序，要求對方履行契約。契約有兩個功能：第一，供締約各方作辦事的依據；第二，作為進行法律程序的證據。

　　締結契約各方可為個人或機構組織〔即法人（legal person）〕，各方皆應具有承擔與契約有關法律責任的能力。契約的內容也要符合有關地區的法律要求。例如，有些地區的法律不容許把樓宇的天台作物業出售，大部分地區的法律也訂明買賣受保護的動物為非法行為，所以契約內容不能涉及這些不合法的買賣。至於契約的制訂程序，不同地區對不同契約內容，往往有不同的要求，締約各方應小心留意。

　　古時契約稱為"券"。以往，也有人稱契約為"契據"、"文契"及"字據"等，但這等名稱已甚少使用。現在，契約又常稱為"合同"、"合約"及"協議書"，又可以簡稱為"契"。

契約類文體在用詞、構句和篇章結構方面，都與規章類文體相似。只是較簡短的契約類文件，例如"簡單的借貸契約（借據）"，一般可不劃分條款。

10.2 種類

契約的種類可從兩方面來劃分：一、締約內容；二、受法律的約束程度。

締約內容

締約內容多種多樣，常見的類別如下：

類別	主要內容
僱傭契約	僱方定期或不定期地為僱方服務，僱方支付報酬或提供利益予僱方。
買賣契約	賣方將固定資產（如土地、建築物）或流動資產（如存貨、用於交易的證券）的財產權讓予買方，而買方交付購買的代價。
租賃契約	一方將資產租與另一方使用，另一方支付租金及雙方訂下的其他費用。
抵押契約	債務人將其財產暫時交由債權人保管，作為清償債務的擔保，直至債務人清償所欠債務。
借貸契約	一方將金錢或其他財產借予另一方，另一方須支付利息及其他有關費用，還可能需要提出擔保。
承攬契約	一方為另一方完成指定的工作，另一方須支付報酬。
合夥契約	兩方或以上共同出資，合夥經營事業，收益及其他的權利和義務則按各方共同協議分配。

受法律約束的程度

按此可簡單將契約類文體分契約和意向書兩類。

一、契約

訂定契約是希望為協議內容加上強力的法律約束。契約一經訂定簽蓋，當事各方便按其條文受法律的約束。一般而言，經過愈正式的法律程序（如透過律師辦理或經政府登記）訂立的契約，當事各方受條文的法律約束愈大。

契約一經訂定簽蓋，當事各方即按有關條文受法律的約束。

二、意向書

意向書通常只在較重要或較具規模的商務合作中使用，當有意合作的各方經過初步商討，把初步構思的合作大綱正式記錄下來，並共同簽蓋，便成為意向書。

意向書的結構跟契約相似，在功能上，意向書是日後落實合作項目及締結契約的基礎。雖然如此，意向書一般沒有法律約束力，內容也比契約簡單。

意向書是機構間在訂定較大規模商務合作之前所訂立的合作大綱，一般沒有法律束力。

10.3　格式

契約格式

契約類文體的內容應包括以下成分：

名稱

在契約正文之前，應為文件加上名稱，以簡明地標示契約的種類或性質。如"土地買賣契約"、"租賃契約"、"工程承攬契約"等。

當事人

當事的個人或機構（法人）的姓名或名稱，必須清楚註明。為方便分辨當事人的身份，通常還加上其他有關資料，如身份證明文件號碼及地址。

協議

當事各方達成一致協議是訂立契約的先決條件。因此，契約內容必須註明當事人"一致同意"、"同意"、"達成協議"或同類性質的字詞。

標的物

"標的"是指法律行為所欲引致的法律效果。在房屋買賣契約中，房屋的產權便是標的物；在承攬契約中，承攬的工作項目便是標的物。標的物是契約的中心，必須將其數量及素質標準詳細註明。

權利和義務

當事各方所有的權利及當盡的義務皆應在契約內詳細列明，而且如上所述，羅列的權利和義務，不應抵觸任何當地有關的法律條例。

期限

期限有兩種。第一種是履行期限，這包括標的財產的交收期限及標的工作或服務的完成期限。第二種是契約的有效期限，一般而言，有效期限可以先於履行期限開始，但履行期限的截止時間應該與有效期限的終止時間一致。

簽名 / 蓋章

當事各方應當在契約末處簽名或蓋章，以表示對契約信守負責。契約的篇幅若在兩頁或以上，可在每頁的下角加上草簽，以防抽換部分頁數。另又可在訂裝後於接縫處蓋上當事各方的印章（即"騎縫章"）。

日期

在簽蓋以後應寫上日期，以確實法律上權利和義務的起訖。在一些地區，部分契約須經由公證機關簽蓋，契約始能生效。這些機關簽蓋的契約生效日期，也寫在最後。

此外，契約還可因應需要，加上以下項目：
定義

有些契約的內容較複雜，或須使用多個專門術語（行話），可在最前的條文處先給重要的詞彙或術語下定義，使契約內容的意義清晰明確。

訂約後的保證

這是就契約標的物而訂明締約各方之權利和義務所作的保證。例如，在房地買賣契約中，可註明："……乃自產自賣，不涉任何爭執糾葛，亦無重疊交易。日後若發現此等情況，責任一概由賣方承當，與買方無關。"

違約處理

契約可註明若一方違反契約的處理方法。例如，應如何處罰違約一方，在甚麼情況下才進行法律訴訟及應交予甚麼地區的法庭處理。

見證人簽蓋

見證人的義務是證明契約的真實性。其在契約上簽署後，便表示承擔這義務的責任。

其次，為防止塗改，契約上的數字，常使用大寫，如"壹"、"貳"、"叁"、"肆"、"伍"、"陸"、"柒"、"捌"、"玖"、"拾"。

契約的內容一般如規章一樣，可以劃分為"編"、"章"、"節"、"條"、"款"來編寫，以使條理清晰。簡短的契約一般只分"條"；若"條"不足以列明其他細節，可在"條"下分"款"。較長篇的契約則可在"條"以上按需要加分"編"、"章"及"節"。十分簡短的契約（約在三百字以內）也可以不分條款，而只以段落編寫。現把主要的格式簡介如下：

較短及不分條款的契約格式樣本

XXXX 契約[1]

[2] _____

甲方當事人：_____[3]
乙方當事人：_____

[4] 日期：_____

註：

(1) 名稱必須放在文首，並使用較大字體。

(2) 雖然不分條款，但仍須因應內容，加以分段。

(3) 當事各方必須在契約的條文後簽蓋。

(4) 最後必須寫上契約的簽蓋或公證生效日期。

較長篇契約格式樣本

註：

(1) 名稱必須放在文首，並使用較大字體。

(2) 可因應需要劃分"編"、"章"、"節"、"條"、"款"。跟規章類一樣，"條"的次序可以分章排列，也可以按全份文件的次序來排列。

(3) 主要的劃分單位（如"編"、"章"）須加上標題，以方便分辨內容。

(4) 章節下的內容，若不分條款，可用一個段落敍述。但若有其中一章不分條款，整份契約當把"條"的次序分章排列。

(5) 當事各方必須在契約的條文後簽蓋。

(6) 最後必須寫上契約的簽蓋或公證生效日期。

XXXX 契約[1]

第一章[2]： XXXX[3]
[4] ＿＿＿＿＿＿＿＿＿＿＿＿＿＿＿＿＿＿＿＿＿＿＿
＿＿＿＿＿＿＿＿＿＿＿＿＿＿＿＿＿＿＿＿＿＿＿
＿＿＿＿＿＿＿＿＿＿＿＿＿＿。

第二章： XXXX
第一條：＿＿＿＿＿＿＿＿＿＿＿＿＿＿＿＿＿＿。
第二條：＿＿＿＿＿＿＿＿＿＿＿＿＿＿＿＿＿＿。
第三條：＿＿＿＿＿＿＿＿＿＿＿＿＿＿＿＿＿＿。

第三章： XXXX
[5] 第一條：＿＿＿＿＿＿＿＿＿＿＿＿＿＿＿＿＿＿。
第二條：＿＿＿＿＿＿＿＿＿＿＿＿＿＿＿＿＿＿。

　　　　　．
　　　　　．
　　　　　．

[5]甲方當事人： XXX　　　　　　簽蓋：　〔簽蓋〕

乙方當事人： XXXX　　　　　　簽蓋：　〔簽蓋〕

[6]日期： XXXX 年 X 月 X 日

較短及以條款為主的契約格式樣本

XXXX 契約[1]

(2)
1. _____
2. _____
3. _____
4. _____
5. _____
6. _____
·
·
·
·
·
·

(3) 甲方當事人：_____
乙方當事人：_____

(4) 日期：_____

註：

(1) 名稱必須放在文首，並使用較大字體。

(2) 必須清楚註明條文的序號。

(3) 當事各方必須在契約的條文後簽蓋。

(4) 最後必須寫上契約的簽蓋或公證生效日期。

意向書格式

　　由於意向書只是初步商談的結果，所以一般內容較為簡短。意向書的內容成分跟契約相似，同樣應該有"名稱"、"當事人"、"標的物"、"權利和義務"、"（初步）期限"、"簽名/蓋章"及"日期"等。但意向書沒有協議成分，不必寫上當事人"同意"或"協議"等詞，而只作出各方已經"達成一致意見"、"達成本意向書"等紀錄。再者，由於內容基本上沒有法律約束力，所以毋須加上有關違約處理的內容，也不必加上見證人簽蓋。

意向書格式樣本

註：

(1) 名稱必須放在文首，
並使用較大字體。

(2) 必須清楚註明條文
的序號。

(3) 當事各方必須在契
約的條文後簽蓋。

(4) 最後必須寫上契約
的簽蓋或公證生效
日期。

XXXX 合作意向書 [1]

[2] 1. _____
   2. _____
   3. _____
   4. _____
   5. _____
   6. _____
      ·
      ·
      ·
      ·
      ·
      ·

[3] 甲方當事人：_____
   乙方當事人：_____

[4] 日期：_____

10.4 示例

契約類

示例一 —— **僱傭合約**

天美有限公司

僱傭合約

本僱傭合約由天美有限公司 (以下簡稱 "僱主") 與沈小慧小姐 (以下簡稱 "僱員") 於ＸＸＸＸ年Ｘ月Ｘ日訂立，雙方同意遵守下列僱傭條款及條件：

1. 受僱日期
   由ＸＸＸＸ年Ｘ月Ｘ日起生效。

2. 受僱職位
   秘書。

3. 受僱部門
   行政及物業管理部。

4. 工資
   (a) 月薪為港幣Ｘ萬Ｘ仟Ｘ百元正。
   (b) 另可獲以下津貼－
   　　膳食津貼每工作天港幣ＸＸ元。
   　　交通津貼每工作天港幣ＸＸ元。

5. 支付工資
   每月壹次於每月份最後一天支付。

6. 工作時間
   每星期五天 (即星期一至五) ，由上午九時至下午六時。午膳時間為下午一時至下午二時。

7. 超時工作津貼
   超時工作每小時可獲相等於基本時薪一倍半的津貼，即：
   每月基本薪金 ÷ 30 天 ÷ 8 小時 × 1.5

8. 試用期
   三個月。

9. 終止僱傭合約
   任何一方欲終止本約，必須遵照下列通知期限：
   (a) 試用期首七天之內，須提前一天以口頭通知對方。
   (b) 試用期內第七天以後，須提前七天以口頭通知對方，或向對方支付相當於通知期限的代通知金。
   (c) 試用期後，須提前一個月以書面通知對方，或向對方支付相當於通知期限的代通知金。

10. 假期
    僱員可享有公眾假期。

11. 有薪年假
    僱員根據公司規定享有有薪年假 15 天。

12. 有薪病假
    僱員每工作滿一個月，可得有薪病假一天，有薪病假最多可累積至 X X 天。

13. 疾病津貼
    (a) 僱員在以下情況可享有以僱員正常工資的五分之四計算的疾病津貼：
       － 僱員提交有效醫生證明書；以及
       － 僱員已經累積足夠的有薪病假日數。
    (b) 若病假日數超出已得之累積有薪病假日數，則超出之日數不給予疾病津貼。唯僱員仍必須提交有效醫生證明書，以取得該日數的無薪病假。

14. 產假薪酬
    (a) 僱員如果在產假開始前已受僱滿 4 星期或以上，便可享有 10 星期產假。
    (b) 如果在產假開始前受僱滿 40 星期或以上，則可享有產假薪酬。產假薪酬以僱員正常工資計算。

15. 年終酬金／雙薪
    (a) 僱員每服務滿壹農曆年，可領取壹個月正常工資。
    (b) 支付日期為農曆新年前五天內。

16. 花紅
    (a) 僱員每服務滿壹公曆年，可領取壹個月正常工資。
    (b) 支付日期為農曆新年前五天內。

17. 颱風時當值
    (a) 當八號或以上風球懸掛時，僱員若獲上級通知需要上班，可獲發颱風當值津貼、交通津貼及兩倍正常工資。
    (b) 當八號或以上風球懸掛時，僱員若毋須上班，工資不會被扣減。當八號或以上風球於下班前不少於三小時前除下，僱員必須上班。

18. 黑色暴雨警告時當值
    (a) 當黑色暴雨警告生效期間，僱員若獲上級通知需要上班，可獲發暴雨當值津貼、交通津貼及兩倍正常工資。
    (b) 當黑色暴雨警告生效期間，僱員若毋須上班，工資不會被扣減。當黑色暴雨警告於下班前不少於三小時前除下，僱員必須上班。

19. 其他
    (a) 僱員可根據《僱傭條例》、《僱員補償條例》或其他有關條例的條文享有其他權利、利益或保障。
    (b) 根據僱主的僱員手冊公佈的其他規則和規章、權利、利益或保障也成為本合約的一部分。

僱主及僱員雙方均清楚明白上述各項內容，並同意簽字作實。雙方均須保存合約文本壹份。

僱員	僱主代表
姓名：沈小慧	姓名： 吳大方
〔簽署〕	〔簽署〕
香港身份證號：A345678(9)	天美有限公司
日期：ＸＸＸＸ年Ｘ月Ｘ日	日期： ＸＸＸＸ年Ｘ月Ｘ日

契約類

示例二 —— 臨時買賣合約

富 貴 地 產 公 司

地址：九龍尖沙咀重慶街 88 號地舖　電話：2ＸＸＸＸＸＸＸ

臨時買賣合約

出讓人（賣方）：黃地霸　　　地址：九龍亞皆老街 56 號 89 樓
承讓人（買方）：李金富　　　地址：香港軒尼詩道 19 號光榮大廈 37 樓

（一）　雙方同意買賣之樓宇單位為九龍油麻地窩打老道 55 號四方樓 10 樓 B 座
（二）　總樓價：港幣伍佰陸拾萬元正（HK$5,600,000）
（三）　買方先付訂金港幣伍萬陸仟元正（HK$56,000 以銀行支票／本票ＸＸＸＸ
　　　　號支付）。
（四）　雙方訂明在ＸＸＸＸ年Ｘ月ＸＸ日或以前買方及賣方各自委託律師安排簽
　　　　署買賣合約事宜，而買方必須在該日前透過委託律師以現金或本票加付訂
　　　　金港幣伍拾萬零肆仟元正（HK$504,000）予賣方。
（五）　總樓價扣除訂金之餘款，即港幣伍佰零肆萬元正（HK$5,040,000），必須
　　　　在第（四）條所定正式交易日或以前經代表律師繳付買方。
（六）　交吉交易必須在ＸＸＸＸ年Ｘ月ＸＸ日或以前完成。
（七）　買賣合約費由買賣雙方分別支付，買方之新買賣契約的一切費用由買方支
　　　　付。取消舊契的一切費用由賣方支付。
（八）　富貴地產公司的服務費用為港幣伍萬陸仟元正（HK$56,000）。此費用應於
　　　　正式樓宇買賣合約簽訂時，由買方經代表律師交予富貴地產公司。
（九）　如買方臨時反悔不履行此合約，則一切所收訂金由賣方沒收，賣方並有權
　　　　將上述物業再行出售或保留自用。但買方仍須於第（五）條所定日期或以前
　　　　把服務費用全數支付予富貴地產公司。
（十）　如賣方臨時反悔不履行此合約，則必須按照已收訂金數額加倍賠償予買方，
　　　　並且負責繳付富貴地產公司的服務費用。賣方必須把賠款及服務費用在第
　　　　（五）條所訂日期或以前分別交予買方及富貴地產公司。
（十一）買方在賣方交出買賣樓宇管理費、水費及電費按金收據時，必須在七天內
　　　　照額繳付按金予賣方。

賣方　：黃地霸　　身份證號碼：A234567(8)　　簽署：〔簽署〕
買方　：李金富　　身份證號碼：B345678(9)　　簽署：〔簽署〕
見證人：何新貴　　身份證號碼：C456789(0)　　簽署：〔簽署〕

ＸＸＸＸ年Ｘ月ＸＸ日

契約類

示例三——樓宇租約

租　約

本租約由　業主吳 XX（以下簡稱甲方）
　　　　　租客張 XX（以下簡稱乙方）　雙方同意訂立。立約雙方願共同遵守下列內容：

（一）　甲方將 XXXX 街 X 號 X 大廈 X 座 X 樓 X 座租與乙方，雙方訂立租金每月港幣 X 萬 X 仟 X 佰 X 拾元正。租用期為 X 年，由 XXXX 年 X 月 X 日起至 XXXX 年 X 月 X 日止。乙方在租用期內不得退租，否則仍須按照所餘租期之時間繳付租金。

（二）　乙方不得將樓宇分租或轉租與別人。除所租用之樓宇範圍外，其他地方不得佔用。

（三）　該樓宇之租金必須在每月租期之首日上期繳納，不得拖欠。如過期一個月，乙方仍未能將租金交到甲方或乙方不履行合約內任何條件，則甲方有權利將此合約終止，並且取回樓宇的使用權，按全個租用期追收所欠租金。

（四）　乙方如在所訂承租期未滿前退租，當作中途毀約論，自動放棄收回按金之權利。乙方在租約期滿遷出時，該樓租金，水電費，管理費，及一切費用清付後，得領回按金（不計利息）。

（五）　租金不包括差餉，則乙方人必須負責繳付在租期內政府向上述物業徵收之差餉。

（六）　乙方遷出樓宇時，必須在租用期內將全部傢俬物品搬離樓宇。倘若乙方留下任何物品不能搬走，甲方有權自行處置該等物品，乙方不得異議。

（七）　乙方須繳交兩個月租金（即港幣 X 萬 X 仟 X 佰 X 拾元正）予甲方作為按金。乙方遷出時，甲方須（不計利息）將該款交還與乙方。倘若乙方未付清租金或其他當付費用，甲方得在該項按金內如數扣除。

（八）　該樓宇所有之差餉物業稅、地稅、地租概由甲方支付。其他一切什費、水電費、清潔費、管理費等一概由乙方支付。

（九）　乙方若安裝入牆間格、窗花、電器等，應先取得甲方同意，並且安裝後，未得甲方同意，不可在遷出時拆回。

（十）　本樓宇只准作住宅用途。乙方不得在該樓宇存貯違禁品或進行任何觸犯法例的事。

（十一）乙方不得有喧嘩或擾亂鄰居安寧舉動，倘經別戶投訴，乙方仍未改善，甲方有權要求乙方遷出。

（十二）乙方倘因疏忽而導致水渠淤塞，則須負責賠償甲方維修之費用。

（十三）乙方應自行購買風災、水、火、盜竊及意外保險，乙方如有任何損失，甲方不須負任何責任。

（十四）乙方不得拒絕甲方派遣之人員，在日間適當時間進入樓宇內檢視該樓宇近況或進行任何修理工程。

（十五）在合約屆期或終止前六個月內，甲方可在不干擾原則下將招租通告標貼於該樓宇門前或通告板上，乙方亦應准許持有甲方書面證明書之人士，在日間合理之時間內進入該樓視察。

（十六）該樓一切門窗，廚房及浴室之設備，如潔具水喉，水渠等如有損壞，乙方需負責修理或賠償。

（十七）如有任何通告，經由郵局掛號寄出或按址送遞而由該樓宇內之成人收受，或由大廈管理處將該文件標貼在易於發現之適當地點，則作為乙方已收受該通告文件。

（十八）乙方收到甲方交來該樓宇大門、房門及信箱鎖匙壹套。在遷出時，必須全部交回甲方。

（十九）本租約一式兩份，各執一份存證。政府之釐印稅及律師樓費用，均由乙方與甲方平均負擔。

（二十）本租約中英文均附錄，如有異議，以中文本為依據。

立租約人　　甲方　〔簽署〕　身份證號碼 CXXXXXX（X）
　　　　　　乙方　〔簽署〕　身份證號碼 EXXXXXX（X）

XXXX 年 X 月 X 日

租　約

本租約由
業主吳 XX（以下簡稱甲方）
租客何 XX（以下簡稱乙方）
雙方同意訂立。立約雙方願共同遵守下列內容：

（一）甲方將 XXXX 街道 X 號 X 大廈 X 座 X 樓租與乙方，雙方訂立租金每月港幣 X 萬 X 仟 X 佰 X 拾元正。租用期為 X 年，由 XXXX 年 X 月 X 日起至 XXXX 年 X 月 X 日止。乙方在租用期內不得退租，否則仍須按照所餘租期之時間繳付租金。

（二）乙方不得將樓宇分租或轉租與別人。除所租用之樓宇範圍外，其他地方不得佔用。

（三）該樓宇之租金必須在每月租期之首日上期繳納，不得拖欠。如過期拾天，乙方仍未能將租金交到甲方或乙方不履行合約內任何條件，則甲方有權利將此合約終止，並且取回樓宇的使用權，按全個租用期追收所欠租金。

（四）乙方遷出樓宇時，必須在租用期內將全部傢俬物品搬離樓宇。倘若乙方留下任何物品未能搬走，甲方有權自行處置該等物品，乙方不得異議。

（五）乙方須繳交兩個月租金（即港幣 X 萬 X 仟 X 佰 X 拾元正）予甲方作為按金。乙方遷出時，甲方須（不計利息）將該款交還與乙方。倘若乙方未付清租金或其他，甲方得在該項按金內如數扣除。

（六）該樓宇所有之差餉物業稅、地稅、地租概由甲方支付。其他一切什費、水電費、清潔費、管理費等一概由乙方支付。

（七）乙方若安裝入牆間格、窗花、電器等，應先取得甲方同意，並且安裝後，未得甲方同意，不可在遷出時拆回。

（八）本樓宇只准作住宅用途。乙方不得在該樓宇存貯違禁品或進行任何觸犯法例的事。

（九）乙方收到甲方交來該樓宇大門、房門及信箱鎖匙壹套。在遷出時，必須全部交回甲方。

（十）本租約一式兩份，各執一份存證。

立租約人　　　甲方　〔簽署〕　身份證號碼 CXXXXXX（X）
　　　　　　　乙方　〔簽署〕　身份證號碼 EXXXXXX（X）

XXXX 年 X 月 X 日

修訂租約協議

業主吳 XX（以下簡稱甲方）及租客何 XX（以下簡稱乙方）雙方同意，把雙方於 XXXX 年 X 月 X 日就甲方將香港北角 XX 街 X 號 XX 大廈 X 座 X 樓租與乙方的樓宇租約內所訂之租金，由 XXXX 年 X 月 X 日起更改為 X 萬 X 仟 X 佰元正。上述租約內所有其他條文仍然有效。本協定一式兩份，雙方各執一份存證。

甲方　〔簽署〕　身份證號碼 CXXXXXXX（X）

乙方　〔簽署〕　身份證號碼 EXXXXXXX（X）

XXXX 年 X 月 X 日

借款合同

貸款方：ＸＸ銀行ＸＸ分行
借款方：ＸＸ公司

借款方為進行ＸＸＸＸ工程向貸款方申請貸款，經貸款方審查接納申請。雙方為明確責任，恪守信用，根據國家有關規定，特簽訂本合同，共同遵守。

第一條　貸款金額
人民幣ＸＸ萬元（￥ XXX,XXX）正。

第二條　貸款用途
借款方須將貸款金額用於ＸＸＸＸ工程，貸款可以用以支付ＸＸ的工資、ＸＸＸＸ工程的建材及有關行政開支。

第三條　借款和還款期限
1. 貸款方按下列時間及數額分肆期提供貸款予借款方：
   第一期　ＸＸＸＸ年Ｘ月Ｘ日　人民幣ＸＸ萬Ｘ仟元（￥ XXX,XXX）正
   第二期　ＸＸＸＸ年Ｘ月Ｘ日　人民幣ＸＸ萬Ｘ仟元（￥ XXX,XXX）正
   第三期　ＸＸＸＸ年Ｘ月Ｘ日　人民幣ＸＸ萬Ｘ仟元（￥ XXX,XXX）正
   第四期　ＸＸＸＸ年Ｘ月Ｘ日　人民幣ＸＸ萬Ｘ仟元（￥ XXX,XXX）正

2. 借款方由ＸＸＸＸ年Ｘ月起在每月份第壹日還人民幣Ｘ萬Ｘ元（XX,XXX）正，直至本金及利息完全清還。按此安排，由貸款方每月從借款方賬戶扣收還款。

第四條　貸款利息
按月息百分之Ｘ（Ｘ%）計算，按季結息。在本合同有效期內，若發生國家政策性的利率改變，貸款利率亦作相應調整。

第五條　還款資金來源
借款方對償還貸款本息以抵押方式提供擔保。抵押協議作為本合同附件。

第六條　保證條款
1. 借款方用ＸＸ做抵押，到期不能歸還貸款方的貸款，貸款方有權處理抵押品。借款方完全清還本金及利息後，貸款方須即時退還抵押品給借款方。

2. 借款方必須按照第二條規定使用借款，不得挪作其他用途。

3. 若借款方由於經營不善而關閉或破產時，除了按國家規定用於人員工資和必要的維護費用外，須優先償還貸款。由於國家部門決定轉變或撤銷ＸＸＸＸ工程，或由於不可抗力的意外事故致使本合同無法履行，經雙方協議，可以變更或解除合同，並免除承擔違約責任。

4. 若需要變更合同條款，經雙方友好商議達成一致協議後，雙方可簽訂變更合同文件，作為本合同的組成部分。

5. 貸款方必須按照第三條規定的期限及數額支付貸款予借款方。

6. 借款方必須按照第三條規定的期限清還本金及利息予貸款方。

7. 貸款方有權檢查及監督貸款的使用情況。借款方須提供有關統計、會計報告、賬本等資料予貸款方，以了解借款方的經營管理、計劃執行、財務活動、物資庫存等情況。

8. 本合同自雙方簽訂之日起生效。

第七條　違約責任

1. 若貸款方未按期提供貸款，應按違約數額和延期天數計算，付給借款方百分之 X（X%）違約金。

2. 若借款方不按合同規定的用途使用借款，貸款方可即時收回部分或全部貸款，並可以停止發放新貸款及對違約使用的部分按銀行規定利率加收罰息百分之 X（X%）。

3. 若借款方未能按照第三條規定的期限及數額還款，貸款方有權終止貸款及加收罰息百分之 X（X%）。

第八條　其他

1. 貸款方及借款方皆不得擅自變更或解除合同。若本合同有未盡之處，須經雙方當事人共同協商，作出補充規定。補充規定與本合同具有同等效力。

2. 本合同正本一式兩份，貸款方及借款方各執一份；合同副本一式 X 份，送交……等有關單位各存檔一份。

借 款 方：　〔簽署〕　　　　貸 款 方：　〔簽署〕
法人代表：　Ｘ Ｘ Ｘ　　　　法人代表：　Ｘ Ｘ Ｘ
保證單位：　〔簽署〕　　　　保證單位：　〔簽署〕
法人代表：　Ｘ Ｘ Ｘ　　　　法人代表：　Ｘ Ｘ Ｘ

簽訂日期：Ｘ Ｘ Ｘ Ｘ年Ｘ月Ｘ日

中港貿易有限公司

軟件顧問合約

中港貿易有限公司軟件顧問合約

本合約由以下雙方於香港簽訂：

中港貿易有限公司，為法人團體，公司地址為香港中環雪廠街 700 號（以下簡稱"本公司"）；美軟電腦有限公司，為法人團體，公司地址為九龍尖沙咀海傍街 10 號（以下簡稱"軟件顧問"）。

茲證明雙方締約及同意如下：

1. 定義

   工作： 按照本公司的指示，並遵照本公司釐定的標準和素質符合本公司的運作標準和要求的軟件，及軟件使用指引。

   軟件： 電子計算機運作所需的系統，其中包括一切系統所需的程式及資料。

   軟件使用指引：軟件使用指引，包括但不限於以下各項：
   軟件的結構及構成部分；
   軟件功能介紹及分析；
   軟件功能的使用步驟；
   軟件功能及使用；及
   按鍵一覽表。

   軟件顧問： 主要負責編寫軟件及軟件使用指引的人士。

2. 聘任

   本公司謹依本合約條款聘任軟件顧問執行本公司指示的工作；軟件顧問亦謹此同意接受聘任。

3. 任期

   不論本合約於何日簽訂，本合約將於 XXXX 年 X 月 XX 日生效（"開始日期"），而同意在 XXXX 年 XX 月 X 日或以前完成本協議指定的工作（"完成日期"）。

4. 受聘人的職責

   軟件顧問主要負責按照本公司的指示和要求，編寫軟件及軟件使用。軟件顧問的職責至少包括以下各項：

   A. 編寫以下軟件：
   　（a）本公司會計管理軟件
   　（b）本公司人力資源管理軟件

   B. 編寫上述 A 項（a）及（b）兩套軟件的使用指引。

   C. 把軟件安裝於本公司指定的電子計算機內。

D. 另將所有軟件存儲於 3.5 吋磁碟內，在 XXXX 年 X 月 X 日或以前交予本公司，並同時把軟件使用指引交予本公司。

E. 在軟件安裝後六個月內，按本公司的要求修改軟件，及因為軟件的修改，修訂軟件使用指引。

F. 在 XXXX 年 X 月 X 日或以前，把已修改的軟件，存儲於 3.5 吋磁碟內，交予本公司，並同時把已修改的軟件使用指引，交予本公司。

5. 薪酬

A. 編寫軟件及軟件使用指引完成之日，本公司將共支付港幣 XXXX 予軟件顧問。經本公司正式授權的行政人員核核，方會付款。在未經本公司書面確認其工作合乎要求且予以接受前，本公司不得按所完成的工作或其中任何部分工作而給予付款。付款階段分為：

(a) 第 4 條 A 至 D 項完成後兩星期內，本公司將支付首期付款港幣 XXXX 萬元；

(b) 第 4 條 E 及 F 項完成後兩星期內，本公司將支付第二期付款港幣 XXX 萬元。

B. 本公司在軟件顧問完成第 4 條各項工作後要求再行修改軟件及使用指引，軟件顧問須按要求進行這些額外工作。所涉費用將按照雙方議定的費用按比例計算。

6. 軟件及軟件使用指引所有權和版權

軟件顧問根據合約所編訂的軟件及軟件使用指引，所有權永遠屬於本公司。本公司有權以任何方式處置軟件及軟件使用指引，卻無義務必須使用這些軟件及軟件指引。

7. 責任

如因任何直接或間接與本公司有關的事項而對軟件顧問或任何其他人士造成任何損失或損害，本公司概不負責。儘管前面已有一般性條款明文豁免本公司的責任，但為慎重起見，本公司特此訂明。倘軟件顧問根據本合約編訂的工作時有任何侵犯版權行為，本公司不會承擔責任。

8. 終止合約

A. 儘管本合約任何其他條款已有規定，若軟件顧問沒有或拒絕按照本合約條款執行工作和相關的職責，本公司可以書面通知軟件顧問，即時終止本合約；書面通知須預付郵資並以掛號方式寄至 XXXX，或寄至軟件顧問向本公司書面指定的其他地址。

B. 本公司終止本合約後，便無責任支付酬金或其中任何部分，本公司並且有權依法追討在終止合約前已支付的酬金或其中任何部分，以及依法享有其他權利。

C. 本合約終止時，軟件顧問須立即將因執行工作而需持有或掌管的一切物品交回本公司。

9. 軟件顧問與本公司的關係

謹此訂明，軟件顧問是獨立的承辦人，在任何情況下均不可視為本公司僱員，亦不能享有本公司提供予僱員的任何福利。

10. 不放棄權利

本公司在任何時間沒有或疏忽執行本合約任何條款，不視為本公司放棄本身在本合約內的權利，亦不會影響本合約整體或其中任何部分的效力，也不影響本公司將來採取法律行動的權利。

11. 轉讓

本合約乃本公司與軟件顧問簽訂，軟件顧問不可將其中的利益轉讓他人或其他團體，亦不可將任何義務轉授他人或其他團體。

12. 完整協議

本公司取代雙方在簽訂本合約時或以前達成的書面、口頭或暗示的任何安排、承諾或協議，並構成雙方之間達成的全部諒解。

13. 仲裁

因為履行本合約引起或與本合約有關的任何爭議，須由一名雙方提名及同意的仲裁人仲裁解決。仲裁人的決定對雙方均具約束力。仲裁工作將按香港法律第 341 章最新修訂的《仲裁條例》進行。

14. 分割條款

倘若本合約任何條款被判定在任何程度上無效、不合法或不可執行，該條款將從本合約分割，其餘條款在法律許可的情況下仍完全有效並可執行。

茲證明雙方簽署本合約。

軟件顧問	見證人
〔簽署〕	〔簽署〕
楊 XX	李 XX
中港貿易有限公司	見證人
〔簽署〕	〔簽署〕
杜 XX	羅 XX

XXXX 年 X 月 X 日

合資經營 XX 有限公司合同書

第一章　總　　則

根據《中華人民共和國中外合資經營企業法》和中國的其他有關法規，經本合同各方充分協商，本着平等互利的原則，同意在中華人民共和國 XX 省 XX 市，以中外合資經營企業方式設立 "XX 有限公司"，簽定本合同。

第二章　合營各方

合營各方為：

中國 XX 公司 (以下簡稱甲方)　　註冊地：中華人民共和國
地址：XXXXXXXXXXXXXXXXXXXXXXXXX　　電話：XXXX XXXX
法定代表：王 XX　　　職務：XXXX　　　國籍：中國

X 國 XXXX 公司 (以下簡稱乙方)　　註冊地：XXX
地址：XXXXXXXXXXXXXXXXXXXXXXXX　　電話：XXXX XXXX
法定代表：陳 XX　　　職務：XXXX　　　國籍：XXXX

第三章　合營公司

第一條　甲、乙方同意以中外合資經營方式在中國境內建立合資經營 XX 有限公司 (以下簡稱合營公司)。
　　　　合營公司的名稱為 XX 有限公司。英文名稱為……Limited
　　　　合營公司的法定地址為 XX 省 XX 市 XX 路 X 號。合營公司根據需要，經董事會討論決定有關部門批准後，可在中國內地、香港和其他國家或地區設立辦事機構。

第二條　合營公司一切活動，必須遵守中華人民共和國法律、法令和有關規定，其合法經營權益，受中華人民共和國法律保護。

第三條　合營公司是在中國註冊的有限責任公司。合營各方按照各自的出資比例，分享利潤和分擔風險及虧損。

第四條　合營公司的政府主管部門為：XXXX

第四章　合資經營目的、範圍和規模

第一條　合營公司的經營目的：本着加強經濟合作和技術交流的願望，採用先進而適用的技術和科學管理方法，生產出在質量、價格等方面均具有國際市場上競爭能力的產品，為投資各方帶來經濟效益。

第二條　合營公司的經營範圍：生產和銷售 XX 產品、對銷售後的產品進行維修、研究和發展新產品。

第三條　合營公司的經營規模：合營公司投產後的生產能力為 XXXX，隨着生產經營的發展，生產規模為年產 XXXX、年產銷上述產品價值 XX 幣 XX 百元，合營公司的產品百分之 XX 出口外銷、百分之 XX 內銷。合營公司自行平衡其一切收支。

第五章　投資總額與註冊資本、投資比例、出資方式

第一條　合營公司的投資總額為 XX 幣 XX 億 X 萬元，註冊資本為 XX 幣 XX 億 X 萬元。投資總額使用，其中包括：廠房基建 XXX 萬元，機械設備 XXX 萬元，流 資金 XXX 萬元。
　　　　甲、乙方將出資方式列示如下：
　　　　甲方：　　現金 XXXX 萬元
　　　　　　　　機械設備 XXXX 萬元
　　　　　　　　廠房 XXXX 萬元
　　　　　　　　土地使用權 XXXX 萬元
　　　　　　　　工業產權 XXXX 萬元
　　　　　　　　其他 XXXX 萬元
　　　　　　　　共 XXXX 萬元

乙方：　　　　　現金 XXXX 萬元
　　　　　　　　機械設備 XXXX 萬元
　　　　　　　　工業產權 XXXX 萬元
　　　　　　　　其他 XXXX 萬元
　　　　　　　　共 XXXX 萬元

第二條　合營各方按照合營合同的規定向合營公司的出資，必須是合營者自己所有的現金、自己所有並且未設立任何擔保物權的實物、工業產權、專有技術。凡是以實物、工業產權、專有技術作價出資的，出資者應當具擁有所有權和處理權的有效證明。

第三條　公司任何一方不得用以合營公司的名義取得的貸款、租賃的設備或者其他財產以及合營者以外的他人財產，作為自己的出資。也不得以合營公司的財產和權益，或合營他方的財產和權益為其出資擔保。

第四條　各方的出資額應在本合同簽署並經中國審批機構批准簽發工商營業執照之日起六個月內，傳入中國銀行或工商銀行合營公司開設的賬戶，逾期未繳清者，應按月支付百分之 XX 的近期利息和承擔由此引起的一切經濟損失。

第五條　在經營中，如發現資金不足，經雙方協商增加數額報原審批機構批准後，按合營各方出資比例追加。

第六條　在合營期內，合營公司不得減少註冊資本。

第七條　合營一方轉讓其全部或部分出資額時，必須通知另一方，並給予購買優先權。

第八條　合營一方向第三方轉讓其出資額的條件，不得比合營他方轉讓的條件優惠。違反本條的，轉讓將屬無效。

第六章　合營各方的責任

甲方　(1)　向中國審批機構辦理設立合營公司的審批手續、登記註冊、領取營業執照等事宜。
　　　(2)　向土地主管部門辦理申請取得土地使用權的手續。
　　　(3)　向合營公司提供土地、廠房或機械設備。
　　　(4)　組織合營公司廠房和其他工程設施的施工。
　　　(5)　在合營公司開業前，辦理合營公司的設備和材料的進口審批手續，並向中國海關報關。
　　　(6)　負責產品生產及管理工作。
　　　(7)　負責職員招聘、培訓工作。
　　　(8)　在合營公司開業前，為乙方的職員申請出入境簽證、工作許可證和旅行手續等。
　　　(9)　為乙方的職員提供工作、生活及交通便利條件。
　　　(10)　協助合營公司聯繫有關部門，落實水、電、交通等基礎設施。
　　　(11)　協助合營公司招聘當地的中國籍的經營管理人員、技術人員、工人和所需的其他人員。
　　　(12)　辦理本合同規定的及合營公司委託的其他事宜。

乙方　(1)　提供現金、機械設備、工業產權等。
　　　(2)　辦理合營公司委託在國際市場上採購設備和原材料的所有事宜。
　　　(3)　提供需要的設備安裝、調試以及測試生產技術人員、生產和檢驗技術人員。
　　　(4)　培訓員工。
　　　(5)　委派管理人員，與甲方配合共同管理、協調公司的生產及經營業務。
　　　(6)　辦理本合同規定及合營公司委託的其他事宜。

第七章　技術轉讓、技術作價

第一條　甲、乙雙方同意，由合營公司與 X 或第三者簽定技術轉讓協議，用以達到本合同第四章規定的生產經營目的、規模所需的先進生產技術，但須報審批機關批准後。

第二條　乙方對技術轉讓提供如下保證：(註：在乙方負責向合營公司轉讓技術的合營合同中才有此條款。)
　　　(1)　乙方保證為合營公司提供的 XXXX (註：須註明產品名稱) 的設計、測試和檢驗等全部技術，均符合合營公司經營目的要求並保證能夠達到本合同要求的產品質量和生產能力。

(2)　乙方對技術轉讓協議中規定的各階段提供的技術和技術服務，應並列詳細清單作為該協議的條件，並保證實施。

(2) 乙方對技術轉讓協議中規定的各階段提供的技術和技術服務，應並列詳細清單作為該協議的條件，並保證實施。

(3) 圖紙、技術條件和其他詳細資料是所轉讓的技術的組成部分，保證如期提交。

(4) 在技術轉讓協議有效期內，乙方對該項技術的改進，以及改進的情報和技術資料，應及時提供給合營公司，不另收取費用。

第三條　如乙方未按本合同及技術轉讓協議的規定提供設備和技術，或發現有欺騙或隱瞞行為，乙方應負責賠償合營公司的直接損失。

第四條　合資各方以工業產權、專有技術作價出資，須另簽技術作價出資合同加以規定，作本合同附件報原審機關批准。

第八章　產品的銷售

第一條　合營公司的產品，在中國境內外市場上銷售，外銷部分佔百分之 XX，內銷部分佔百分之 XX。

第二條　為了在中國境內外銷售產品和提供銷售後的產品維修服務，經中國有關部門批准，合營公司可在中國境內外設立銷售維修服務的分支機構。

第三條　合營公司的產品所使用的商標為 XX。

第九章　董事會

第一條　合營公司註冊登記之日，為合營公司董事會的成立日。董事會為合營公司最高權力機構，決定合營公司的一切重大事宜。

第二條　董事會由 X 人組成，其中 X 人由甲方委派，X 人由乙方委派。董事長須由甲方委派一名，副董事長須由乙方委派一名。董事和董事長任期 X 年，經委派方繼續委派可以連任。合營各方委派或更換董事時，應以正式書面通知為準。

第三條　董事長為合營公司的法人代表，董事長不能履行職責時，應授權副董事長或其他董事代表合營公司。

第四條　董事會根據中國的有關法律、法令，有權決定公司的經營方針、利潤分配、人事安排及經營業務上的重大問題等。

第五條　關於雙方權益的重大事宜，必須按照平等互利的原則通過董事會內部達成一致，一般事宜以出席董事會會議半數以上董事通過決定。

第六條　下列事項必須由出席董事會會議的董事一致通過，方可作出通過決定：

(1) 合營公司章程的修改。

(2) 合營公司的中止、解散。

(3) 合營公司的註冊資本的增加、轉讓。

(4) 合營公司與其他經濟組織的合併。

第七條　董事會會議每年至少召開一次，由董事長召集並主持會議。經三分一以上董事提議，董事長可臨時召開會議。全部會議紀錄須存檔於合營公司。

第十章　管理機構

第一條　合營公司設經營管理機構，負責公司的日常經營管理工作。經營管理機構設總經理一人，副總經理 X 人，總經理、副總經理由董事會聘請。

第二條　總經理的職責是執行董事會決議，組織和領導合營公司日常管理工作，在董事會授權範圍內，總經理對外代表合營公司，對內任免下屬人員，行使董事會授予的職權。副總經理的職責是協助總經理工作。

第三條　經營管理機構可設若干部門經理，分別負責公司各部門的工作，辦理總經理和副總經理交辦的事項。

第四條　總經理、副總經理不得兼任其他經濟組織的職務。不得參與其他經濟組織對公司的工商競爭。總經理、副總經理若有營私舞弊和嚴重失職行為，經董事會決議通過，可以隨時解聘。

第十一章　勞動管理、工會組織

第一條　合營公司員工的工資標準、獎勵及福利待遇，參照當地同性質同行業水平執行。有關招聘、辭退、勞動保護、保險等，依照中國有關法律和勞動部門有關規定辦理。

→

第二條　勞動合同訂立後，須報請當地勞動管理部門備案。

第三條　高級管理人員的聘請和工資待遇、社會保險、福利、出差旅費標準等，由董事會會議討論決定。

第四條　合營公司職工有權按照《中華人民共和國工會法》和《中國工會章程》的規定，建立基層工會組織，開展工會活動。合營公司應當為本公司工會提供必要的活動條件。

第十二章　設備和原材料購買、商檢

第一條　合營公司需進口的生產設備、運輸車輛及其他原材料、燃料和辦公用品等，在同等條件下，應盡量在中國購買。

第二條　合營公司委託乙方從國外購買的設備，應以優質為原則，價格經董事會同意方能購買。

第三條　合營公司從國外購買的設備、材料及乙方引入的設備等，須按《中華人民共和國商品檢驗條例》的規定，提交中國商檢機構檢驗。

第十三章　設 備 購 買

第一條　在相同條件的情況下，合營公司應先在中國購買所需的材料、工具和辦公室用品等。

第二條　合營公司在中國以外購買所需材料、工具或其他物品，應甲乙雙方共同派員參與。

第十四章　籌備與建設

第一條　合營公司在籌備、建設期間，在董事會下設立籌建處。籌建處由甲乙雙方各派 X 人組成，負責審查工程設計、簽訂工程施工承包合同、制定工程施工進度和有關管理的辦法等。

第二條　甲乙雙方指派技術人員組成技術小組，在籌建處領導下，負責對設計、工程質量、監督和檢驗等工作。

第十五章　勞 動 管 理

第一條　經董事會按照《中華人民共和國中外合資經營企業勞動管理規定》及其實施辦法加以制定勞動合同。勞動合同訂立後，報當地勞動管理部門備案。

第十六章　稅務、財務與利潤分配

第一條　合營公司按照中國的有關法律和條例規定繳納各種稅金。

第二條　合營公司職工按《中華人民共和國個人所得稅法》繳納個人所得稅。

第三條　合營公司按照《中華人民共和國中外合資經營企業法》的規定提取儲備基金、公司發展基金及職工福利獎勵基金，每年提取的比例，由董事會根據公司經營情況討論決定。

第四條　合營公司的會計年度從每年 XX 月 XX 日起至 XX 月 XX 日止，一切記賬憑證、單據、報表、賬簿，均以中文書寫。

第五條　合營公司的財務與會計制度根據中國有關財務會計制度的規定辦理，並且申報當地財稅部門備案。

第六條　合營公司的一切開支單據，必須經總經理或其授權人簽署方為有效。

第七條　合營公司的財務審計聘請中國註冊的會計師審查、稽核，並將結果報告董事會和總經理。如乙方有權另外聘請其他國家的審計師對財務進行審查，其所需的費用則由乙方負擔。

第八條　合營公司屬獨立企業，財務獨立核算，自負盈虧。

第九條　利潤分配和虧損分擔。合營企業年終利潤按規定交納所得稅後，扣除儲備基金、企業發展基金、職工福利及獎勵基金後所得利潤，按合同各方出資比例分配。若合營公司虧損，雙方亦按出資比例負擔。

第十七章　合營期限、解散及清算

第一條　合營公司合營期限為 X 年，從領取營業執照之日起計算。

第二條　合營公司期滿後，經雙方協商可申請延長合同期限。合營公司解散，應由董事會提出清算程序，並組成清算委員會進行清算。合營公司清償債務後剩餘資產，按合營各方出資比例分配。

第三條 在下列情況下，可解散合營公司：
(1) 合營期滿，任何一方不同意續辦。
(2) 企業發生嚴重虧損，無力繼續經營。
(3) 企業因發生自然災害、戰爭等不可抵抗而造成嚴重損失，無法繼續經營。

在上述情況下，應由董事會提出解散申請書，報請審批機構批准後即時生效。合營公司解散後，本合同即告終止。

第十八章 保　　險

第一條 合營公司的各項保險均在中國人民保險公司投保，投保類別、保險價值、保期等須按照中國人民保險公司的規定由合營公司董事會會議討論決定。

第十九章 違約責任

第一條 合營各方中的任何一方未按合同內的規定依期提交出資額時，從逾期之日算起，除累計繳付應交的違約金外，守約他方有權按本合同內的規定終止合同，並要求違約一方賠償損失。

第二條 由於一方的過失，造成本合同及其附件不能履行或不能完全履行時，由過失的一方承擔違約責任。如屬雙方的過失，根據實際情況，由雙方分別承擔各自應負的違約責任。

第二十章 不可抗力

第一條 合同的任何一方如遭遇地震、颱風、洪水、水災或戰爭及其他不可預測及不可抵抗的事件等不可抗力而不能履行合同時，遇事一方應立即以電報通知另一方，並在隨後十五天內向對方提供事件的詳情，並由公證機關簽發有效證明文件，以解釋無法執行合同的理由。雙方再根據事件對合同影響的性質，經過協商最後確定是否解除合同，或者部分免除履行合同的責任，或延期履行合同。

第二十一章 爭議的解決

第一條 合營各方因執行本合同而發生爭議，應本着友好精神協商解決，如協商不能解決，應提交北京中國國際貿易促進委員會對外經濟貿易仲裁委員會進行仲裁。此裁決為終局裁決，雙方應遵守執行。仲裁費用由敗訴一方負責。在解決爭議期間，除爭議事項外，合營各方應繼續履行合營公司合同、章程所規定的各項條款。

第二十二章 適用法律

第一條 本合同的訂立、生效、解釋、變更和爭議的裁決以中華人民共和國法律為依據。

第二十三章 合同生效及其他

第一條 本合同及其附件，均須經中華人民共和國對外經濟貿易部(或其委託的審批機構)批准，自批准當日起生效。

第二條 本合同由雙方簽署，經中國審批機構批准後，即為具有法律效力的文件。合營各方必須嚴格遵守，任何一方不得擅自終止，若單方提出終止或轉讓股權和合營條件，應在三個月以前提出，待雙方協商後，報請原審批機構核准，合營一方有優先承股權。任何由於終止合同造成的經濟損失，由提出終止合同的一方負責。

第三條 本合同如有未盡事宜，經合營各方協商可以修改補充，並報請原審批機關批准，經修改補充的條款，具有同等的法律效力，作為合同的有效附件。

第四條 甲乙雙方發出通知的方法，如用電報通知時，凡涉及各方權利和義務，應隨即另以書面函件通知。合同中甲乙雙方的法定地址即為甲乙雙方的收件地址。

第五條 本合同正本三份，合營各方各執一份，另一份由合營公司保存。副本 X 份，報請有關部門備案。

第六條 本合同於 XXXX 年 X 月 XX 日由合營各方的法定代表在中國簽定。

甲方法定代表　　　| 甲方機構印鑑 |　　　　　乙方法定代表　　　| 乙方機構印鑑 |
〔簽蓋〕　　　　　　　　　　　　　　　〔簽蓋〕

聯合經營 XXX 合同書

訂立協議單位 ： XXXXXXXXXXXXXXXXXXX
甲方 (單位名稱) ： XXXXXXXXXXXXXX
經濟性質 ： XXXXXXXXXXXXXXXXXXX
乙方 (單位名稱) ： XXXXXXXXXXXXX
經濟性質 ： XXXXXXXXXXXXXXXXXXX

甲、乙雙方一致決定聯合出資經營 XXX 公司 (以下簡稱公司)，特訂立本協議。

(1) 聯營宗旨：XXXXXXXXXXXXX

(2) 聯營企業名稱：XXXX
公司地址：XXXXXXXXXXXXXXXXXXXXXX
隸屬：XXX
經濟性質：XXX
核算方式：共同經營、統一核算、共負盈虧。

(3) 聯營項目：XXXXXXXXXXX

(4) 經營範圍與經營方式：XXXXXXXXXXX

(5) 聯合出資方式、數額和投資期限：XXXXX
公司投資總額為人民幣 XXX 元。
甲方投資 XXX 元 (佔投資總額 XX%)
甲方以下列作為投資：
現金：XXX 元；
廠房：XXX 元，折舊率為每年 XX%；
機械設備：XXX 元，折舊率為每年 XX%；
土地徵用補償費：XXX 元；
技術成果：XXX 元；
商標權：XXX 元；
專利權：XXX 元；
乙方投資：
XXXXXXXXXXXXXXXXXXXXX
XXXXXXXXXXXXXXXXXXXXX
投資繳付日期：XXXX 年 X 月 X 日

(6) 董事會決定一切的公司資金增減，並報請聯營成員協商，根據資金增減合理調整本協議有關分配比例的規定。

(7) 全體聯營成員能共同擁有公司財產的權利，任何一方未經全體聯營成員的一致通過，不得處理公司的全部或任何部分財產、資產、權益和債務。

(8) 聯營成員不得轉讓出資額及其因參加本公司獲得之權益。

(9) 聯營成員的權利和義務：
甲方：XXXXXXXXXXXXX
乙方：XXXXXXXXXXXXX

(10) 利潤分配與風險承擔：
公司實行稅前分利的原則，即依法繳納營業稅、產品稅後，由投資各方將分得利潤併入投資方企業利潤，一併繳納所得稅。

公司所得，在提取儲備基金、企業發展基金及職工福利獎勵基金後，按下述比例分配：

甲方：XX%

乙方：XX%

雙方按上述比例承擔公司虧損或風險。

前款所列企業發展基金、職工福利獎勵基金及儲備基金所提取比例由董事會制定，惟不得超過毛利的 XX%。

(11) 聯營企業的組織機構：

董事會為公司最高的決策機構，定期舉行會議，決定公司的一切重大事項。

董事會由甲、乙雙方各派成員委任，任期為 X 年，經委派方繼續委派方可連任，董事會成員如有變，可由該董事的原單位另派適當人選接替。

董事長、副董事長、董事可以兼任公司的經理、副經理或其他職務。

(12) 公司的經營管理：

公司由出資各方派人共同經營管理。公司的經營方針、重大決策均採取董事會一致通過為原則。

公司設有經營管理機構，由甲、乙雙方各推薦 X 人負責公司的日常管理工作。

公司的主管會計由甲、乙雙方各推薦 X 人協助。

公司的財務會計賬目受聯營成員監督檢查。

(13) 違約責任

1. 聯營成員任何一方未能按本協議規定依期如數提交出資額時，每逾期 XXX，違約方應繳付應出資額的 XX% 作為違約金給守約方。如逾期 XXX 仍未提交，除累計繳付應交出資額的 XX% 的違約金外，守約方有權要求終止協議，並要求違約方賠償損失。如雙方同意繼續履行協議，違約方應賠償因違約行為給公司造成的經濟損失。

2. 協議履行過程中如發生糾紛，由各方派代表協商解決，或請雙方主管部門調解及請求仲裁機關仲裁。

3. 聯營成員在本聯營存續期間不得加入其他半緊密型聯營，如違反本規定，視為中途退出，按下款辦法處理。

4. 聯營成員如果中途退出，需賠償造成的全部損失及付出資額的 XX% 作為違約金。

(14) 本協議經雙方代表簽字後，報請有關主管部門審批後生效，協議中如有內容未能盡錄，由聯營成員共同協商作出補充規定。

(15) 本協議生效日，即公司董事會成立之時，由公司董事會負責監督檢查各方履約情況。

(16) 本協議正本一式 X 份，雙方各執一份，公司存一份，協議副本一式 X 份，送 XXX、XXX、XXX 各一份。

甲方：XXX　　　　　　　〔公章〕

法定代表人：XXX　　　　〔蓋章〕

銀行賬戶：XXX XXX

地址：XXXXXXXXXXXXXXXXX

乙方：XXX　　　　　　　〔公章〕

法定代表人：XXX　　　　〔蓋章〕

銀行賬戶：XXX XXX

地址：XXXXXXXXXXXXXXXXX

XXXX 年 X 月 X 日

公證或簽證機關：XXXX　〔機關公章〕

XXXX 年 X 月 X 日

意向書

示例一 —— 合營意向書

合營意向書

甲方：廣東省 XX 工程技術公司
乙方：香港 XXX 公司

甲、乙雙方一致認為隨着內地經濟建設事業的迅速發展，經營房地產會為社會和經濟帶來良好的效益。雙方經友好協商，依照《中華人民共和國中外合資經營企業法》及有關法律，本着平等互利、共同投資、共享利潤、共擔風險的原則，在廣東省合資經營房地產開發公司（下稱合營公司），並就以下的條款，達成一致意見：

第一條　合營公司的名稱為 XX 房地產開發有限公司。

第二條　註冊地址為廣東省廣州市 XXX 大廈。

第三條　註冊資本總額約為 XXX 萬元人民幣。甲方出資 XX%（約人民幣 XXX 萬元），乙方出資 XX%（約人民幣 XXX 萬元）。

第四條　經營範圍為房地產開發、接受客戶委託、進行土地規劃、工程設計、施工建築、安裝、裝修、銷售出租等。

第五條　董事會由 X 名董事組成，董事長由甲方委派，副董事長由乙方委派，另甲方再派 X 名及乙方再派 X 名充當董事會成員。各人任期為 X 年，期滿後，經委派方委派，可以連任。

第六條　合營期限為自工商部門簽發營業執照當日起計 XX 年。期滿前經雙方協商可以延長。

第七條　成立合營公司之前，雙方各自負擔一切為籌建合營公司的費用。

第八條　雙方在正式簽訂設立合營公司合同之前，如因任何理由使合營公司不能設立，本意向書便自動失效。雙方均不得以本意向書為依據，追究對方任何法律責任。

第九條　其他事宜，雙方將進一步友好協商決定。

第十條　本意向書於 XXXX 年 X 月 X 日在廣州市簽訂，一式四份，雙方各執二份。

甲方：廣東省 XX 工程技術公司　　　　　　乙方：香港 XXX 公司
代表：李 XX　　　　　　　　　　　　　　代表：楊 XX

　　〔簽署〕　　　　　　　　　　　　　　　　〔簽署〕

意向書

示例二 —— 承辦酒店業工作意向書

承辦開發區酒店業發展工作意向書

　　香港 XX 企業有限公司（以下簡稱甲方）及山西省 XX 市 XX 局（以下簡稱乙方）為合作發展 XX 市開發區事宜，特訂立意向書如下：甲方願以其經驗及財力，協助乙方發展 XX 市開發區之汽車製造工業。乙方亦願全力合作，本着平等互利的原則，從各方面協助甲方發展工作。雙方合作的計劃及辦法，將另行訂立協議，詳加規定，協議一經正式簽訂，即可開展合作。

　　　　　　　　　　香港 XX 企業有限公司代表 XXX　　〔簽署〕

　　　　　　　　　　山西省 XX 市 XX 局代表 XXX　　　〔簽署〕

XXXX 年 X 月 X 日

意向書

示例三 —— 合營商店意向書

合作開設皮鞋店意向書
XXXX 年 X 月 X 日於 XX 省 XX

XX 進出口公司 XX 分公司和 XX 市 XX 公司（以下簡稱甲方）與 XX 海外貿易公司（以下簡稱乙方），通過友好協商，雙方就在 XX 市開設"XX 皮鞋公司"達成本意向書。擬合作內容如下：

一、 雙方合資開設一間皮鞋製造工廠。

二、 甲方將負責中國境內的籌備工作，乙方將負責國外的籌備工作。

三、 甲方將提供一座廠房用作製造皮鞋；另在繁華地段提供兩處可供售賣皮鞋的場所。

四、 甲方將向乙方建議不同款式皮鞋的零售價格。

五、 甲方將提供各類皮革的參考價格。

六、 乙方將在甲方提供的有關資料基礎上提出初步的設計方案和所需的價格，以供雙方制定可行性報告。

七、 在雙方簽訂本意向書後三個月內，舉行下一次會議。

八、 本意向書，一式兩份，雙方各執一份。

甲方：   乙方：

XX 進出口公司 XX 分公司   XX 海外貿易公司

〔簽章〕   〔簽章〕

代表：XXX   代表：XXX

XX 市 XX 公司

〔簽章〕

代表：XXX

XXXX 年 X 月 X 日

11 報告類

11.1 特點
11.2 種類
11.3 格式
11.4 示例

11.1 特點

　　報告是對某工作或情況的陳述，一般由負責編撰報告的職員（或部門）向其上司或所屬的組織單位提交。例如，下級把報告呈交上司，或管理執行部門把報告交給全體會員閱覽。報告也可以由受託者提交委託者。

　　雖然報告的主要內容是工作或情況的陳述，但陳述並非編寫報告的目的。報告的基本目的在於使受文人了解某工作的有關情況。因此，報告內容要重點分明。長篇或複雜的報告，便應按需要劃分為"編"、"章"、"節"、"條"，使內容的鋪排整齊清晰；劃分的各個部分更可冠以序號，以方便檢索。而且，為方便受文人理解和掌握內容，報告要繁簡適度，一方面要全面交代有關的內容，另方面要避免加入不必要的繁瑣細節或重複內容。此外，為求內容清晰及具説服力，凡屬抽象的描述（如前景模糊）或作出評價、判斷的論述（如價格高昂），皆應以事例或數據提出支持。

　　撰寫報告常常還有另一種目的，就是使受文者接受自己的建議。報告若包含這種目的，一般設有建議部分，這部分多數放在報告的末尾，作為概括分析整項工作或整個情況的結果。為求達

報告的內容要重點分明，繁簡適度。

到受文人接受建議的目的，報告的語氣應該客觀，以反映發件人的態度冷靜持平。即使提及與自己有切身關係的事，也應該以超然的態度來陳述。

11.2 種類

報告的種類可用兩個方法來劃分：一、所陳述事情的類別；二、形式。

報告的語言要客觀持平。

所陳述事情的類別

按此劃分，理論上報告的種類便不勝枚舉，下表試將其中常見的三類列出來。

類別	特點
工作報告	就某項工作或某段時期的工作作出陳述。內容可包括背景、已完成的工作及工作的結果等。（例如：XX工程進展報告）
業務報告	就某段時期的業務情況作出陳述。業務報告通常由機構或部門的主管編撰，然後呈交其直屬上司或提交機構的其他成員。內容可包括財政狀況、在營運方法上的主要改變、業績及為未來發展所進行的工作等。（例如：XX公司XXXX／XXXX年度業務報告）
調查報告	就某事情、狀況所進行的調查而作出的陳述。內容可包括調查原因、調查方法、取得結果及結果分析等。（例如：市場佔有率調查報告）

形式類別

簡單而言，按此可分有書信便箋式和章節式兩種。

一、書信便箋式

以書信或便箋的形式來作報告，書信或便箋的正文也就是報告的內容。這類形式一般較適用於簡短及常規性質的報告。而且，由於書信便箋的格式要求清楚註明受文人，所以比較適用於只有直接受訊者而沒有間接受訊者的報告。（有關直接和間接受訊者的分別，可參考第一部分第 3 章。）

二、章節式

把報告內容劃分為"編"、"章"、"節"、"條"來鋪排陳述，所以尤其適合長篇及複雜的內容。章節式的報告可以一份獨立文件來傳閱，故也特別適用於有間接受訊者的情況。

● 11.3 格式

書信便箋報告格式

書信便箋式報告一般應包括以下的基本成分（按便箋組成部分的次序羅列）：

- 受文人的名稱及職銜（如用後稱式書信，應放在正文之後）
- 發文人的名稱及職銜（如用後稱式書信，應放在正文之後）
- 日期（如用書信形式，應放在文末）
- 標題（應扼要說明文件的內容範圍及性質）
- 正文（即主要內容，通常佔絕大部分的篇幅）
- 附件（如有附件，可加以註明，附件應附加在文件的最後部分）

報告的正文是整份文件的主要部分，通常包括以下項目：

行政摘要（executive summary）

即整份文件的撮要，通常應在三百字以內。行政摘要可以幫助工作繁忙的管理人員在未看全份報告以前，先掌握報告的要點及決定是否需要詳細閱讀全份文件。在使用方面，有幾點應該注意：

一、行政摘要一般不在書信式報告中使用；

二、簡短的報告（約在一千字以下）毋須加上行政摘要；

三、行政摘要應放在正文的最前部分。

導言（引言）

導言可用以交代文件的旨趣及背景，預備受文者了解正文主體部分。

主體

　　主體就是報告所要陳述的內容，通常佔正文的最長篇幅。至於內容的鋪排敍述次序，可因應實際需要作出選擇，常用的包括以下多種：

- 從簡單至繁瑣
- 從受文人熟識的到其不熟識的
- 從工作方法到工作結果
- 從原因到結果
- 從問題分析到解決辦法
- 按時間發展（可先談最近發生的事，後談以前的事；或先敍述以往的事，再敍述最近的事）
- 按空間發展（可先談距離近的事，再談距離遠的事；或先敍述距離遠的事，再敍述距離近的事）
- 按重要性發展〔可先談重要的事，再談次要的（應注意這方法可能使受文人漸漸失去閱讀的興趣）；或先敍述次要的事，再談重要的（應注意這方法可能使受文人在閱讀前面部分時，便以為報告的重要性不高）；又或把重要和次要的事夾雜在一起，以保持受文人閱讀全文的興趣〕
- 演繹推論
- 歸納推理

總結 / 建議

　　在正文的最後部分，通常是畫龍點睛的地方，應該清楚交代報告的意義。一般可藉兩個方法來達到這個目的：

　　一、加上一個總結部分，綜合整份報告，作一個撮要，並提出其中的教訓或啟示；

　　二、加上一個建議部分，就主體部分所提及的困難與問題，提出解決的辦法及步驟。

由於書信便箋式的報告，只有正文部分較為獨特，其他部分與一般書信便箋無異，所以下面只介紹正文部分的常用格式：

書信或報告常用格式樣本

⁽¹⁾ A.行政摘要 ⁽²⁾
_____
_____
_____

B.導言 ⁽³⁾
_____
_____

C._____ ⁽⁴⁾
  C.1 ⁽⁵⁾
  _____
  _____

  C.2
  _____

  C.3
    C.3.1
    _____

    C.3.2
    _____

    C.3.3
    _____

  C.4
  _____
  _____

D.總結 ⁽⁶⁾
_____
_____
_____

註：

(1) 若報告十分簡短（約在五百字以內），便毋須分拆部分及給予個別部分小標題。

(2) 若不設行政摘要部分，可以導言為正文的第一部分。

(3) "導言"可以因應需要改稱為"引言"、"背景"或其他名稱。

(4) 主體的各個小標題可按所陳述的內容性質來設定。

(5) 段落的劃分及編號可因應報告內容來釐定。編號的次序可使用多層次的序列，如"C"部分可細分為"C.1"至"C.4"四個部分，每個部分可以另再細分，如"C.3"可劃分為"C.3.1"至"C.3.3"三個部分；如有需要，可再行細分。但是，層次太多，會令文件過於複雜。

(6) "總結"部分可改為"建議"。

章節式報告格式

　　章節式報告的正文格式跟書信便箋式相似。然而，應當注意章節式報告的正文一般篇幅較長，其段落劃分可以比較瑣細，又可因應內容的繁瑣程度，把內容編訂為"編"、"章"、"節"、"條"，或使用多層次的排序編號。

　　在章節式報告中，正文以外的其他部分有較獨特的格式。這些部分應該包括：

- 標題（應該扼要說明文件的內容範圍及性質）
- 發件人的名稱及職銜
- 日期（即報告的呈交日期）
- 目錄〔若文件有十頁以上，一般應該在正文以前加上目錄，方便檢索內容。目錄應依報告的內容次序羅列其序號、標題（和小標題）及頁數〕
- 附件（附件應附加在文件的最後部分，在正文之後；其內容應該在正文提及，並在目錄中說明）

　　如果報告設有目錄，通常放在標題、發件人及日期等資料之後。但是，報告若有行政摘要，可把它抽離正文部分，移前放在目錄的前面，以方便受文人先取得文件的主要資料。

章節式報告常用格式樣本

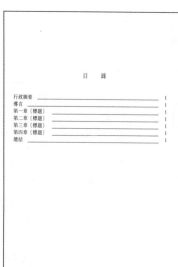

導言 ⁽¹⁾
_____
_____

第一章 ⁽²⁾ _____
_____
_____

第二章 ⁽²⁾ _____
　　第一節 ⁽³⁾ _____
_____

　　第二節 ⁽³⁾ _____
_____

　　第三節 ⁽³⁾ _____
_____

第三章 ⁽²⁾ _____
　　第一節 ⁽³⁾ _____
_____

　　第二節 ⁽³⁾ _____
_____
_____

第四章 ⁽²⁾ _____
_____
_____
_____

D.總結 ⁽⁴⁾
_____
_____
_____

註：

(1) 若不設行政摘要部分，導言可以為正文的第一部分。"導言"可以因應需要改稱為"引言"、"背景"或其他名稱。

(2) 按主題內容分為數"章"，各章標題按所陳述的主要內容而定。

(3) 因應報告內容劃分成多層次的段落，在"章"以下可按小分題分作數"節"；如有需要，可再行細分。但是，層次太多，會令文件過於複雜。

(4) "總結"部分可改為"建議"。

報告

示例一 —— 可行性研究報告

ＸＸ際業集團有限公司

致： 董事會主席
由： ＸＸ部經理
主旨： 與 BBW 合作可行性研究報告
日期： ＸＸＸＸ年Ｘ月ＸＸ日

一、 背景

美國 BBW 國際有限公司 (以下簡稱 BBW) 就在ＸＸ地區經銷該公司品牌ＸＸ器與本公司合作一事，經由去年Ｘ月開始經與 BBW 多次聯繫。

BBW 提供了ＸＸ器樣品，本部亦聯同研究發展部經理前往 BBW 在美國洛杉磯的ＸＸ器製造廠房，了解ＸＸ器的生產過程及質量控制。本部亦在ＸＸ地區進行了對ＸＸ器的市場調研。本部已將ＸＸ器交政府有關部門商檢，並且已完成批核。

二、市場調研的主要的結果
(結果從略)

從上述資料可見，BBW 的ＸＸ器所擁有的ＸＸ裝置和ＸＸ功能比其他國家及品牌的相同器材優勝。對這種科技新產品投入市場銷售前景，我們相信可以抱持樂觀的態度。

三、 建議

本部建議：

1. 成立專業公司，以銷售美國ＸＸ產品為公司唯一銷售產品；
2. 組織專門銷售人員隊伍進行市場推銷；
3. 設立專門為銷售美國 BBW 產品的儲運隊伍和辦公設施。

若上述原則性建議獲董事會接納，本部建議公司投資 1000 萬元正式註冊 "ＸＸ商貿有限公司"。

財務預算如下：
(預算從略)

報告

示例二 —— 公司中期業績報告

日 月 控 股 有 限 公 司

（於香港註冊成立之有限公司）

XXXX 年之中期業績報告

日月控股有限公司（"本公司"）之董事會宣佈本公司及其附屬公司（"本集團"）截至
XXXX 年 X 月 XX 日止六個月之未經審核綜合業績連同去年同期之比較數字如下：

未經審核的綜合損益表

	截至 XXXX 年 X 月 X 日止 之六個月 港幣千元	截至 XXXX 年 X 月 X 日止 之六個月 港幣千元
營業額	186,555	228,894
除稅前之經營（虧損）／盈利不包 括特殊項目之經營盈利特殊項目 （附註一）	6,076 (16,154)	39,746 -
	(10,078)	39,746
應佔聯營公司之虧損	(2,824)	(21,770)
除稅前之（虧損）／溢利稅項 （附註二）	(12,902) 715	17,976 (595)
除稅後之（虧損）／溢利少數股東 權益	(13,617) 234	18,571 102
股東應佔（虧損）／溢利	(13,851)	18,469
每股應佔（虧損）／溢利基本 （附註三）	港幣（3.7）仙	港幣 4.9 仙
每股應佔（虧損）／溢利全數攤薄 （附註四）	不適用	港幣 4.7 仙

附註：

一．特殊項目乃有關出售貨船之虧損。

二．截至 XXXX 年 X 月 X 日止之六個月並未設有任何稅項準備，因本集團在香港並無應課稅溢利。海外稅項為本集團之海外附屬公司截至六月三十日六個月營運之稅項。

三． 截至 XXXX 年 X 月 X 日止，每股基本虧損乃按照虧損港幣 11,344,000 元及期內已發行之普通股 347,900,560 股計算。

四． 由於行使本公司之購股權構成反攤薄效應，故並無呈列每股攤薄虧損。根據香港會計師公會之會計準則第 5 章所載之新規定，去年同期之每股攤薄盈利乃根據溢利港幣 17,369,000 元及 329,706,132 股計算，並已計算行使本公司購股權之影響。

五． 儲備於截至 XXXX 年 X 月 X 日止之六個月內並未有變動。

中期股息

本公司董事會議決不派發截至 XXXX 年 X 月 X 日止六個月之中期股息（截至 XXXX 年 X 月 X 日止六個月並無派發任何股息）。

集團業務

本集團截至 XXXX 年 X 月 X 日止六個月之虧損為港幣 11,344,000 元，而 XXXX 年同期則為溢利港幣 17,369,000 元。虧損港幣 11,344,000 元包括有關出售貨船之虧損之特殊項目港幣 15,509,000 元。業務表現遜色，主要由於亞洲金融危機持續惡化，令其營運環境日趨艱困。波羅的海貨運指數（Baltic Freight Index）由年初之 1.567 點，一直不斷下滑至六月底之 956 點，六個月內下跌 30%。儘管 XXXX 年散貨船隊預期僅會錄得零增長，惟需求預計會收縮至 -2%，而 XXXX 年之需求則為 3%。需求萎縮，令航運市場進一步倒退。

XXXX 年將為艱困之一年，本集團仍將積極進取，物色機會，為船舶爭取貨運業務及期租合約，以減少在現貨市場變化中的風險。我們亦將全力維繫集團的收入來源，積極降低經營成本。

展望

面對亞洲金融危機的持續以及全球經濟不穩定因素的增加，本集團將採取審慎理財，規避風險的方針，以保生存；並冷靜觀察，抓住機遇，以求發展。

購買、出售或贖回本公司股份

截至 XXXX 年六月三十日止六個月期間，本公司或其任何附屬公司均無購買、出售或贖回本公司的股份。

最佳應用守則

本公司之董事欣然確定本公司於截至 XXXX 年六月三十日止之六個月遵從香港聯合交易所有限公司所頒佈之證券上市規則附錄十四所載之最佳應用守則之規定。

承董事會命
程 XX
公司秘書

香港，XXXX 年 X 月 X 日

報告

示例三 —— 市場預測報告

市場預測報告

一、 產銷情況

本公司自 2002 年開始生產專利無線流動電話以來，至今年 7 月已累積生產三萬部，年產量每年均有增加。過去三年，更分別有百分之十、百分之十八及百分之二十五的增長。

二、 預測需求

由於近年來客戶對於專利無線流動電話需求日增，及為了使本公司的專利無線流動電話的生產、銷售符合不同客戶的需求，市場發展組根據市場調查專利結果作出以下的預測需求：

1. 現有的專利無線流動電話產量未能滿足市場的需求。
2. 專利無線流動電話需要具備更多的功能，以符合客戶的要求。
3. 增設更多的專利無線流動電話銷售站，方便客戶購買及擴闊銷售網。

按以上的預測，本公司專利無線流動電話的生產量來年需要增加百分之三十，並需要增設更多的功能，以符合市場的需求及客戶的需要。2008 年全年生產量已達六十萬部，如年產量可遞增百分之三十，2009 年度生產量可達八十萬部，按此發展，2010 年應超愈一百萬部。

三、 問題與建議

由於社會不斷進步，客戶對於專利無線流動電話的需求日增，因此，本公司的專利無線流動電話仍有很大的發展機會。但從目前的情況來看，仍有以下的問題需要探討：

1. 為滿足不同客戶的不同需要，本公司的無線流動電話需要增加種類。
2. 當更多客戶購入專利無線流動電話，本公司的電話網絡需要作出配合及增強。
3. 舊型號專利流動電話生產距今已有七年，性能仍然良好，本公司可吸引這些舊客戶更換新型號專利流動電話，以提高對本公司專利流動電話的需求。

市場發展組

2009 年 6 月 1 日

12 會議文書類

12.1 特點
12.2 種類
12.3 格式
12.4 示例

12.1 特點

所有為會議制訂和編寫的文件，都屬於會議文書。常用的會議文書包括開會通知、議事程序、議事文件及會議紀錄。編訂前三者的目的，在於引導或方便會議的召開和進行；後者的作用，在於跟進或執行會議的決定。

其實，會議文書並不單只有上述四種，其他為會議編訂的文書還有不少，例如：會議規則、選票、簽到紀錄等。可是，由於這些文體部分已在介紹其他文體時交代過，部分則一般按個別機構的習慣編訂，故不在本章介紹。

會議文書種類繁多，粗略而言，大部分都只使用陳述句，並且多使用點列的方式作記敍。

12.2 種類

常用及主要的會議文書包括開會通知、議事程序、議事文件及會議紀錄。

開會通知

用於知會與會人士會議的地點、日期和時間。開會通知通常由會議的主席（或召集人）發出，或由會議的秘書按照主席（或召集人）的指示發出。開會通知一般與議事程序一同發出。若不與議事程序一併發出，可在議事程序中說明會議的目的或主要的議題。但若開會通知與議事程序一併發出，後者應為通知文件的附件，又或把它加入通知的正文內。

議事程序（又可稱為"議事日程"，另又常簡稱為"議程"）

開列會議的程序及議事項目，跟開會通知相似，議事程序通常由會議的主席發出，或由會議的秘書按照主席（或召集人）的指示發出。而且，議事程序一般在會議前發予與會人士，方便他們事先作好準備。議事程序也是開會時的指引，可藉以引導會議的進行。程序內的項目應精簡地點明所處理事項的重心或範圍。

議事文件

議事文件就是會議中所要處理事項的文件，一般用以交代會議需處理事項的詳情。議事文件應由負責有關事項的職員或部門編寫、輯錄或收集，經由會議的主席（或召集人）或秘書向與會人士發出。議事文件一般與議事程序在開會前一併發出，方便與會人士參考。若議事文件在會議上才派發，一般便應該把與議事文件相關的議事項目放在議事程序中的其他事項內。

會議紀錄

用以把會議中的報告、討論、決議和在會議中得悉的資料記錄下來，以便日後查考、跟進及執行。會議紀錄要求如實客觀地記錄會議的過程及討論結果。會上的決議，通常應該詳細記錄，以便日後參考及按照執行。至於如何記錄決定的過程（例如誰人說了些甚麼）、討論（例如討論了哪些重點和考慮了哪些因素）、表決方法（例如誰人動議、誰人和議及以多少票贊成或多少票反對的情況下通過。）等，可因應需要及個別機構或部門的習慣來處理。最簡單的紀錄，都把這些從略，不作記錄；但如果日後可能需要參考通過決議的精神或追究決議的方式，便需要詳細地把會議記錄。

開會通知格式

　　開會通知一般以書信、便箋或通告的形式發出，以會議的名稱（如 XX 委員會第 X 次會議）作為文件的標題，並需交代會議的時間和地點。開會通知上所載的發件人必須為會議的主席或秘書。

　　有關書信、便箋及通告的格式，可參考第 7 及第 8 章。

議事程序格式

議事程序應包括以下內容：

- 標題（應點明是哪個會議的議事程序）；
- 開會時間、日期；
- 開會地點；
- 通過上次會議紀錄〔這項應為會議首項處理的事。（若會議首次召開，這項可從略）〕；
- 報告事項（報告的事項，一般毋須討論，與會人士只可就內容要求負責報告者加以澄清。如果在報告時發現需要討論有關事情，應放在"其他事項"部分討論）；
- 前議事項（在上次會議未完全解決或有待跟進的事項，可在這部分討論和跟進）；
- 新議事項（不屬於前議事項的議事項目）；
- 其他事項（在議事程序發出後及在會議進行間提出來處理的事項）；
- 下次會議日期及地點（如果會議只召開一次，這項可從略）。

此外，還可按機構的習慣和需要，加上以下內容：

- 議事前儀節〔例如：開會辭、（宗教組織會議中的）開會祈禱、宣讀來函等。這些項目通常放在議事項目的最前部分〕；
- 議事後儀節〔例如：閉會辭、（宗教組織會議中的）散會祈禱等。這些項目通常放在議事項目的最後部分〕；
- 發件人名稱、職銜及 / 或簽蓋；
- 文件發出日期；
- 文件檔號。

議事程序格式樣本

機密 [1]

XX執行委員會第二十八次會議議程 [2]

時間：XXXX年X月X日下午X時X分 [3]
地點：XX大廈XXX室

1. [4] 通過上次會議紀錄 [5]   ABT27/M [6]

2. 報告事項
　2.1 ＿＿＿＿＿＿＿＿＿
　2.2 ＿＿＿＿＿＿＿＿＿ [7]
　2.3 ＿＿＿＿＿＿＿＿＿   ABT28/2
　　　　　　　　　　　　　　（容後付上）[8]

3. 前議事項
　3.1 ＿＿＿＿＿＿＿＿＿ [9]
　3.2 ＿＿＿＿＿＿＿＿＿   ABT28/3

4. 新議事項
　4.1 ＿＿＿＿＿＿＿＿＿ [10]   ABT28/4
　4.1.1 ＿＿＿＿＿＿＿＿＿
　4.1.2 ＿＿＿＿＿＿＿＿＿
　4.2 ＿＿＿＿＿＿＿＿＿   ABT28/5
　4.3 ＿＿＿＿＿＿＿＿＿
　4.4 ＿＿＿＿＿＿＿＿＿   ABT28/6

5. 其他事項

6. 下次會議時間及地點

主席：＿＿＿＿＿＿〔簽署〕
　　　　　　　　XXX

XXXX年X月X日 [11]
分發名單：王XX（XX部經理）
　　　　　陳XX（XX部高級主任）

檔號：ABT28

註：

(1) 按需要，在每頁頂部註明文件的機密等級（如高度機密、機密、限閱等）。

(2) 標題使用較大字體，放在文件最前部分，並應註明第幾次會議。

(3) 日期和時間可分開兩行書寫。這裏所寫的為會議開始時間。若有需要，可加上會議的長度或結束時間。

(4) 議事的各個項目應編有序號。

(5) 議事項目須因應會議需要而增刪。

(6) 議事文件的編號應有次序地放置在右邊，與議事項目平行排列。亦可把編號放置在個別議事項目之下。若與會者已習慣會議方式，一般毋須在編號前加上"文件編號"等字眼。

(7) 不設議事文件的議事項目，不用加上文件編號。

(8) 如果議事文件仍未能與議事程序一併送交與會者，可在文件編號旁加上"容後付上"等字樣。

(9) 前議事項的標題，應與上次會議中相應事項的標題一樣或相似，以方便跟進。此外，還可因應需要加上前次會議紀錄的段號。

(10) 若議事項目繁多，可把項目細分層次來排序。

(11) 日期應為議事程序發予與會者的日期。

* 斜體項目可按照實際的需要及機構的習慣而加上。

議事文件格式

　　議事文件其實多種多樣，凡是會議中所處理的文件都是議事文件，它可以是一份需要在會議中討論的研究報告、一封需要與會者一同考慮如何回覆的來信、上一次的會議紀錄，又或是一份特別為會議討論而撰寫的文件。因此，議事文件理論上可有多種格式，這裏只介紹專為會議撰寫的議事文件格式，其他文體的格式可參考本書的其他部分。

專為會議撰寫的議事文件應有以下三項內容：

- 目的（應註明希望會議如何處理文件。常見的目的包括請與會者通過／批准、考慮、討論、參考某些事項等）；
- 標題（應精簡地說明文件的範疇或性質）；
- 詳情（內容可參考報告正文的格式）

此外，議事文件還可按機構的習慣和需要，加上以下內容：

- 文件的機密等級；
- 文件的編號（應與議事程序所載的編號一致）；
- 開會討論文件的日期；
- 發件人；
- 文件發出的日期；
- 發件人所用的檔案編號

議事文件格式樣本

註：

(1) 按需要，在每頁頂部註明文件的機密等級（如高度機密、機密、限閱等）。

(2) 會議文件編號放右上角（或頂部），方便參照。

(3) 討論文件的會議日期，寫在文件編號下面。

(4) 議事文件應註明會議目的是請求與會者通過／批准、考慮、討論、還是參考，以方便他們分辨用途及會議的進行。

(5) 議事文件應寫上標題。

(6) 按需要，加上小標題。

(7) 除非文件只有一兩段，否則應加上段落序號，方便參照。序號可在第一項或第二項開始寫上。

(8) 在最後部分註明發件人（可只寫部門名稱，也可加上負責人姓名）。

(9) 文件發出日期放在結尾，以別於頂部的文件討論日期。

(10)發件人檔號放在最後，以別於頂部的會議文件編號。

　*斜體項目可按照實際的需要及機構的習慣而加上。

機　密(1)

文件編號：(2)
(XXXX 年 X 月 XX 日)(3)

文件目的：請求批准(4)
題　　旨：標題(5)

(小標題) (6)
1.(7) ＿＿＿＿＿＿＿＿＿＿＿＿＿＿＿＿＿＿＿＿＿＿。

2. ＿＿＿＿＿＿＿＿＿＿＿＿＿＿＿＿＿＿＿＿＿。
　　(a) ＿＿＿＿＿＿＿＿＿＿＿＿＿＿＿＿＿。
　　(b) ＿＿＿＿＿＿＿＿＿＿＿＿＿＿＿＿＿。

(小標題) (6)
3. ＿＿＿＿＿＿＿＿＿＿＿＿＿＿＿＿＿＿＿＿＿。

XX 部經理楊 XX(8)
XXXX 年 X 月 X 日(9)
檔號：(10)

會議紀錄格式

會議紀錄應該包括以下項目：

- 標題（應該說明是甚麼會議及第幾次會議）；
- 會議時間及地點；
- 出席者（即與會的正式會議成員）；
- 列席者（即與會的非正式會議成員。通常因為他們與會議中所處理的事項有關，所以需要列席）；
- 缺席者（未能出席會議的正式會議成員）；
- 會議過程。

跟議程相似，一般會議紀錄包括以下內容：

- 通過上次會議紀錄；
- 報告事項；
- 前議事項；
- 新議事項；
- 其他事項；
- 下次會議日期及地點。

此外，會議紀錄還可按機構的習慣和需要，加上以下內容：

- 機密等級；
- 議事前儀節；
- 負責人（即負責跟進或執行會議決定的人或部門）；
- 離席時間（如有與會者在會議進行期間離開，可在會議過程一項中註明該與會者在甚麼時間離開，以方便日後分辨各方當負的責任以及議決是在甚麼情況下作出）；
- 議事後儀節；
- 散會時間；
- 通過日期〔正式的會議紀錄，須經主席（有些會議還指定要加上秘書）簽署確認後，才能作實。主席一般在下一次會議中，通過這一次的會議紀錄後，便即席在會上簽署確認紀錄。為使紀錄在下一次會議能順利獲得通過，秘書通常先把紀錄的初稿分發給與會者審閱，並收集修訂建議，按建議修改紀錄後，才在下一次會議正式通過〕；

- 主席（及秘書）簽署；
- 副本送交名單（一般為與會人士及與會議中所處理的事務有關的人）；
- 發出日期（即紀錄發出的日期）；
- 檔號。

會議紀錄格式樣本

註：

(1) 按需要，每頁頂部註明文件的機密等級（如高度機密、機密、限閱等）。

(2) 註明開會時間，也可註明散會時間（例如：上午十時正至十一時三十分），或在紀錄的最後部分註明散會時間。

(3) 出席者中排第一位的應為主席。也可以另開一欄記錄。如：

主席：XXX 先生（XX 部 XX 經理）

(4) 如記錄員是會議的正式成員，其姓名排在出席者的最後。若記錄員不是會議的正式成員，則排在列席者的最後。此外，也可以另開一欄記錄。如：記錄：XXX 先生（XX 組 XX 主任）

(5) 按習慣和需要，在列席者旁邊或下面說明列席的原因。說明一般放在括號內。

(6) 按機構和需要，在缺席者旁邊或下面說明缺席的原因，說明一般放在括號內。

(7) 部分機構，尤其是小型機構，一般不會註明與會者的職銜。

機　密 (1)

XX 工作小組
第 X 次會議紀錄

日期：XXXX 年 X 月 X 日（星期 X）
時間：上午十時正 (2)
地點：XX 總行 X 樓 XXX 室

出席者： XXX 先生（主席）(3)　　　　　　XX 部 XX 經理 (7)
　　　　　　．　　　　　　　　　　　　　．
　　　　　　．　　　　　　　　　　　　　．
　　　　（其他出席者）　　　　　　　　（職銜）
　　　　　　．　　　　　　　　　　　　　．
　　　　　　．　　　　　　　　　　　　　．
　　　　XXX 先生（秘書）(4)　　　　　　XX 組 XX 主任

列席者： XXX 女士　　　　　　　　　　　XX 工作小組主席
　　　　（講解文件第 x x 號）(5)
　　　　XXX 女士　　　　　　　　　　　XX 委員會主席
　　　　（報告 x x 計劃的工作進展）(5)

　　　　（其他列席者）　　　　　　　　（職銜）
　　　　　　．　　　　　　　　　　　　　．
　　　　　　．　　　　　　　　　　　　　．

缺席者： XXX 女士（因病請假）(6)　　　　XX 部 XX 經理

　　　　（其他缺席者）　　　　　　　　（職銜）
　　　　　　．
　　　　　　．

機　密 [1]

負責人 [8]

開會辭 [9]

1.[10] _____ 。

上次會議紀錄 [9]

2. _____
_____ 。

報告事項 [10]

（小標題）

3. _____ 。

（小標題）

4. _____ 。

前議事項 [9]

（小標題） [11]
（上次會議紀錄第 4 段）

5. _____ 　　　　　XX 部
_____ 。

（小標題） [11]
（上次會議紀錄第 8 段）

6. _____ 　　　　　XX 小組
_____ 。

（小標題） [11]
（上次會議紀錄第 11 段）

→

註：

(1) 按需要，每頁頂部註明文件的機密等級（如高度機密、機密、限閱等）。

(8) 若會議的決議由個別人員或部門負責、執行或跟進，可在頁的右邊設"負責人"一欄，註明負責人姓名或負責部門名稱。

(9) 會議紀錄項目可因應會議實際情況而增刪。

(10) 除非只有一兩個議項，否則應該加上序號，方便查檢。序號可在第一或第二項開始寫上。

(11) 前議事項的小標題應跟以往紀錄同一事項的標題相同或相似，並註明哪次會議哪項紀錄記述同一事項，以便查檢。

註：

(1) 按需要，每頁頂部
註明文件的機密等
級（如高度機密、機
密、限閱等）。

(8) 若會議的決議由個
別人員或部門負責、
執行或跟進，可在頁
的右邊設"負責人"
一欄，註明負責人姓
名或負責部門名稱。

(9) 會議紀錄項目可因
應會議實際情況而
增刪。

(11) 前議事項的小標題
應跟以往紀錄同一
事項的標題相同或
相似，並註明哪次會
議哪項紀錄記述同
一事項，以便查檢。

(12) 各議項的小標題應與
議程上相關的項目相
同。

(13) 如議項有議事文件，
應註明文件編號。

(14) "其他事項"（或臨時
動議）的小標題因沒
有以往的會議紀錄
或該次會議議程作
依據，所以須扼要
交代項目所涉內容
範圍。

機　密 [1]

7. _____　　XX 經理
　　_____ 。

　　　　　　　　　　　　　　　　　　　　　負責人 [8]

新議事項 [9]

　(小標題) [12]
　（ABC12/1） [13]

8. _____　　XXX 部
　　_____ 。

　(小標題) [12]
　（ABC12/2） [13]

9. _____　　XXX 主任
　　_____ 。

　(小標題) [12]

10. _____

小標題) [12]
　（ABC12/3） [13]

11. _____　　XX 小組
　　_____ 。

其他事項 [9]

　(小標題) [14]

12. _____　　XXX 經理
　　_____ 。

　　　　(a) _____ 。
　　　　(b) _____ 。

　(小標題) [14]

13. _____
　　_____ 。

→

機　密 (1)

下次會議日期及時間 (9) (15)

14. _____ 。

散會辭 (9)

15. _____ 。

散會時間 (9)

16. _____ 。

本會議紀錄於 *XXXX 年 X 月 X 日*正式通過(16)。

　　　　　　　　　　　　　　　簽名(17)
　　　　　　　　　　　　　　　_____

　　　　　　　　　　　　　　　主席 XXX

　　　　　　　　　　　　　　　簽名(17)
　　　　　　　　　　　　　　　_____

　　　　　　　　　　　　　　　秘書 XXX

副本分送 (18)
XX 部 XX 經理
　　　　．
　　　　．
　　　　．
XX 部 XX 主任
XXXX 年 X 月 XX 日
檔號：ABC 2/34

註：

(1) 按需要，每頁頂部註明文件的機密等級（如高度機密、機密、限閱等）。

(9) 會議紀錄項目可因應會議實際情況而增刪。

(15)在此紀錄下次會議日期及時間。

(16)通過日期為紀錄獲得會議主席（和秘書）簽署作實的日期。

(17)紀錄獲得會議成員通過後，由主席（和秘書）簽署才可作實，成正式文件。

(18)記錄會議的正式分發日期、分發名單及紀錄的檔號，應放在主席和記錄員簽名之後

　* 斜體項目可按照實際的需要及機構的習慣而加上。

12.4 示例

開會通知

示例——**董事會會議通知**

ＸＸＸ公會

董事會會議通知

敬啟者：

　　本會ＸＸＸＸ年Ｘ月份董事例會，謹定於Ｘ月Ｘ日（星期Ｘ）下午Ｘ
時ＸＸＸ分在本會行政大樓一樓會議室舉行。

　　專此函達，敬希撥冗出席，共商一切為荷。

　　此致

列位董事　台鑒

主　席：李　事　長

秘　書：何　事　成　謹啟

附件：　　(1) ＸＸＸＸ年Ｘ月董事例會議程

　　　　　(2) ＸＸＸＸ年Ｘ月董事例會記錄

ＸＸＸＸ年Ｘ月Ｘ日

議事程序

示例一 ── 學生會屬會會員大會議程

XX 大學學生會理學院物理學會
XX 至 XX 年度週年會員大會會議議程

日期： XXXX 年 X 月 X 日（星期 X）

時間： 上午 X 時正

地點： XX 大學學生會評議會室

一、 通過議程

二、 通過 XXXX 至 XXXX 年度週年會員大會會議紀錄

三、 通過 XXXX 至 XXXX 年度幹事全年工作報告

四、 通過 XXXX 至 XXXX 年度之全年財政報告

五、 XXXX 至 XXXX 年度候選幹事接受諮詢

六、 選舉 XXXX 至 XXXX 年度學會幹事

七、 其他事項

議事程序

示例二 ── 大廈業主立案法團會員大會程序

XX 大廈業主立案法團會員大會程序

日期： XXXX 年 X 月 X 日晚上 X 時開始

地點： XX 酒樓 X 樓晚飯廳

程序： 一、 全體會員就座

二、 主席及各委員就座

三、 主席致辭

四、 報告事項：

1） 會務報告

2） 財務報告

五、 討論及通過報告

六、 下屆法團執行委員會主席及委員選舉

七、 新當選主席致辭

八、 會議結束及聚餐開始

中南基督教總會
董事會 X 月份會議議程

時間：XXXX 年 X 月 X 日（禮拜一）下午 X 時正
地點：中南基督教會大樓三樓禮堂

一、祈禱開會

二、通過上月份會議紀錄

三、報告事項

  (1) 主　席 (2) 傳道部 (3) 培育部
  (4) 慈惠部 (5) 出版部 (6) 司　庫

四、討論事項

(1) 關於執行委員會為收取較高之銀行利息，經會議通過在渣行銀行開設戶口，現提請接納案。

(2) XX 佈道大會擬於明年六月舉行，執行委員會建議捐款壹佰萬元，支持該佈道大會事工，現提請接納案。

(3) 關於本會前經通過捐款港幣伍佰萬元正予慈愛護老院建築院舍，捐款按興建進度撥付，本年底先撥捐貳佰萬元，工程完成時再撥捐餘下叁佰萬元作裝置購買設施之用。日前，接該院來函，指出由於多種服務問題，故要求將捐款全數在本年底撥付。上述要求，經執行委員會會議通過，現提請接納案。

(4) 關於本會沙田堂來函申請轉籍為本會正式會員堂，應如何決定案。

五、其他事項

六、議畢祈禱散會

議事文件

示例

限閱文件

文件編號：XXX/XX

（ *XXXX 年 X 月 XX 日* ）

文件目的： 請求批准

題　　旨： 增聘保安員

<u>事由</u>

1. 本公司總部新翼建築物（千禧堂）將於今年 X 月落成，其管理保安工作亦將由該月 X 日起轉交由本公司負責。

2. 千禧堂為單層有蓋建築物，面積約二千平方米，將作 XX 之用，其室內用無間隔開放式設計。此外，千禧堂室外周圍行人路面積共五百平方米。

3. 千禧堂的出入口共十二個，辦公時間將開放正門出入口及連接總部原有建築物處的出入口，其他出入口則裝置警報系統，只在緊急時使用。

<u>保安人手需要</u>

4. 物業管理部經實地考察及部門會議商討後，建議千禧堂在辦公時間須由兩名職員專責保安工作，另在非辦公時間仍須一名專責保安員。

5. 因為上述人手需求，物業管理部建議按本部門的人力資源（包括輪班方式）編制增聘保安員共六名，其職級名額分配如下：

   - 一級保安員一名
   - 二級保安員五名

6. 若按上述建議增聘保安員，本部門的人力資源（本財政年度）預算，將須增加 XXXXXX 元。其中一名一級保安員的預算為 XXXXXX 元，五名二級保安員的預算為 XXXXXX 元。

物業管理部經理陳薛焦

XXXX 年 X 月 X 日

會議紀錄

示例——專業學會週年大會會議紀錄

香港商業運籌學會有限公司
The Hong Kong Society of Business Operations Management Ltd.

通訊地址：大嶼山東涌東涌街 8 號 5 樓

電子郵箱：bomhk@bom.com.hk　　　網址 http://www.bomhk.org

第一屆週年大會會議紀錄

日　　期：XXXX 年 X 月 X 日 (星期六)

地　　點：大嶼山東涌東涌酒店會議 A 室

時　　間：下午二時十五分至三時三十分

主　　席：張婉嫻

出席者：張婉嫻、朱忠人、佘謹、何俊文、李文光、鍾志誠、羅劍豪、馮月明、
　　　　鄧國輝、潘偉明、吳美麗、林群芳、鄭忠奇、劉銘華、郭永成、謝成金、
　　　　廖淑珠

列席者：胡振明博士 (專業顧問)、謝偉清律師 (法律顧問)

記　　錄：朱忠人

會議內容

1. 通過週年會務報告

    1.1 主席張婉嫻致歡迎辭後，就學會過去一年之會務 (詳見附件一：第一屆週年會務報告) 作簡短匯報。

    1.2 馮月明動議通過是日會議議程及週年報告，吳美麗和議，並獲與會會員一致通過。

2. 通過財政報告

    2.1 財政郭永成就學會 XXXX-XXXX 年度之支出及收入 (詳見附件二) 作匯報。

    2.2 馮月明動議通過財政報告，吳美麗和議，並獲與會會員一致通過。

3. 特別動議一：通過創會會員之委任

    主席張婉嫻介紹及提名下列會員：張婉嫻、朱忠人、佘謹、郭永成、馮月明、吳美麗、鍾志誠、李文光、羅劍豪、潘偉明為本學會之榮譽會員，廖淑珠和議，並獲與會會員一致通過。

4. 監票員及點票員選舉

    謝成金提名郭永成、潘偉明作 XXXX-XXXX 年度執委會選舉之監票員；佘謹、林群芳作點票員，劉銘華和議，並獲與會會員接納及一致通過。

5. 執委會候選人選舉

鄧國輝提名張婉嫻、朱忠人、佘謹、郭永成、馮月明、吳美麗、鍾志誠七人為XXXX-XXXX年度執委會候選內閣成員，並建議以信任票形式投票，何俊文和議，並獲與會會員一致通過。

6. 榮譽法律顧問 (XXXX-XXXX) 選舉

6.1 郭永成提問法律顧問的作用，主席張婉嫻回答及指出法律顧問的主要作用是協助學會制定規章、註冊及處理各項法律程序。

6.2 張婉嫻動議謝偉清律師為本會義務法律顧問，朱忠人、佘謹和議，並獲與會會員一致通過。

7. 榮譽專業顧問選舉

張婉嫻動議毛拔教授、顧李麗雲博士、張志明先生為本會來屆榮譽專業顧問，吳美麗及李文光和議，並獲與會會員一致通過。

8. 榮譽義務會計師選舉

張婉嫻動議何芷嫦為本會來屆榮譽義務會計師，劉銘華和議，並獲與會會員一致通過。

9. 會費釐訂

鄧國輝動議學會 XXXX-XXXX 年度會費為 $500，郭永成、潘俊明和議，並獲與會會員一致通過。

10. 第二屆執行委員會委員選舉

主席張婉嫻逐一介紹候選人後，派發選票給與會者投票。

11. 特別動議二：修改規章

11.1 謝偉清律師解釋修改原因：學會雖為有限公司，若能註冊為慈善團體，便可免除每年交稅及商業登記費。

11.2 修改的章則主要是參照稅局之意見，修改項目包括第一部分：公司組織章程的 3.5、3.6、3.8、3.12、3.22 項及第二部分：公司契約的 16.8 及 19 項。

11.3 由於是日出席的會員只有 17 人，委託書只有 20 份，在出席會員不足四分之三的情況下，需日後另行召開特別會員大會進行修改規章。

12. 第二屆執行委員會委員選舉結果

所有提名之候選人均獲得 17 票 (全票)，全部成為來屆執行委員。

                                                    _____

                                                    （主席）

                                                    XXXX 年 X 月 X 日

附件一：第一屆週年會務報告

附件二：XXXX-XXXX 年度支出及收入

13 傳播類

● 13.1 特點

傳播類應用文是將消息、資訊廣泛散佈的文體，受文對象是社會大眾。一般商務機構最常用的傳播類文體包括廣告和新聞稿兩種。

廣告和新聞稿的主要功能
第一，促銷商品（或服務）

廣告和新聞稿需要增加受文者對所提供商品（或服務）的機構的信任（有關增加受文者對商品服務或機構信任的方法，可以參考第一部分第 3 章），並且強調優點和獨特之處。

第二，為建立或提升機構的形象

這是機構公共關係部門的一個主要職能。若要業務順利運作及發展，機構必須致力增加顧客和其他來往機構及人士對它的信任，並使他們對某產品留下良好的印象。

有些人以為廣告只用作促銷商品，其實這種想法並不正確。例如，銀行所發出的廣告，不少只集中於建立及提升形象，不用作促銷服務。

從公共關係及市場營銷的角度而言，廣告和新聞稿一般應該經過小心策劃和設計才發出，不能草率行事。設計廣告和草擬新聞稿前，須先進行適當的市場調查、形象調查或營商環境研究，掌握目標市場所在及環境形勢後，才針對需要，選擇發放信息的渠道和設計信息。

13.2 種類

常用的傳播類文體有廣告和新聞稿兩種。廣告是藉傳播媒體發放資料訊息的大眾傳播形式。廣告的應用範圍很廣泛，種類也不勝枚舉。

從傳遞信息的方法來劃分，可包括報刊廣告、海報廣告、燈箱廣告、電視廣告、商品包裝上的廣告、萬維網頁上的廣告等等。每一類廣告又可以再加以細分，如在雜誌上的廣告可按其大小及位置分為全版廣告、半版廣告、分類小廣告及其他等類別。按內容劃分，廣告可分為以文字為主和以圖像為主兩類。較大規模的廣告計劃（如電視廣告製作）和以圖像為主的廣告設計，一般交由專業廣告公司承辦。本章集中討論以文字為主的廣告。

新聞稿俗稱"鱔稿"，是以報刊新聞的形式編寫的應用文體。發出新聞稿的機構一般藉傳真發予報社，又或在記者招待會上派發予報社記者。報社若認為合適，便可以刊登，又可以經過自己的編輯修改後才刊登。因為新聞稿以報刊新聞的形式發出，並且內容以文字為主，所以不像廣告有多彩多姿的種類。除此之外，新聞稿和廣告還有以下的分別：

新聞稿與廣告的分別

一、新聞稿不須付款刊登，基本上可說是免費的傳播途徑；而廣告必須付款刊登。

二、新聞稿是否獲刊登及如何刊登（如在哪天用、佔多大的篇幅）一概由報社決定，並非由發稿機構控制；而機構一般可自行決定廣告的刊登日期、具體內容和大小。因為新聞稿的採用與否概由報社決定，所以新聞稿內容必須具有新聞價值，才容易獲得報社刊登。

三、新聞稿應以記者或報社的立場說話，針對主題作出客觀報道，所用的語調必須平和，切忌自吹自擂。廣告在語調方面則沒有太大限制，不論表示主觀或客觀的詞句，皆可以因應需要來使用。

四、一般讀者習慣以不同的方式來閱讀新聞和廣告，看過新聞標題後，若對內容有興趣，便會細閱文字。通常一則數十至數百字的新聞，讀者會全部閱讀；但對於廣告，他們通常以粗略瀏覽的方式閱讀，文字冗長的反而妨礙讀者盡快去掌握廣告的要點。而且，由於新聞稿以報道方式來敘述和說明事情，所以通常可以較為詳盡。概括而言，新聞稿一般比廣告有較長的文字篇幅，所能交代的細節也比較多。

五、新聞稿和報刊新聞一樣，一般只使用正式書面語撰寫；而廣告為求使內容深入基層，並在讀者心目中留下深刻印象，經常夾雜口語，尤其是廣告的標題，夾雜或完全使用口語詞語或句式，十分普遍。

新聞稿與廣告的分別：

新聞稿	廣告
毋須付款刊登	須付款刊登
刊登與否及如何刊登由報社決定	刊登者可自行決定廣告的刊登日期、具體內容和大小
以記者或報社的立場說話	沒有語調方面的限制
內容可以較為詳盡	內容宜精簡
須用正式書面語撰寫	用語限制少

13.3 格式

廣告

廣告基本上沒有固定的格式，其表達形式通常因應內容和主題的特點、擺放的位置、大小等等因素而變化。一般而言，廣告內通常有三種成分，依常見的次序排列，這三種成分為標題、正文和發出機構。

1. 標題

廣告標題常是全則廣告最吸引人注意的地方，通常放在最前或正中部分，並使用較大及與正文不同的字體或顏色。篇幅短小的廣告（如報刊的分類小廣告），標題多着重於能否精簡而概括地把廣告的內容和性質顯示，篇幅較長的廣告，標題多着重於能否使讀者留下印象，故常常使用多種修辭技巧擬定標題。

2. 正文

廣告的正文多交代所促銷的商品或服務的優點，或所要建立、提升形象的機構的特點。正文一般宜短不宜長，愈能扼要精簡地交代內容愈好。

3. 發出機構

發出機構的名稱，通常放在廣告最後部分，並會加上聯絡方法（如地址或電話）。

新聞稿
新聞稿一般應該包括以下成分：

- "新聞稿"字樣應放在最前部分，方便識別。
- 標題
  應能一針見血地交代正文的重心及範圍。新聞稿的標題，如果報社不加修改，便會直接用作來稿的標題，刊登於報刊上。
- 正文
  即稿件的內容段落。

此外，**新聞稿還可以因應需要，加上以下成分：**

- 建議刊登日期

  通常放在"新聞稿"字樣以後，以"請於 X 月 X 日見報"（或"請於 X 月 X 日以前見報"）的方式註明。

- 發稿日期

  應放於正文之後。

- 聯絡方法

  應放在最後部分，註明發稿機構（及其部門）及查詢方法（如電話號碼、傳真號碼等）。

- 附件

  如果有附件（如圖片或照片），應在正文以後註明。

至於正文的寫法，通常跟一般新聞稿件相似。撰寫的時候，應該注意以下三點：

第一，要站在記者或報社的立場客觀報道，語氣必須平實，切忌吹噓。

第二，新聞稿的分段方式與一般文章不同，為方便閱讀，報刊通常分段多而段落短，所以新聞稿應避免使用比較長的段落（如超過二百字）。

第三，新聞習慣使用倒置金字塔式的敍述方法，即先交代整篇文章的旨趣及要點，再逐層敍述內容，報道愈來愈詳細。所以，新聞稿的第一段可説是全文的撮要。

新聞稿格式樣本

新聞稿 (1)

（請於 X 月 X 日見報）(2)

標　　題 (3)

_____ (4)
_____
_____
_____
_____
_____
_____
_____

附件：照片一幀(5)
XXXX 年 X 月 X 日(6)
新聞界如有查詢，請致電 XXX 公司公共關係部與陳 XX 小姐聯絡（電話：
XXXX XXXX）。(7)

註：

(1) 使用較大字體標明文種，方便編輯辨認。

(2) 建議見報日期放正文之前及括號之內。

(3) 標題用較大字體。

(4) 正文要多分段，段落要短。

(5) 如有附件，內容應在正文後註明。

(6) 可在正文後註明發出稿件的日期。

(7) 查詢及聯絡方法，可放在最後部分。

13.4 示例

廣告類

示例一 —— 海綿清潔布廣告

> ### 與其自己出十分力　不如用噹噹的十足潔力
>
> 實驗證明，"噹噹"牌海綿萬能布的清潔效能比同類型產品高 **20** 倍，清除污漬更快捷有效，為你省時省力，唯有"噹噹"。
>
> ### DONG☆DONG
> ### 家庭用品
>
> 查詢電話：XXXX XXXX

廣告類

示例二 —— 紙尿褲廣告

> ### 買美賢紙尿褲，換個寶貝小豬攬枕陪 BB！
>
> 全新美賢紙尿褲，吸水能力比以前大 3 倍，吸得更快更多，配合獨特透氣防水外層，有效防止尿疹。由即日起至 XXXX 年 X 月 XX 日止，除可以特價購買美賢紙尿褲外，另只要購滿兩包再加 $60，更可換購限量版寶貝小豬攬枕一個。有趣致可愛的寶貝小豬陪伴，BB 自然睡得更香甜。備有兩款精美設計，換完即止！
>
> 總代理：美賢國際有限公司　　　電話：2XXX XXXX

專 業 僱 傭 服 務 中 心

你的家庭傭工專業顧問

專業簡介

專業僱傭服務中心派經驗專員前往印尼、菲律賓及新加坡各地面試、甄選及接見有經驗之女傭來港工作。經本公司挑選之女傭均曾接受高等教育、品格良好，並持有合格之健康證明。並且，有關女傭的工作經驗、家庭狀況、近照及錄影帶資料，可提供僱主參考，必能讓您挑選一位令您稱心滿意的好幫手。

聘請海外女傭所收之費用包括：
－領事館合約費
－到港前後驗身
－到港單程機票
－入境處簽證費
－辦理身份證及到各領事館報到
－女傭首年勞工保險
－兩年免費包換

專業僱傭服務中心
Professional Employment
Services Centre
九龍牛角道 XX-XX 號永聯中心商場
XX 號舖
電話：XXXX XXXX
傳真：XXXX XXXX

大量現成印菲女傭
可供即時聘用

印菲女傭

理　專
想　業
服　女
務　傭

盡　專
在　業
專　服
業　務

辦公時間

星期一至星期五	9:30AM-7:00PM
星期六、日及公眾假期	9:30AM-6:00PM

憑印花可獲優惠
HK$1000.00
此印花不得與其他優惠券同時使用

完美纖體合約
律師見證纖體保證

現誠邀閣下親身體驗 "完美纖體合約" 的奧秘。
為確保消費者權益,
本中心安排在律師見證下簽署 "完美纖體合約",
訂明參加指定療程後可免費享用價值 $XXX 的脂肪測試,
若測試結果未能合格,即可獲雙倍奉還已繳付的款項。

世界纖體中心

香港銅鑼灣軒尼詩道

XXX 號美美商業大廈 X 樓 XX 號舖 X 樓 X 座

電話:XXXX XXXX　　電話:XXXX XXXX

世界纖體中心為
沙灘小姐選舉大會
指定纖體中心

廣告類

示例五——冷氣工程服務廣告

西 永 冷 氣 工 程 公 司

清洗、維修、安裝及保養名廠冷氣

所費無幾　　工作認真

絕不取巧　　歡迎比較

手提電話:XXXX XXXX　　　　傳呼機:XXXX XXXX

示例六 —— 搬運服務廣告

偉新搬屋

◆ 專業搬屋、搬琴、搬寫字樓

◆ 特快價宜、親力親為

◆ 大小歡迎、保證妥當

電話：XXXX XXXX　傳真：XXXX XXXX

廣告類

示例七 —— 地板服務廣告

俊藝地板

承接　各類地板工程
　　　翻新車磨
　　　精鋪地板
　　　即叫即做
　　　歡迎報價

公司電話：XXXX XXXX　傳呼機：XXXX XXXX

不 再 黑 板

E & M

手 錶 色 彩 任 你 轉

每款只須 $XX
唯獨有東亞鐘錶
不再悶蛋！戴手錶都可以多姿多彩！
E&M 二十款外殼任您選擇，色彩任您配搭，話轉就轉！
購買全套二十款，加送精美禮盒。

伊文鐘錶集團

福昌設計工程公司

※ 專人設計　　※ 清拆浴缸、新造企缸

※ 冷氣工程　　※ 粉飾牆身

請洽：XXXX XXXX

九龍太子道 X-X 號地下

美麗面容由己創

認識個人皮膚護理

掌握基本化粧道理

瑞士嘉連美容中心

美容班課程內容：

1. 皮膚護理
2. 皮膚分析
3. 化妝技巧
4. 晚間化妝
5. 形象化妝
6. 儀表修飾

學費：

全個課程共有八堂，學費 $350。

學習期間，堂上使用的各種護膚及化妝品，由中心免費提供。

學習期滿，中心頒發證書。

歡迎電話查詢：XXXX XXXX

附設美容服務、面部護理、治療暗瘡、健胸減肥

下午一時至五時，設特惠價時段，酬謝賓客

瑞士品質　信心保證

地址：香港九龍旺角彌敦道 XX 號華盛商業大廈 XX 字樓

粉嶺優雅府邸　鄰近火車站　　　　　　　　售

安　景　花　園

尚餘中層少量單位

即買即住　　　九成實用　　　大量車位

單位面積 1104 呎 — 2210 呎

經 紀 免 問

XXXX XXXX 裘小姐

XXXX XXXX 鍾先生

廣告類

示例十二——鋁窗安裝維修服務廣告

高　氏　鋁　窗　天　花

● 玻璃門窗　　▼ 各類天花

■ 維修安裝　　★ 價平料靚

手提電話：XXXX XXXX 高先生

Opensonic
先進數碼通訊系列

數碼電話竟然可以
好似咭片咁細 ？

世界最小的咭片型數碼電話

DP1500

發揮無限創意全球最小型 1.8 吋 ×1.4 吋數碼電話

段豐電器有限公司

高徒出自名師，你還有其他更好選擇嗎？

模擬考試，為你預測應屆試題。
分析會考評分方法，助你取得最好成績。

精補會考中國語文

最有分量的補習天皇陳 XX 教授任教（前任 XX 局 XX 委員會成員）
命題作文、語文運用
閱讀理解、讀本問題

課程編號	課程	講師	星期	時間
CL8000	1/11/09-30/4/10	陳 XX	一、三	下午 6:00-8:00
CL8001	1/11/09-30/4/10	陳 XX	二、四	下午 6:00-8:00
CL8002	1/11/09-30/4/10	陳 XX	六	下午 3:00-7:00

學費：每月港幣 $900。（* 一次預繳全期學費，可獲八折優惠。）

上課地點
九龍旺角銀行中心 XXXX 室
電話：XXXX XXXX

名師補習社
教育署註冊編號：ED-1-2345-L

新聞稿類

示例一 ── 物業市場發展新聞稿

新聞稿

XX 城租金跌三成　新建商場租出六成

　　零售市道不景，令 XX 集團的尖沙咀 XX 城新建商場，自去年中招租至今，僅租出六成商舖，租金叫價亦較去年下調三成。XX 集團方面預計，明年第二季，該四十多萬方呎商場的商舖可望悉數租出，並可為該公司每年帶來逾一億六千萬元租金收益。

　　X 產業管理總經理梁 XX 表示，XX 城商場新建部分共四十萬方呎，其中地下、二樓及三樓的三萬二千呎樓面，將於下月一日開幕，惟三樓尚餘部分樓面，將押後至明年中，待樓上的商廈及服務式住宅落成後，才一併開張使用。

　　梁 XX 指出，現時該新建商場每方呎月租介乎港幣 50 至 200 元。XX 集團在去年中預租該商場，每方呎月租叫價達 60 至 350 元。

　　梁氏表示，預期至明年二月，該物業出租率可達八成，至復活節，可望悉數租出。屆時，估計每年可為該公司帶來一億六千萬元租金收益。至於現存 XX 城商舖租金，個別續租戶因應市況獲調低一至三成租金不等。但亦有出現加租的情況。目前該商場的出租率約六成。

　　他指出，該公司將暫時擱置港威三期重建計劃。該計劃原本考慮將現在具重建價值的物業，包括 XX 酒店及 XX 中心等重新發展。

註：附圖片兩張。

發出日期：XXXX 年 X 月 X 日

新聞界如有查詢，歡迎致電 XXXX XXXX 與 XX 集團公共關係部 XXX 聯絡。

新聞稿

恒安醫院比鄰建兩住宅

　　XX 地產主席李 XX 私人持有的沙田 XX 醫院比鄰地皮，最近申請作住宅用途，擬建兩幢二十七及二十九層高的住宅，可提供二百二十個單位。

　　位於沙田 XX 街，屬沙田市地段 XXX 號（部分），即 XX 醫院比鄰地皮，佔地 X 萬 X 千 X 百 X 十 X 平方呎，現申請作住宅用途，地積比率三倍，總樓面面積逾 XXX 萬平方呎，擬建兩幢住宅物業，分別樓高二十七及二十九層，提供二百二十個住宅單位，及四百個停車位。

　　李 XX 於 XX 年底以數千萬元向 XX 集團及有關人士，購入 XX 醫院地皮，於 XX 年時投資約五億元興建恒安醫院，並於 XX 年中落成，但醫院比鄰一幅約八萬六千平方呎的地皮，卻一直未有發展，至最近才申請作住宅用途。

註：附位置圖一幀。

新聞稿

XXX 大學中藥研究中心獲捐助成立 XXX 科研基金
與 XX 醫學院及 XX 醫科大學合作研究中醫藥

XXX 大學中藥研究中心獲 XXX 集團捐助成立 XXX 科研基金，以支持該中心在中醫藥的研究工作，並開展與 XX 醫學院"另類醫療研究中心"及 XX 醫科大學在中醫藥方面的研究和交流。

XX 大學中藥研究中心主任 XXX 教授表示，他與 XX 醫科大學的 XXX 教授，已於 X 月 XX 日遠赴 XX 醫學院，商討有關合作事宜，討論內容包括：開展多方面中藥臨床測試；中藥安全監察及評估；中藥開發及研究等。是次討論已達成初步合作協議。X 教授相信該合作將會推動中醫藥邁向世界。

XX 的中醫藥研究始於七十年代初期，並於一九七九年成立"中藥研究中心"，現為 XXXX 大學的優秀研究重點之一。其使命是推動及促進中醫藥方面的多學科性和跨學科性研究，目的是證明及評核中醫藥的療效、探索使用中醫藥的更佳方法，以及提高中醫藥的科學內涵。在中藥方面的研究範圍遍及中藥的真偽、質量、安全性、效用和電腦資訊及新藥開發等。

XX 醫學院已有二十多年研究草藥效用的經驗，並擁有完善的設備以進行臨床分析。該校之"另類醫療研究中心"將致力研究傳統中草藥對癌症的療效，同時透過學術交流，讓西方人士對針灸推拿等傳統中國醫術增添認識。XX 醫科大學是中國著名的醫藥研究學府，在進行中藥方面的科研已有多年經驗。

XXX 集團主席 XXX 先生表示："很高興能支持 XXXX 大學中藥研究中心與哈佛醫學院'另類醫療研究中心'和 XX 醫科大學聯手合作，希望藉是次合作能為中醫藥帶來實質的貢獻。"他指出，三間院校會繼續發展中藥的研究，倘有機會，XXX 樂意開發三校研究成果，以造福民生。

XX 校長 XXX 教授在典禮上說："XX 在發揚及推動中醫藥方面，一直不遺餘力；早於七十年代初期，已開展中醫藥研究。目前的研究更糅合了中西醫的傳統特色，並已取得重大成果；明年九月，XX 將開辦中醫學位課程，有系統地培訓中醫人才，貢獻社會。"XX 校長感謝 XXX 集團的支持和鼓勵，他相信這對於提升和推廣中醫藥的發展將會產生積極作用。

XXXX 年 X 月 XX 日

如有查詢，歡迎致電 XXXX 大學新聞及公共關係處 XXX（電話：2XXX-XXXX）。

橫額廣告（Banner Ad）

　　橫額廣告是網絡廣告中最常見的廣告形式，通常橫放在網頁的頂部或底部，以往的一般像素為 486×60，現時像素的彈性則較大。瀏覽者可按入廣告，看到更詳細的內容。所以廣告擺放的位置及其設計，都需要吸引到觀眾的注意，才能發揮廣告的效力。此類型的廣告，基本的形式是顯示一間公司的標誌，並加上 "按此進入"（click here）的字樣。一些較具創意的公司，則會以特別的設計，甚至會包含動畫，務求吸引瀏覽者主動按入廣告，觀看廣告的詳細內容。

示例一

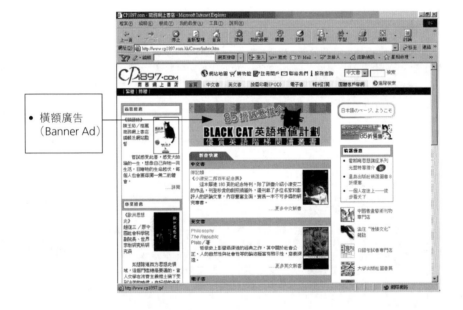

　　不少網站的橫額廣告用隨機輪替的形式出現，這類型廣告叫動態輪替廣告（dynamic rotation ad），瀏覽者在每次下載同一版網頁版面時，廣告位置會播放不同的廣告，或同一組廣告在多版網頁上出現，在整個網站內交替播放。

按鈕廣告（Button Ad）

　　按鈕廣告列放於網頁上的按鈕式小型廣告，常見於網頁的中間、左側或右側，像素一般為 120×90 或 120×60。此類廣告與橫額廣告的分別，就只是按鈕廣告較橫額廣告小。因為按鈕廣告較小，所以表達的方式較為簡單，一般以商標或簡單文字表達，而沒有廣告標語或正文。

示例二

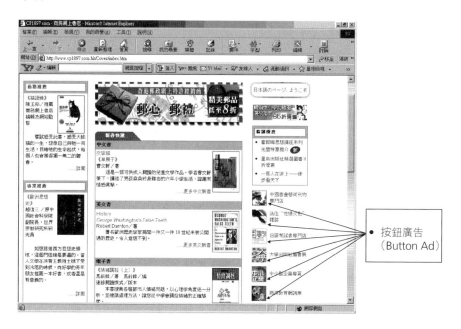

贊助廣告（Sponsorship Ad）

　　某些訪客量較大的網站會找一些公司作為贊助商，贊助相關的欄目或頁面。此類廣告通常為 125×125 像素的橫額，贊助商可藉此直接促銷和建立品牌的形象。贊助商除了擁有一些放置廣告的位置外，更可透過不同的方式與瀏覽者進行交流。此類廣告與橫額廣告的主要分別，是放置的時間較長。

浮動式廣告（Floating Ad）

這種廣告會因應滑鼠或遊標的移動而緊貼跟隨。有一種是以文字或圖像形式在遊標後跟隨着滑鼠移動；另一種常見的叫作"浮水印廣告"，會隨着瀏覽者把網頁拉上拉下，而在頁面的左邊或是右邊跟着上下移，吸引瀏覽者的注意。

彈出式廣告（Pop-up Ad）

在一個網頁或連結出現之前，另一個較小的視窗會自動跳出，並顯示廣告的內容。這類廣告在許多網頁中都能看見，彈出式的效果可引起瀏覽者的注意，但因廣告的出現可能會給人強迫觀看的感覺，所以應謹慎使用，盡量避免對瀏覽者造成滋擾，以免做成反效果，失去廣告原有的意義。瀏覽者若不願觀看此類廣告，可在瀏覽器中設定拒絕接收此類型的廣告。

示例三

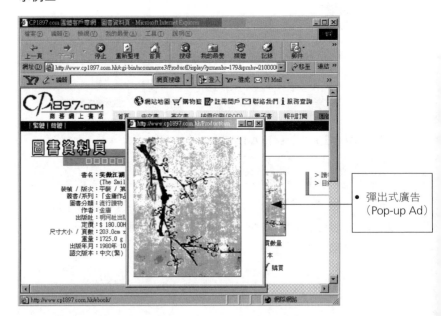

彈出式廣告
（Pop-up Ad）

關鍵詞廣告（Keyword Ad）

當瀏覽者採用關鍵字進行搜尋時，會接收到一個廣告宣傳的訊息。此類廣告是買下在搜尋引擎中常用的關鍵字，當瀏覽者在搜尋引擎中輸入該關鍵字時，該機構的網址和連結便會出現在搜尋結果的最上層，吸引用戶點擊進入該網站。

14 電腦網絡應用

14.1 特點

　　隨着科技的急速發展，電腦通訊網絡已成為現代商務溝通中不可或缺的工具。要有效地進行商務溝通，必須對電腦網絡的應用有起碼的認識。本章旨在介紹電腦通訊網絡的主要特點和基本應用技巧，方便讀者掌握及利用網絡通訊的長處，並且能夠適當地運用。

　　現在，大多數工商機構的電腦已經可以連接上"互聯網"（Internet，又稱"國際網"或"網際網路"）。簡單而言，所謂互聯網，就是把世界主要電腦通訊網絡連接起來的龐大共同網絡。通過互聯網，信息可以迅速地從網絡上的一部電腦傳遞至網絡上的另一部電腦。因此，互聯網又常稱為"資訊高速公路"（information superhighway）。

　　互聯網經已成為對外溝通的重要渠道；對內溝通方面，工商機構多數把自己的電腦連接起來，成為一個（甚至多個）內部通訊網絡，配合適當的電腦軟件使用。"內聯網"（Intranet）便是常見的例子。

使用電腦網絡來溝通，有多個好處，其中包括：

傳遞迅速

　　信息經過電腦轉化為數據，通過電線或光纖等傳送。由於電腦運算迅速，並且電子數據的傳遞速度甚高（光波或其他電磁波更能以光的極速傳遞），所以要把信息從一部電腦傳遞至另一部電腦，只需要極短的時間。若數據的數量不多，或傳遞的渠道承載量大（如寬頻電線），則一般能即時完成傳遞。

擺脫距離限制

　　正因為電腦網絡能迅速地傳遞數據，信息傳遞已不受空間距離影響，不論傳送的目的只是三十尺外另一個房間中的一部電腦，又或是三十萬里外處於另一個國家中某地方的另一部電腦，皆可以即時讓對方接收到發出的信息。

多媒體結合

　　藉電腦網絡，不但能夠傳送文字、聲音、影像及其他多種類形式的信息數據，更可以同時傳送各種類的信息。利用電腦網絡，溝通的信息可以結合多種媒體來表達，使溝通更為有效。

互動性強

　　由於信息能藉電腦網絡迅速傳輸，所以當信息從一方傳遞到另一方，另一方可以即時回覆。並且，因為電腦網絡能夠傳送多種形式的信息，所以溝通各方可以選擇藉文字、聲音或影像形式，甚至多種媒體一同使用的形式（如視像會議，video conferencing），好像面對面地即時回應對話，使溝通有高度的互動性。

便宜

　　使用電腦網絡，費用一般低廉。更有愈來愈多的互聯網服務供應商（Internet Service Provider, ISP）提供免費服務。而政府現時也於全港多個地點增設 Wi-Fi 無線上網服務，讓普羅大眾可透過裝有上網軟件的科技產品免費連接互聯網。即使利用電腦網絡來傳輸大量信息，相較其他信息傳遞方法（如郵寄、長途電話），每次的費用也極為便宜。

減少浪費

以往對內及對外的商務溝通中，藉文字圖像傳遞的信息均須書寫或打印在紙張上，經常耗費大量紙張。使用電腦網絡來傳遞信息，可建立一個不用紙張（paperless）的辦公環境，有助保護大自然環境。

然而，要使用電腦網絡，也有一些限制，其中包括：

需要應用設施

要使用電腦網絡，必須最少具備電腦和連接上網絡的設施，即起碼的硬件〔hardware，如電腦、數據機（modem）或網卡（LAN card）及接駁的電線等〕和軟件（software，如連接上網絡以及能夠收發信息的應用程式和系統檔）。

需要應用有關科技知識

利用電腦網絡溝通，必須先具備所用硬件及軟件的知識。若欠缺這些知識，即使文字或口頭溝通技巧有十分高，也不能透過電腦網絡傳遞。

設施必須相容

並非所有電腦網絡軟件皆可以在所有電腦使用，要從電腦發出信息，所用的軟件必須配合電腦硬件。此外，要成功地接收及使用從網絡傳送過來的信息，接收的軟件必須與發出的軟件相容（compatible）。

14.2　種類

應用電腦網絡作信息傳遞的工具眾多，在工商業務中較常用的可分為“互相通訊”、“瀏覽”及“資源分享”三類。

相互通訊類的工具能夠接收信息並向指定的電腦使用者發出信息。常見的包括“電子郵件”（electronic mail 或 e-mail，簡稱電郵），“互聯網電話”（Internet telephone 或 I-phone）及“互聯網交談”（Internet chat）等。互相通訊類還包括利用電腦網絡的“視訊會議”（video conferencing），而如要在視訊會議中傳送清晰和穩定的實時（real time）聲音和影像，便需要選用高速寬頻網絡。雖然視訊會議拉近了時空的距離，但安排用此種方式溝通時也要留意溝通各方身處的國家地區會否有時差問題，並應該互相配合，避免打亂其中一方的作息時間。

電子郵件能夠傳送文字、聲音及影像，但屬於非實時（non-real time）通訊，聯絡雙方（或多方）毋須同時接上電腦網絡。互聯網電話和互聯網交談皆屬於實時通訊，前者能同時利用互聯網傳送聲音訊號，使溝通跟長途電話的通話相似；後者通常還能利用網絡同時傳送文字。

利用瀏覽類的工具，發出信息者可把整理好的資訊連接在網絡上，讓接收信息者自由地瀏覽。常見的工具包括“萬維網”（又稱全球資訊網，英文為 World Wide Web）和“地鼠”（英文為 Gopher）。萬維網為現在最多人使用的瀏覽類工具。因此有些人以為萬維網就是互聯網，其實萬維網只是互聯網應用的一種。地鼠主要用於瀏覽文字，這工具注重資訊層次，可把資料分門別類，像一般文件系統（filing system）一樣儲存，讓瀏覽者可按目錄階層有系統地檢索擷取所需的資料。

資源分享類的網絡系統工具能夠讓一部電腦登入（log in）網絡上另一部電腦的一個（或多個）系統內，以存取資料或檔案。最常見的資源分享類工具包括“檔案傳輸規程”（File Transfer Protocol, FTP）及“遠端登入”（又稱“遠程登入”，英文為 Telnet）。透過檔案傳輸規程的系統，網絡上的一部電腦可以跟另一部在網絡上互相連接的電腦進行檔案交換。而利用遠端登入，一部電腦可登入另一部電腦以輸入或取得資料。例如，公共圖書館也提供遠端登入的方式，讓讀者不論在甚麼地方也可以查詢圖書資料。

以上多種網絡溝通工具中，最常用的是電子郵件和萬維網頁。因此，以下兩部分集中介紹這兩種溝通工具的應用。

14.3　電子郵件

應用特點

電子郵件就是電子化的郵件，把文件或檔案，經由電腦網絡傳送給指定的受文人。只要具備一個電郵地址戶口和能夠使用電子郵件的電腦系統，並且連接上互聯網絡，便可以輕而易舉地收發郵件。

因為電子郵件有不少長處，所以電子郵件已成為工商業最常用的通訊工具之一。各地的郵政機構也發現，一般郵件的數量均隨着電子郵件的普及而相應地下降。電子郵件的主要長處有以下七點：

1. 使用簡易

要發出電子郵件，十分簡單容易，只要輸入受文人的電郵地址和要傳送的信息，按"發送"（"Send"）鍵即可。要接收郵件更為簡易，電郵系統可以自動接收〔或在按"接收"（"Receive"）鍵時才接收〕由網絡上其他電腦發送到自己電郵地址的郵件。接收到郵件後，可即時開啟來閱讀，又可在日後其他時間閱讀。當閱讀郵件時，可以按下"回覆"（"Reply"）鍵，輸入回覆信息及按"發送"鍵，便可以簡便地發出回覆；又可以利用"轉送"（"Forward"）功能，輕而易舉地把郵件轉送其他人。

2. 存檔整理方便

在電郵系統中可以建立多個資料夾（file directory），把接收到及已發出的文件移至適當的文件夾，分門別類把信息和文件歸檔儲存，方便日後檢索查考。

3. 傳遞安全

由於電子郵件只會傳送到指定的電郵地址，除非接收一方讓別人閱讀郵件，否則別人一般難以取得郵件的內容資料。即使輸入錯誤的電郵地址或電郵戶口已經取消，電子郵件也會經由網絡自動送回發件人，告知發件人郵件未能成功寄送。

此外，利用"數位認證"這類安全保密技術，更可把郵件鎖上，確保只有持特定數位認證資料的受文人，才能解開密碼鎖，閱讀郵件。另外，數位認證這類技術也確保郵件是受文人所認識的發件人寄出，並非偽造。由於電子郵件可以隱密地傳送，而且安全可靠，故此，即使是機密的資料，發信人也可放心地經由電郵傳遞。

4. 可附寄其他檔案

電腦檔案可以附件（attachment）的形式連繫於電子郵件上，隨同電子郵件一併傳送予受文人。就算不同種類的多個檔案，如文件檔、圖片檔，也可跟隨同一個電子郵件傳輸予受文人。因此，電子郵件也是電腦檔案傳遞的工具。隨着科技日漸進步，現時很多電郵系統的容量越來越大，而每次傳送電郵的容量上限一般也增至 10MB，甚至更多，容許發文人附加更大容量的檔案（如影片檔）。這些改善都使網絡溝通更加方便。

5. 可同時發予多人

只要輸入所有受文人的電郵地址，一個郵件（連同其附件）可以同時發送到大量的受文人，而毋須像一般函件般經過複印的程序。並且，受文人可以是電子郵件的直接發送對象，也可以是副本的送交對象。若屬前者，電郵地址應寫在“致送”（“To”）一欄內；若屬後者，電郵地址應寫在“副本抄送”（“CC”）一欄內，多數電郵軟件皆另設有“密件副本”（“BCC”）一欄，這欄內的受文人只有他們自己知道收到電子郵件，其他列在致送欄及副本抄送欄內的受文人不會知道他們也收到郵件。

6. 多個戶口可一同接收

現在不少人持有多於一個電郵戶口，在很多機構中，也有這實際的需要，讓一些職員使用多個電郵戶口（例如一個作該職員自己通訊之用，另外數個用作處理數類不同的顧客查詢郵件。）只要一經接上電腦網絡，多個戶口便可各自分別接收新的郵件。一些人如擁有多於一個電郵戶口，也可以於眾多電郵系統中設定自動轉寄，使收到的新郵件全部自動轉寄至指定電郵戶口，用戶只需定期檢查該指定戶口，便能統一處理郵件，免卻需經常檢查多個電郵戶口的麻煩。

7. 可用軟件眾多

應用電子郵件的軟件眾多，如 Eudora 及 Microsoft Outlook Express 等，其中更不乏可以從互聯網上免費申請並登入使用的，如 Yahoo，Gmail 等。

雖然電子郵件有眾多長處，但是使用時應該注意以下四點：

第一，因為電子郵件傳輸極為迅速，所以發件人常常期望受文人能迅速回覆。收到郵件後，最好即時回覆，若需要一段時間等待完成某些工作後才能回覆，也應該先給予一個簡單回覆，告知對方甚麼時候會給予詳細回覆。

第二，雖然轉寄郵件十分簡單容易，但是切不可以隨便使用。由於郵件原來並非寫給轉寄的受文人，所以轉遞之前必須先檢查郵件有沒有不適合讓轉遞受文人知悉的資料。

第三，不同電郵軟件之間不一定完全相容，例如在一些軟件信箋上的圖案不能顯示在另一些軟件的郵件上。

第四，各種軟件有其各自的使用方法，並沒有統一的電子郵件的用法，故以下只介紹一些常見的電郵格式。

格式

絕大部分的電郵軟件都在頂部有"收件者"（或"致"即"To"）、"副本抄送"（即 CC）、"密件副本"（即 BCC）及"主旨"（即 Subject）四欄。

至於內容，可以是書信、便箋、報告、通告或其他文體。發出的是甚麼文體，便應該使用該種文體的格式。例如發出書信，便該用書信格式；發出通告，便應用通告格式。

由於電子郵件傳遞迅速、使用簡便，所以常常用作對話式或非正式的簡捷溝通工具，一個電子郵件的信息可以短至片言隻語的簡短對話。因此，有些人以為電子郵件只適合傳遞簡短的信息，其實並不正確。電子郵件也可以使用於長篇的信息。

電郵地址的結構，必然為"使用者@網域名稱"，例如：

joyce@commercialpress.com.hk

使用者名稱　　　　網域名稱

使用者名稱就是使用者在網域上登記的名稱。使用者名稱後的"@"號，稱為"at"（或"at mark"），即"處於"的意思。網域名稱一般由幾組英文字母組成，每組字母用"."（讀作 dot）分開。網

"com"只是其中一個國際認可的區域標示，除了"com"外，還有"edu"（代表為學校的教育機構）、"int"（代表國際數據庫或協議）、"net"（代表電腦網絡服務供應者）、"org"（代表其他組織）。

域的最左部分通常是電腦的名稱；而網域最後的一組英文字母代表郵件地址的所在地方。如 "hk" 代表香港（即 Hong Kong）、"tw" 代表台灣（即 Taiwan）、"uk" 代表英國（即 United Kingdom）。至於 "com"，代表擁有該部電腦的為一個商業機構。

換句話說，上例的電郵地址顯示受文人應叫作 Joyce，她的戶口處於香港一所商業機構叫 commercialpress 的電腦內。假若網域名稱的最後部分沒有地方簡稱，則其網域多數是在美國。

電子郵件格式樣本

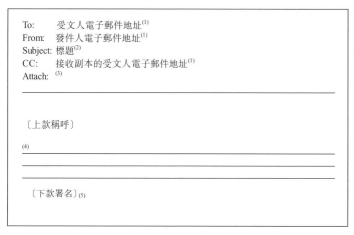

To: 受文人電子郵件地址[1]
From: 發件人電子郵件地址[1]
Subject: 標題[2]
CC: 接收副本的受文人電子郵件地址[1]
Attach: [3]

〔上款稱呼〕

[4]

〔下款署名〕[5]

使用電子郵件時，應注意下列事項：

(1) 電郵地址必須小心輸入，不同電郵地址，可能相差的字符極少，但錯打一點或一個字母，都可能把郵件錯投。並且，在輸入時，應注意電郵地址內不能有空格。若果郵件發予超過一個電郵地址，則應用軟件指定的符號，如逗號或分號，以分隔不同的電郵地址。

(2) 標題要簡短，因有些軟件不能顯示過長的標題。

(3) 如要加上附件，可使用電郵軟件的指定步驟。

(4) 若不使用書信形式，毋須輸入上款稱呼。但是，若受文人電郵地址由多人共用，或受文人多於一位，則應該加上受文人的稱呼以註明這個電郵或其中的內容信息是向誰人發出的。

(5) 若有上款稱呼，必須也輸入下款署名。有些軟件可讓發件人使用預先儲存為署名用的文字串，只要按動適當的鍵鈕，便可自動輸入。

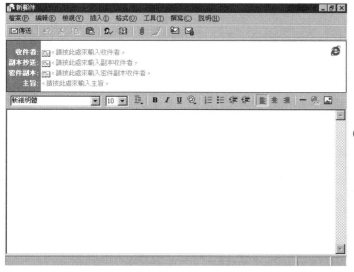

14.4 示例

電郵

示例一 —— 詢問價格

To:	sales@a_company.pqr.hk
From:	shan@abc.xyz.hk
Subject:	索取傢俬目錄
CC:	
Attach:	

經理先生 / 女士：

本公司擬大規模更換傢俬。盼能得悉貴行各產品的目錄及價格，以便選購。有關資料請惠寄至下址：

尖沙咀麼地道 300 號
東方大廈 2 樓
方正集團有限公司
採購部

謝謝！

陳小海
方正集團採購部經理

電郵

示例二 —— 送遞價目表

To:	shan@abc.xyz.hk
From:	sales@a_company.pqr.hk
Subject:	Re: 索取傢俬目錄
CC:	liming@a_company.pqr.hk
Attach:	C:\lm\catalog\furniture.doc

陳經理：

多謝您的查詢，所需資料經已寄出。為方便你參考，現隨本郵件附送本行的傢俬總價目表。

本行傢俬一向以質素高、價格合理見稱，相信定能滿足貴公司的需要。本行亦樂意安排職員到貴公司詳細介紹各樣產品。歡迎致電 2111 1111 與本行營業主任李明先生聯絡，以便安排。

劉多莉
大發行營業部經理

電郵

示例三 —— 簡單查詢

> To:　　梁子彤 <ctleung@abc.xyz.hk>
> From:　王素珊 <sswong@abc.xyz.hk>
> Subject: 9903678 號檔
> CC:
> Attach:
>
> ---
>
> 剛收到您的部門送來 9903678 號檔案，請問檔案該交予哪位經理處理？

電郵

示例四 —— 簡單回覆

> To:　　王素珊 <sswong@abc.xyz.hk>
> From:　梁子彤 <ctleung@abc.xyz.hk>
> Subject: Re: 9903678 號檔
> CC:　　何英奇 <ykho@abc.xyz.hk>, 霍俊明 <cmfok@abc.xyz.hk>
> Attach:
>
> ---
>
> 煩交莫經理，謝謝。
>
> >剛收到您的部門送來 9903678 號檔案，請問檔案該交予哪位經
> >理處理？

14.5　萬維網

特點

互聯網匯集的資訊數量極為龐大，種類極為繁多。大概沒有任何數據庫或圖書館可跟它媲美。現時最多人使用以組織及瀏覽這些資訊的應用系統可說是萬維網。透過萬維網，全球中數以千萬計於不同地區的工商機構把多種資訊放到網上，其他人也可以輕而易舉取得。而大部分的資訊，更是免費提供。

萬維網上的資訊都以網頁（Web page）的形式組織起來。每一個網頁都是以超文本標高語言（HyperText Markup Language，簡稱 HTML）編寫。用這種電腦編譯語言編寫的不同網頁可以互相連結（link）起來。這些連結通常在網頁內用彩色文字或圖像顯示出來。滑鼠（mouse）的遊標（cursor）每經過一個連結時，便會有所顯示（如由箭頭的形狀轉變為手的形狀），若按下滑鼠鍵以點擊該連結，便可以進入所選取的另一個網頁。而一組互相連結起來的相關網頁叫作一個網站（Web site）。

工商機構通常把自己連接上互聯網上的資訊，組織成一個或多個網站。因為網頁的連結功能，所以一個網站的網頁不但可以按其內容組織緊密地連結起來，而且可以按需要連結到其他網站的相關網頁。

就像每一所房子有其地址一樣，每一個網頁有各自的地址（網頁的地址常簡稱為網址）。網址以位址（Uniform Resource Locator，或簡稱 URL）形式標示。一個網站位址開始部分是通訊規程（protocol）名稱，接在後面的是站台機構名稱，再接着的是機構類別，這部分並非必須；而最後的兩個字母代表網站所處的地方，如沒有標明則代表該網站多數處於美國。

例如，從位址 http://www.pku.edu.cn 可知：

http://	這個網站電腦（或伺服器，server）使用的是高文本傳輸規程（HyperText Transfer Protocol, HTTP）
www	這站台在萬維網
.pku	網站的電腦位於北京大學（Peking University）
.edu	北京大學屬於一所學術機構
.cn	這網站在中國

用這形式的網站位址，通常可進入該網站的首頁（homepage）。在一個網站內其他網頁的位址，通常還有文件路徑（path）一部分。例如 http://www.hkt.com/CONTACT/aberdeen.html 網頁，是 http://www.hkt.com/ 網站的一個網頁。/CONTACT/aberdeen.html 這版網頁便是其在網站中的路徑。

瀏覽資訊

掌握最新的資訊是現代工商業成功的一個關鍵。萬維網正好在這方面給予幫助。瀏覽萬維網也漸漸成為企業家和管理人員以至基層工作人員的日常工作中一個重要部分。綜合而言，萬維網的好處，最少包括以下五點：

1. 迅速取得多種媒體的資訊

萬維網的運作規程，能兼容多媒體應用，文字、聲音、圖像、影片等各項信息均能儲存於網頁，供人瀏覽。現時，網上的存取速度愈來愈快，例如用戶輸入關鍵字搜尋資料，搜尋器可於數秒間搜出並羅列數以千萬條的相關結果，使用互聯網找尋資訊愈加方便快捷。

2. 自由度高

瀏覽者可以輸入自己選定的網址，讀取所選網頁的資料，並且可以自行調節瀏覽的時間。不單如此，如上所述，利用超文本標高語言（HTML）寫成的網頁，可因應內容的關係互相連結，這給予瀏覽者很大的自由及方便，他們大可按自己的需要及興趣，選擇進入甚麼網頁，不進入甚麼網頁。

3. 高效益

瀏覽萬維網的花費極為低廉，卻能縱橫於世界每個角落的資訊網上。瀏覽萬維網，一般只須繳付互聯網服務供應商的上網費用。而且互聯網上的大量資訊，絕大部分均免費提供，只有少部分網頁（及其相連的文件及資料），要收取費用才能進入（或下載）。

4. 可用軟件眾多

萬維網瀏覽器軟件十分多，如 Microsoft Internet Explorer、Firefox、Safari 等。跟電子郵件一樣，有些已可以從互聯網上免費下載來使用。

5. 兼容多種規程

萬維網的瀏覽器，不單可以支持高文本傳輸規程（HTTP）的運作，還可以支持多種其他規程的運作，例如在前文提及的地鼠（Gopher）和檔案傳輸規程（FTP）等。瀏覽者毋須使用其他軟件，便可以處理多種功能。

要馳騁於萬維網上，從網頁中擷取所需的資訊，得在電腦上安裝一個瀏覽器（browser）軟件。當要進入某一個網頁，只要在瀏覽器上輸入網頁的位址便可（輸入時應該注意字母大小寫的區別，以免連結錯誤）。若不知道網址，可以在有關的網頁找尋連結，進入目標網頁。如果連相關的網頁也不知道，可以利用搜尋器（search engine）找尋。搜尋器本身也是一個網頁，它能幫助瀏覽者尋找所需的網頁。只要在搜尋器輸入與所需網頁主題有關的主要詞語或關鍵字，搜尋器便會提供與輸入詞語有關網頁的連結，讓搜尋者可以利用滑鼠點擊連結上所需網頁。常用的搜尋器包括：

搜尋器	網址
雅虎香港（繁體字）	http://hk.yahoo.com
中國雅虎（簡體字）	http://cn.yahoo.com
中華大黃頁 ChinaBig（簡體字）	http://www.chinabig.com
哇塞中文網（繁、簡體字均可）	http://www.whatsite.com
GAIS（繁體字）	http://gais.cs.ccu.edu.tw
天空搜尋（繁體字）	http://.search.yam.com.tw
Alta Vista（英文）	http://www.altavista.com
Google 香港（中、英文均可）	http://www.google.com.hk
Netscape Search（英文）	http://search.netscape.com
WebCrawler（英文）	http://www.webcrawler.com
Yahoo（英文）	http://www.yahoo.com

商業應用

萬維網站，正在以幾何級數迅速增加。愈來愈多工商機構建立網站，以網頁形式向無數潛在瀏覽者提供資訊。一般而言，工商機構建立網站有四個主要目的：

1. 推廣機構形象

藉着介紹機構，不單可以讓眾多瀏覽者認識自己，而且可以突顯機構的長處和提供產品與服務的優點，以提升機構的形象，讓瀏覽者對機構及其產品服務產生好感。

2. 提供資訊

在網頁上提供與機構業務有關的資訊，既可以向瀏覽者提供服務，也可以完善自己的服務。例如不少教育機構皆在網站提供課程內容、上課時間等資料，供學生參考及選讀課程。

3. 推銷商品

在網頁上可以介紹商品，鼓勵瀏覽者購買，以收推銷的效果。利用網頁的多媒體溝通渠道（文字、圖畫、聲音、影像等等），更可以突出商品的優點，有效促使受訊者接納並購買。一些網站公司（如雅虎），或多人瀏覽的網站，會設置一些專門刊載廣告的區域，推銷別人的商品，從而取得廣告費收益。

4. 收集資料

有些人以為萬維網只能瀏覽，屬單向的溝通，其實並不正確，網頁可以容許瀏覽者輸入資料，作雙向的溝通。例如網頁可以邀請瀏覽者輸入他的電郵地址，好讓機構日後傳送資料予他或聯絡他，又可以讓顧客訂購貨品，輸入所需的種類數量及付款的相關資料。

這四個目的也是互相關聯的。例如從事集體運輸的機構多在網頁上提供路線、班次、收費等資料，以方便乘客查閱。給予乘客方便，不單能夠提供資訊來完善其服務，還可以因為服務的優越質素，幫助提升機構形象；另更可以鼓勵瀏覽者使用其服務，並且接受瀏覽者訂票。

通常在瀏覽器的檔案選項單 *(file menu)* 內。

要建立網站並不困難，只要把要放在網上的資料儲存為超文本標高語言（HTML）及把網站放在連接於互聯網的電腦上便可。

不少軟件也可編製出利用超文本標高語言（HTML）寫成的網頁，簡單的如一些文字處理軟件（例如 Microsoft Word）可把文件儲成 HTML 的格式；又或使用近年十分流行的網誌（blog，又稱部落格），運用當中的工具輸入文字、上載圖片、聲音、影片等，建構一個簡單的網站，這些軟件或程式都可用作初步的網頁製作嘗試。如要認真製作網頁，便得使用專門的網頁製作程式和工具，例如 Dreamweaver（可參考 http://www.adobe.com），Microsoft FrontPage（參考 http://www.microsoft.com）和 Net-Objects Fusion（參考 http://www.netobjects.com）。

要把網頁放在互聯網上，成為網站，得把網頁放置在恆常連接着互聯網的電腦內。另也可以放在網站服務商的電腦內。這些服務商一般收取費用，但也有一些提供免費服務，例如：

網站服務商	網址
Fortune City	http://www.fortunecity.com
Free Web space	http://www.freewebspace.net
MediaWiki	http://www.mediawiki.org/wiki/MediaWiki
Tripod	http://www.tripod.lycos.com

為推廣機構形象，網域的電腦名稱最好與機構相同（或相近）。網域名稱應該登記，網域登記可通過網絡服務商代辦。另也可以自行辦理，香港的網區（網域結尾為".hk"）申請可參考 https://www1.hkdnr.hk/default.jsp。國際網區（網域結尾為".com"".edu"".int"等）的申請可參考 http://www.networksolutions.com。

完成上述的步驟後，便應該為網站作推廣宣傳，讓大眾知道網站的存在，並且知曉其位址，以便他們進入瀏覽。一個讓別人進入網站的方法是讓別人從相關的網頁，藉連結進入你的網站。你可先搜集相關的網頁，然後聯絡這些機構，邀請他們把其網站與你的網站互相建立連結。推廣網站的另一個方法是主動把網站資料交予搜尋器公司（參考 http://www.searchenginewatch.com），讓網站搜尋器知道機構的網站所在，每當瀏覽者用關鍵詞搜尋相關資訊時，便把你的網站位址羅列出來，使瀏覽者點擊網址造訪。此外，利用廣告和海報、把網址放在機構信箋的箋頭及把網址放在機構職員的名片內，也是推廣網站的常用方法。

　　當然，要別人樂於瀏覽網站，必須注意網頁的設計，網頁應該美觀而且內容充實。每個網頁，都必須小心選取色彩，版面要因應內容配搭恰當，讓瀏覽者容易取得及閱讀所需的資訊，以達到網站設計者的目的。由於瀏覽者可以隨意選擇留意網頁內哪個部分，並且可以利用連結隨意從一個網頁跳進另一個網頁，所以只要有好的組織和連結，網站的資料量一般不會因為太大而使人感到厭煩。相反，通常資料愈多，愈能吸引瀏覽者進入網頁。

14.6 美化電子郵件

為使電子郵件能更有效地達到溝通的目的，郵件的視覺效果是其中一個重要的因素。要產生特別的視覺效果，我們可以設定適當的文字格式、段落格式、背景音樂、圖片、背景圖片等。

文字格式

我們可設定文字的大小、字型、文字的色彩和文字的特別效果（如：**粗體**、*斜體*、<u>加底線</u>等）。文字的不同效果可突出電郵的重點所在，使文字的表達更為清晰。

使用較大的文字，多用作表示內容的重點，有強調的作用，例如用於文體的標題、內容中的重點字詞等，較大的文字可吸引受文人的注意，使受文人閱讀時能更容易看到重點文字。表達較次要的內容（如附加資料、補充資料、註釋等），可使用較小的文字，讓受文人能清楚分開主要和次要的內容，減省理解的時間，達致有效溝通的目的。

不同的字型可給予受文人不同的感覺，表達出不同的氣氛。一般的文體多使用"細明體"，此類字型表達的多是資料性的文體；而一些表達較為嚴肅或一些學術性較高的文體，則較多使用"標楷體"。所以，若能配合合適的字型，內容的表達必會更為有效。

一般的文體多使用黑色和白色作為主要的顏色，但若想突出某個重點或某段廣告，顏色的運用便更為重要。文字的不同色彩，可使文體表達得更直接。不同的顏色可給予受文人不同的感覺，如鮮明的顏色可刺激精神、柔和的顏色可平伏情緒等。單單使用黑白的顏色未必能有效地表達內容，在重點的字詞加上特別的顏色，可令人更易明白和理解。

文字的特別效果，如粗體、斜體和加底線，都能吸引受文人的注意，表達出文字的重點。一些加有標題的文體，在標題下加上底線，可使標題更為清晰，使文體更加整潔易明。

示例一

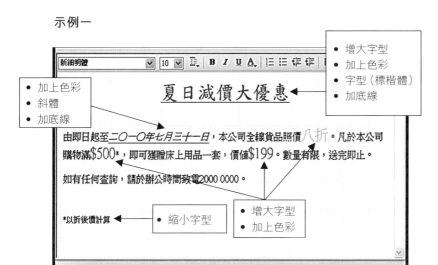

段落格式

　　我們可設定郵件文字的段落格式（如：靠左、置中、靠右和左右對齊）。最常用的是置中和左右對齊的段落格式。置中的格式多使用於文體的標題，使標題清晰地顯示在文體的最高中間位置。而文體的內容則多使用左右對齊的格式，使整篇文體更為整齊。靠左或靠右的段落格式則可視乎文體的需要而使用。

示例二

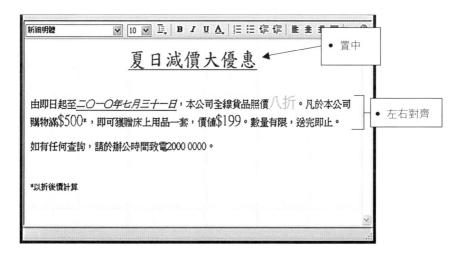

背景音樂

我們可選取合適的音樂檔案，加入郵件中。背景音樂可配合郵件的內容，更具體地表達內容的氣氛，使受文人除了在視覺中理解郵件的內容外，更可從聽覺感受內容，使郵件的表達更為全面和豐富。若郵件的內容是介紹一些關於音樂的訊息，背景音樂便可以發揮其功效，這樣比單單使用純文字更能有效地表達其意思。在加入背景音樂時，除可選擇合適的音樂檔案外，更可選擇背景音樂的播放次數（可直接輸入播放的次數或選擇連續播放）。

示例三

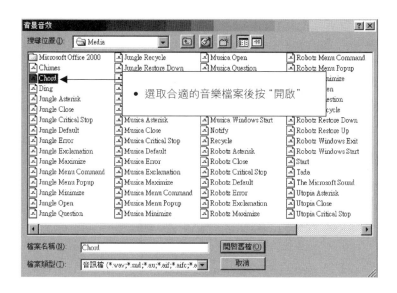

• 選取合適的音樂檔案後按“開啟”

• 可選擇播放的次數，或選擇連續播放。

圖片

　　撰文人也可選取合適的圖片，加入郵件中。例如加入產品的圖片，以具體地介紹其特點，使受文人能更清晰地認知產品的外形、大小、顏色等，比起只用文字表達更具體和真實，也更有效地帶出文體的內容。

示例四

● 先選擇 "圖片"

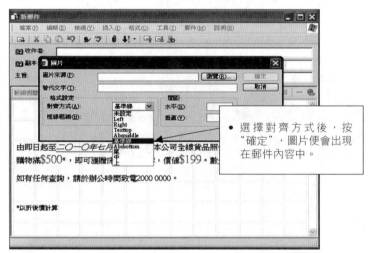

● 選擇對齊方式後，按 "確定"，圖片便會出現在郵件內容中。

背景圖片

可選取合適的圖片，作為背景圖片。背景圖片配合郵件的內容，能更有效地表達出郵件的整體氣氛及內容。如介紹旅遊景點，可加插一些相關的背景，如自然界的風景（白雲、高山、碧海等），使受文人能即時感受到其舒適寫意的氣氛。這比起用文字更能真切地營造出主題氣氛。

示例五

- 選擇合適的背景圖片檔案，按 "開啟檔案"，然後按 "確定"。

- 背景圖片直接顯示在文字編輯區內。

第三部分
商務口頭溝通

15 演講

15.1 特點
15.2 種類
15.3 準備步驟
15.4 講辭結構
15.5 講辭演繹
15.6 示例

● 15.1 特點

　　一般而言，口頭溝通可以概括地分為只有參與的其中一方說話及參與雙方（或多方）一同說話兩大類。前一類可統稱為演講，雖然演講中只有參與的其中一方說話，但應注意演講仍屬溝通，也是雙向互動的。只聆聽不說話的一方，可以在聆聽時，以面部表情或其他舉動（如離席以表示不滿）來回應講者的話。聽眾也可以在講者說話完畢後，才以說話或行動作出回應。

　　口頭溝通的第二類可以再細分為交談和商討兩種。交談是一般的談話，包括禮貌性質的打招呼和問安及在日常生活中的消息傳遞。商討則是參與雙方（或多方）一同商議討論，以期解決問題或作出決定。

演講、交談和商討的主要異同：

	演講	交談	商討
只有參與的其中一方說話	✔		
傳遞信息	✔	✔	✔
應視為雙向互動的溝通	✔	✔	✔
參與各方一同去解決問題或作出決定			✔

在商務性質的溝通中，比較重要的是演講和商討，所以掌握演講及商討技巧往往是有效地進行商務溝通的關鍵。商務交談與日常交談十分相似，沒有特定準則可遵從。因此，這部分只集中介紹演講和商討兩類商務口頭溝通。這一章首先討論演講，以後兩章分別討論會議和談判中的商討。

● 15.2 種類

演講就是向一群聽眾（或觀眾）講話，講話的內容通常只圍繞着某一事情或某一問題。演講可以從兩個方式來分類：

第一，按有否事先安排，分為臨場即席演講和事先安排演講兩種。

臨場即席演講是在沒有收到事前通知的情況下，在某典禮、儀式、會議或其他活動中，獲邀請即席演講。事先安排演講，就是在事前知道需要擔任演講嘉賓的情況下，作好準備才出席負責演講的場合。

其實，演講應盡可能在事前作好充分準備，這樣才能藉講辭有效地達成溝通的目標。事先安排的演講，固然應當在事前好好計劃及準備；但即使臨場即席演講，也往往並非無法預計和準備的。例如，身為一個機構的高級職員，出席屬下部門或友好機構的活動前，應明白有可能獲邀請向全體與會者說話，在出席前便應當作好準備。

第二，從講辭演繹的方法來劃分，分為逐字唸讀式和自然發揮式兩種。

講者若使用逐字唸讀式，便會把講稿放在面前，按照講稿誦讀（或事先把講稿熟讀，演講時把已牢記的原稿逐字唸誦）。若講者使用自然發揮式，便會圍繞準備要敍述或解釋的內容重點來發揮，演辭的語句大部分為即時構思出來的。

一般而言，自然發揮式演講具有比較大的演繹彈性，講者可以因應演講場合當時的環境和聽眾（或觀眾）的反應來剪裁及發揮已準備的講話內容。因此自然發揮式演講多數比較暢順自然，講者與聽眾（或觀眾）也比較容易打成一片，產生共鳴。在現代商務活動中，使用自然發揮式演講的情況愈來愈普遍。然而，在特別重要的儀式和典禮如國際研討會的開幕禮、大型設施或建築物的啟用儀式、有眾多顯赫嘉賓出席的就職典禮上，許多演講者仍慣於把演講辭的一字一句預先寫好，在演講時以逐字唸讀式來演繹。通常典禮或活動的主辦單位還會先把講稿印刷好，在演講的場合派發。

上述四種演講（臨場即席演講、事先安排演講、逐字唸讀式演講和自然發揮式演講）並非互相排斥的；相反，四種形式之間有不同程度的共通處。例如，臨場即席演講和自然發揮式演講都着重即場的演繹和發揮；逐字唸讀式和事先安排式的都是事先安排演講。下表試把四種演講作進一步比較：

主要演講類別的比較：

分類方法	以有否事前安排來劃分		以演繹的方法來劃分	
類別	臨場即席演講	事先安排演講	逐字唸讀式演講	自然發揮式演講
事前準備	在可能的範圍內，就自己對演講場合、主辦單位或負責職員的了解，預先作出分析，預計可能獲邀講話的主題，擬定演講內容的大綱。	應首先決定講辭的演繹方式是逐字唸讀還是自然發揮，然後按右面兩欄的方法，作好準備。	除了要做一般的演講準備（如分析聽眾、收集有關資料等）以外，還要把講辭逐字寫下來。若有需要，還可在隨身攜帶使用的講稿上，標註演講時應運用的語氣和手勢。	除了要做一般的演講準備（如分析聽眾、收集有關資料等）以外，還要把演講內容的大綱，以精簡的筆記形式寫下來。
演講時間的長短	時間較短。在多數的情況下，全篇講辭應該在五分鐘以內完成。	邀請講者的負責單位或職員應事先把所安排演講時間的長度告知講者！若負責單位或職員便沒有這樣做，向他們查詢。	講辭的長短與所安排的演講時間應該一致。完成講辭的初稿後，應該試用正常或普通的說話速度，誦讀全文，然後按需要增刪講辭的內容。切勿在演講時，因為需要配合時間安排而不自然地加快或拖慢唸讀的速度。	演講的內容大綱長短，應該與所安排的演講時間互相配合。完成大綱後，應該嘗試用正常或普通的說話速度，就大綱發揮，演繹內容一次，然後按需要增刪大綱的內容。若在演講時因應需要加長了一部分的內容，便應該刪減另一部分，以免演講時間過長。

（下續▽）

（接上△）

視覺工具（如即場派發的筆記、展示的模型、投映膠片或使用電腦軟件，如 Power Point 等）	一般毋須使用。	可因應需要而使用。	較少使用。	愈來愈普遍使用，尤其發表演説用的電腦軟件，常常是演講的重要輔助工具。這些軟件一般都十分容易使用。
主題及要點	通常全篇講辭只有一兩個要點。	通常每篇講辭只有一個主題。圍繞着同一個主題，可有多個要點。要點的多寡，須因應演講時間的長度及需要而決定。	跟事先安排演講一樣。	跟事先安排演講一樣。
對流暢自然程度的要求	因為內容簡單，且演講以即席發揮的方式進行，所以通常流暢自然。即使有不流暢的地方，聽眾明白這並非事先安排的演講，通常較能容忍不完善的地方。	聽眾若知道演講經過事先安排，一般對其流暢自然的程度有比較高的要求。	聽眾對演繹講辭的流暢自然程度要求最高。若講者錯誤唸讀部分內容，便容易使聽眾以為講者準備不足、語文能力未達水準或對演講場合不夠尊重，留下壞印象。	聽眾明白這是自然發揮的演講，難以十分流暢，只要篇章結構緊密，聽眾通常較能容忍語文運用上的小瑕疵。

● 15.3 準備步驟

　　準備演講，其實跟寫作應用文相似。其中可歸納為九個主要的步驟，包括：

1. 訂定演講目的

　　演講目的就是該次演講的溝通目的。在第一部分已經交代應該如何訂定溝通目的。就演講方面簡單而言，溝通目的必須以聽眾為中心，並且具體註明聽眾聆聽演講後的應有反應。以下是三個演講目的之例子：

　　"聽過我在公司週年晚宴上的演説後，出席的公司職員都明白公司來年的主要發展方向，並且因為知道管理層對員工福利所作出的努力，對公司有更大的歸屬感。"

「聽過我在董事會的講解分析後，與會董事都能指出計劃 A 和計劃 B 的主要利弊，並且接納採用計劃 B 的建議。」

「聽過我在週年代表大會的政綱演説後，出席的代表會增加對我的信任，並會投我一票。」

2. 了解演講環境

演講環境就是該次演講的溝通環境。溝通環境有四種成分。就演講而言，這四種成分是：

(1) 演講範圍

即演講的主題及演講內容所涉及的範圍。演講範圍一般應該與演講所屬的活動一致，或由活動的主辦單位擬定。有一點必須留意，雖然演講目的與演講範圍應有銜接的地方，但是目的並不一定受範圍限制。例如，在參加競選的候選人的政綱演説中，演講的範圍自然是候選人的政綱，但候選人發表政綱的溝通目的可能只是贏取選票。

(2) 演講基調

演講基調受着講者與聽眾的關係影響。這種關係決定了講者應該怎樣稱呼聽眾，用甚麼樣的語氣講話和禮貌程度。在現代商務演講中，一般以平等為原則，傾向使用親切的基調，即使上級向下級演講也如是，以期使演講容易獲得接受。

(3) 演講方式

演講可用的方式很多，例如可以用純粹口述的方式，不使用任何輔助工具；也可以使用發表演説用的電腦軟件、投放透明膠片，或派發筆記，作為輔助。此外，講者可以邊講邊讓聽眾提問，也可以不容許提問；還可以輔以即時傳譯或加上襯托背景音樂。

(4) 演講處境

即在演講進行時間，演講場地的情況。例如，當時場地有沒有擴音系統、高映機、投放電腦影像器材等設施，以及座位的擺放排列位置、坐椅的舒適程度等，都可能是處境的要素。凡此種種對信息能否有效傳遞都有影響。還有一點必須注意，演講環境的四種成分是互相影響的。例如，演講方式常常跟演講處境互相影響，一方面講者可能要求主辦單位在演講的場地提供一些設施（如電腦影像投放系統）；但另一方面也可能因為不能提供這些設施而改變演講的方式。

3. 分析聽眾

在演講以前，講者必須小心分析聽眾。首先弄清楚聽自己演講的聽眾是誰，並且在聽眾之中，分辨誰才是自己希望受到演講影響的主要對象（即主要受訊者）。其次，就演講的範圍而言，還要弄清楚這些聽眾已經知道些甚麼；並要知道，他們對演講的範圍內容持着甚麼態度。有關分析聽眾的方法，可參考本書第一部分第 3 章 "3.2 分析受訊者" 部分。另可藉以下問題幫助分析：這次演講的聽眾包括哪些人？

- 他們總共有多少人？
- 誰是主要的受訊者？
- 他們對演講範圍有甚麼認識？
- 他們對演講內容抱持甚麼態度？
- 他們對講者的信任程度有多少？
- 怎樣能鼓勵他們接受講者的看法和意見？
- 甚麼原因會妨礙他們接受講者的看法和意見？

4. 收集有關資料

要使講辭內容充實，應按上述三個步驟的結果收集有關的資料。常用的方法包括翻查有關的報告和紀錄，訪問對事情熟識的人，進行研究調查等。收集資料後，要將資料加以篩選整理，方便在以後的步驟中使用。

5. 設計講辭骨幹

逐一羅列，然後分辨每個要點的重要程度和與講辭主題的相關程度，再去蕪存菁，把最適合的要點放在講辭內。按這些要點的關係，可把它們串聯起來，使要點連貫成為講辭的基本骨幹。以下便是把講辭的要點串聯起來的例子：

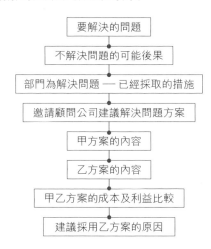

6. 編寫講辭大綱

講辭有了基本骨幹後，便可以為骨幹上的每個要點鋪排內容，例如上例的第二個要點可以這樣發揮：

> 不解決問題的可能後果
>
> 後果一：XXX 系統受破壞
> 發生可能性：百分之七十
> 估計損失：XX 百萬
>
> 後果二：XXX 部門當值工人受高熱灼傷足部
> 發生可能性：百分之十
> 估計須承擔的責任賠償：XX 萬
>
> 後果三：XX 倉起火及存貨焚燬
> 發生可能性：百分之五
> 估計損失：XX 萬

以上內容細節的多寡和詳盡程度，可以因應各細節的重要程度和演講的時限作出安排。此外，一篇完整的講辭應在開首有"引言"，在終結部分有"總結"。

7. 預備所需工具

擬定了全篇講辭的大綱後，便應該知道演講時需要些甚麼工具，可以着手預備和製作所需要的工具。例如，若需要投射透明膠片以展示一些圖表，便應把圖表預先裁放好，印在透明膠片上，並請活動主辦單位屆時在演講場地預備好一部高映機及一幅投射屏幕。製作工具時，必須注意這些工具能否有效地幫助傳遞信息。例如，若果透明膠片上的字體太小，觀眾無法看清楚，這工具可能妨礙演講，而不能促進溝通。

8. 撰寫全文或製作提示卡

若使用逐字唸讀式來演講，可在這一步驟把全文的一字一句全部寫好。但若使用自然發揮式來演講，則不可逐字寫下講辭，應該把講辭的大綱和分析寫在多張提示卡上，以方便在演講時，瀏覽卡上資料，自然流暢地演繹講辭要點。提示卡上一般還要加上銜接要點的詞句，使演辭能暢順地從一個要點過渡至下一個要點。

以下是提示卡的一個例子：

```
                                              卡號：7

  總結
  過渡：我已經介紹了……，讓我在這裏總結……
  (1) 問題 —— 必須盡快解決
  (2) 解決辦法 —— 只有兩個
  (3) 乙方案 —— 成本最低，效益最高
  (4) 須盡快推行乙方案
  (5) 歡迎提出問題
```

此外，還可以在講稿或提示卡上加上演繹個別要點的語氣和手勢，使演講更為暢順有效。

9. 綵排練習

完成了以上步驟，不等於就可以運用講稿或提示卡，並配合其他輔助工具（如發表演説用的電腦軟件）把講辭流暢地説出來。絕大多數人都需要經過多次綵排或練習才能暢順自然地演講。要使綵排或練習有助於某次演講的進行，可以考慮使用錄音機或錄像機把綵排或練習的表現錄下來，從中找出不妥善的地方，逐步作出改善。由於演講時受訊者一般都看着講者，講者的表情和手勢也是演講的重要部分，所以最少也應該對着鏡子來綵排或練習。

15.4 講辭結構

不同場合的演講各有不同，講辭應該配合個別演講的各種需要而編訂，不宜千篇一律。嚴格來說，講辭沒有一定的格式，但是可以依照以下次序劃分為五個部分：

- 稱呼聽眾
- 引言
- 正題
- 總結
- 禮節語

五個部分中，引言、正題和總結三部分都是講辭的主要內容，絕大多數的講辭都包含這三部分，欠缺其一都難免給聽眾不完整的感覺。第一部分（稱呼聽眾）以及最後一部分（禮節語）都是配合該項特別活動或禮儀而說的話。由於現代商務講求效率，而這兩部分多是客套的禮儀語句，所以在不少日常商務的演說中，許多講者都會省略這兩部分。

以下簡單介紹講辭的五個部分：

1. 稱呼聽眾

稱呼聽眾一般有四個原則：

第一，應"首先稱呼外人，然後稱呼內部成員"。換句話說，應先稱呼主辦機構或單位邀請出席活動或儀式的人士，再稱呼機構或單位內的成員。

第二，應逐一稱呼獲邀坐在聽眾面前的嘉賓。

第三，對個別嘉賓的稱呼，應一致地用全名或姓氏，並在全名或姓氏後加上個別嘉賓的榮銜、職銜或官階（例如按照他們的地位或職級，順序由高至低逐一稱呼。例如："XXX 署長、XXX 助理署長"或"XXX 太平紳士、XXX 議員"。

第四，稱呼的方式和排名的先後代表了對嘉賓的尊重，不能掉以輕心。此外，也可以簡單稱呼聽眾，如"各位來賓，各位同事"。

2. 引言

引言的主要作用是預備聽眾有效地接收正題部分的信息。因此，引言既要將講辭引入正題，也要吸引聽眾繼續聽下去，讓他們對講辭傳遞的信息作出預期的反應。編寫引言的常用方法，包括以下五種：

第一，開門見山，點明主題，並概述講辭有哪些主要部分。例：

今天我希望跟各位討論……。首先，我會介紹……然後，我會利用 XX 資料來分析……最後，……。

第二，說明目標，交代聆聽過演講後，聽眾可以得到些甚麼。例：

經過我以下二十分鐘的介紹和分析後，各位應該明白解決 XXXX 問題有些甚麼方法，及知道應該如何去選擇適當的方法。

第三，提出問題，誘發聽眾對講題的興趣，又或藉問題提醒聽眾他們需要講辭所提供的信息。例：

在本月底，你們便要作出決定，選擇 XXX，還是選擇 XXX。你們知道怎樣去作出決定嗎？

第四，交代講題的背景，藉說明原因，引入主題。

第五，講述一個簡單故事，帶入主題。

以上的常用方法並非互相排斥的，可以因應需要，使用超過一種方法編寫講辭的引言。而且，引言的最前部分，常常加上以下兩種成分：

(1) 致謝的語句

例如，若果講者是獲邀請演講的，可以感謝主辦活動或儀式的機構或單位的邀請，表示對能出席是次活動或儀式感到榮幸。若自己是主辦機構或單位的負責人，便當感謝來賓的出席。

(2) 建立關係的語句

如果講者是以嘉賓的身份獲邀請到一個機構演講，多會先強調自己與該機構的關係或以往的接觸；也會特別指出自己對機構的認識很深，以縮短與聽眾的距離，增加親切感。

3. 正題

正題的結構，在上一節討論講辭骨幹及大綱時已作介紹。但是還有三點必須注意：

第一，講辭的每個要點之間應該有清晰的過渡和銜接語句。例如：

比較過甲方案和乙方案的成本後，現在讓我們看看這兩個方案可帶來甚麼利益。

因為講辭主要以口頭傳遞，聽眾難以分辨段落的分界，所以這些過渡和銜接語句，對於幫助聽眾接收講辭信息十分重要。

第二，每完成一個主要部分，都應該加上一個"小結"，方便聽眾整理已聽到的信息。例如：

比較過甲方案和乙方案後，我們知道甲方案比乙方案的成本高約百分之三十，而兩個方案可帶來的利益相差甚小。

同樣，由於講辭以口頭傳遞，聽眾不能重複聆聽講者已說過的話，小結可以方便聽眾整理和重溫講辭所傳遞的信息。

第三，講辭內容必須能誘發聽眾繼續聽的興趣，才能使他們接收信息，產生效果。這在長篇的演講中，尤其重要。要使聽眾保持聽的興趣，當然講辭要內容充實，描述生動，容易明白。除此以外，幽默也是有效的方法，在講題的主要部分，加插一些簡短笑話，或一些令人會心微笑的成分，往往可促使聽眾抖擻精神，專心聆聽。

4. 總結

總結部分應該概括歸納正題部分的要點，提出結論或向聽眾作出建議。聽眾會否作出預期的回應，這部分最具舉足輕重的影響力。因此，若演講的目的是期望聽眾回應，而並不單屬於禮節性質的話語，便應該作出有力的總結，使內容縈迴聽眾腦際，留下深刻的印象。

5. 禮節語

一般的演講，可以不加上禮節語，或單以"多謝各位"一句結束。但是，若在禮儀中，除了讓講者發表演說外，還有其他禮節，講者便須因應個別場合的需要在演辭中配上合適的禮節語。例如，在某研討會開幕致辭中，便需要加上：

我宣佈 XX 研討會開始。

另外還可以表示祝願會議成功及與會者有豐富收穫等。又如在酒會上的歡迎辭或致謝辭裏，可以用這樣的語句作結：

最後，我邀請在座各位舉杯，為 XXXX、XXXX（主要嘉賓的名字和稱呼）以及大家的健康，為 XX 公司和 XX 公司的合作發展計劃，乾杯。

● 15.5 講辭演繹

講辭的信息藉口頭演繹來傳遞，若演繹不好，即使講辭完美，也會功虧一簣，不能達到溝通的目的。演繹講辭不單要使用語言成分，也要使用非語言（或副語言）成分（如服裝儀容、面部表情、身體動作等）。有關如何有效地運用非語言方法與人溝通，可以參考第一部分第 4 章的內容。但綜合講辭的演繹方法，以下六個原則特別值得注意：

1. 咬字清晰

在日常的簡單交談中，講者即使咬字不太清楚，聆聽者也通常可以輕易從溝通的環境中猜測到不清楚的字詞是甚麼。即使猜不到，也可以即時提問。但是演講內容一般較長，演辭中常會包含聽眾不熟悉的資料，若咬字不清，不單容易使聽眾誤會發出信息的意思，也可能使他們失去聆聽的興趣。

2. 以口語白讀

演講既為口頭溝通，便應當跟隨一般口頭溝通的習慣，即使逐字唸讀講稿，也不宜文縐縐地朗誦。例如，假若用粵語演講，“我們”可以講作“我哋”。此外，應該用白讀的字音不宜用文讀的字音。例如，用粵語演講，“使用”應唸“駛〔sɐi²〕用”而不唸“史〔si²〕用”。

3. 以適當語氣配合

演講時，說話的速度、語音的高低、音量的大小皆應該配合講辭的內容和所傳遞信息加以調節，以促進信息的有效傳遞。例如，講者應該以重的音量去強調重要的字詞，以輕快的速度及較高的音調去交代令人愉快欣喜的事情。相反，若語氣一直都是呆板平淡，便會使聽眾感覺沉悶，漸漸失去繼續聆聽的興趣。

4. 以身體語言配合

同樣，在演講時，面部表情和手勢動作都應該配合講辭的內容，使信息更為清晰、更活潑地傳遞。例如，講者可以舉起相應數目的手指，配合講辭內容提及的數目；提及重要的事情，可以握拳以作強調。此外，動作的幅度也應該與演講場合的莊嚴程度配合，在愈莊嚴的場合，動作的幅度一般也愈小。

5. 配以適當的停頓

演講時不一定要不停地說話，若中間需要給予聽眾時間去思考，便應該稍停下來。例如，在提出問題後，可以留空兩三秒不說話，讓聽眾去想想怎樣回答剛提出的問題。當然，每次停頓不宜太長，若長達十秒以上，便應先清楚向聽眾交代停頓的原因。

6. 不時與聽眾目光接觸

演講的目的是向聽眾發出信息，講者自然應當面向聽眾，與他們不時有目光接觸。即使以逐字唸讀式演講，也不可只看着講稿，使聽眾以為自己被忽略了，應該盡可能望向聽眾。講者的目光不應只集中在某一個方向或位置，應該與坐或站在不同方向及位置的聽眾有目光接觸。

15.6 示例

示例一 ── 系統啟用典禮致辭

陳議員、簡先生、各位嘉賓：

今天晚上能夠出席這個二十世紀電子商務服務系統啟用典禮，分享大家的喜悅，並有機會和各位講幾句話，實在感到非常高興。

近年，資訊科技在應用方面發展迅速，逐漸改變我們一貫的營商方式。我們身處全球首屈一指的商貿中心，必須與時並進，積極配合資訊科技的發展，並順應瞬息萬變的市場趨勢，採用更有效率和更具成本效益的方式經營業務。現在，電子商務已成為決定我們的競爭能力的關鍵因素。在推廣電子商務方面，本地工商機構一向不遺餘力。多年前，多個工商機構已積極協助政府推行以電子方式提交指定的貿易文件。現在，以電子方式申請的紡織品出口證，約佔總數九成；而以電子方式遞交的進出口報關單，則約佔總數七成。由於貴會的幫助，產地來源證和載貨清單等其他文件，現在也可以通過電子方式遞交，廠商也可以同時將有關資料交予多個有關機構及政府部門。

電子商務活動要進一步發展，實有賴各行業的機構鼎力支持。我很高興見到眾多機構的高層要員蒞臨這個盛會。大家對電子商務繼續全力支持，是電子商務蓬勃發展的最佳保證。為了配合資訊新紀元的來臨，我們必須作好準備，同心協力，緊密合作，盡量應用資訊科技帶來的種種好處。

今天晚上，我們在這個二十世紀電子商務服務系統啟用典禮上聚首一堂，親身見證了電子商務發展的一項重要成果。二十世紀電子商貿服務系統是本地設計的最大規模電子商務應用系統，不但配合大型機構的營運需要，也適合中小型企業使用。這個系統為開創嶄新的營商方式奠定重要基礎，並且可幫助本地企業進一步取得世界市場空間。在今天晚上的啟用典禮後，二十世紀電子商貿服務系統還會在全球各地推出，這足可證明本地電子商務技術已達世界水平。

最後，我謹祝二十世紀電子商貿服務系統取得卓越的成就。

XXXX 年 X 月 X 日（星期 X）

示例二 —— 畢業典禮致辭

楊會長、陳校監、鍾校長、各位校董、各位嘉賓、老師、同學：

今天我能夠出席貴校創校 XX 週年紀念暨畢業典禮，感到非常高興和榮幸。

XX 會幼稚園自 XXXX 年創校以來，一直致力幼兒教育工作，並且不斷的發展。學生人數由創校時的 XX 人，增至現時的 X 百 XX 多人。貴校在培育下一代方面的努力耕耘，是社會各界人士有目共睹的。

幼兒教育可以為學生奠定良好的學習基礎，以及誘發他們對學習的興趣。貴校一直提倡採用活動教學，透過靈活的教學方法，不但增加學生的學習興趣，更讓他們學習與別人溝通和相處之道。自去年開始，貴校更進一步推行遊戲教學，根據幼兒身心的發展的各種特點，為他們提供一個歡樂的學習環境，從而培養出積極的學習態度和活潑開朗的性格。

貴會除開設幼稚園外，更在本區開辦兩所幼兒院，提供全日及半日的幼兒暫托服務。貴會所提供的多元化服務，令社區多方面受惠。我想藉此機會多謝貴會多年來在推展幼兒教育和服務方面所作出的寶貴貢獻。

最後，謹祝貴校校務蒸蒸日上，在座各位生活愉快、身體健康。多謝各位。

XXXX 年 X 月 X 日 (星期 X)

示例三 —— 晚宴歡迎辭

X 局長、X 秘書、各位嘉賓：

我首先謹代表香港 XX 工商會，歡迎 X 局長及上海工商界代表在百忙中撥冗出席這個歡迎晚宴。

上海工商總會團這次來港四天作訪問交流。是次交流的時間雖然短促，但是我們仍有不少寶貴機會與上海貿易總商會的代表見面，深入交流意見和經驗。盼望我們更可藉此增進彼此友誼，以及商討進一步合作的項目。希望這次訪問對加強香港與上海工商業之間的聯合發展，起到莫大的作用。我們在此感謝內地有關單位給予的支持和協助。

最後，我想邀請在座各位舉杯，為 X 局長、X 秘書和各位的健康，為香港與上海兩地的聯合發展更進一步，乾杯。

16 簡報演示

16.1 視覺工具的應用

16.2 演示技巧

16.3 答問技巧

上一章演講中提到，有些情況下，講者可能會拿着講辭逐字照讀，例如大型活動上的開幕辭、致謝辭；也有些是自然發揮式的，例如講者要向觀眾報告某事項、推介某計劃，手上只有內容大綱，自然地演譯詳細的內容；有時會加上其他視覺工具的配合，以幫助聽眾理解演講內容。

現今的商務活動，經常需要商務人員向一群觀眾陳述資料或推介一些要點，英文中的 presentation，就是指這類溝通行為。Presentation 就是發訊者向觀眾或聽眾陳述或推介某些訊息。Presentation 一般主要以口頭形式進行，而為了使傳達信息的過程更有效，發訊者一般會借助一些視覺工具，來展示相關的資訊，讓受訊者可透過另一個途徑接收信息。隨着科技日漸進步，大多數講者會使用電腦軟件〔如微軟生產的簡報軟件（PowerPoint）〕製作電腦檔案為輔助工具，並在陳述或報告時一邊敍述內容，一邊展示該電腦檔案。Presentation 這個字也有"顯示"、"呈現"、"引介"和"介紹"的意思，而人們在作陳述或推介時，常會向觀眾演示電子簡報，故此這類溝通又稱為"簡報演示"。

這一章會和大家討論簡報演示中的視覺工具一些主要的應

用技巧，發訊者要如何使用和展示這些工具，才可得到最好的效果；並指出進行簡報演示時，發訊者需要注意的地方，以增強溝通的效果。除了電子簡報外，還會簡單介紹其他的視覺工具，讓大家認識一些較早期的演講輔助工具。

16.1 視覺工具的應用

發訊者向受訊者作建議、報告時，若是只憑口述或只有書面文字，未免略嫌沉悶。試想想，若要你只用耳朵收聽公司各產品的季度銷售數據，倒不如用眼睛看一個簡單易明的圖表更清晰。又或者要你看一份充滿數據、文字的報告，如能有一些簡單易明的圖表，清楚地標示着數字、資料，也會使你較容易理解內容，並接受報告。故此，現時人們大多會一邊口述，一邊向聽眾展示資料、圖像等，讓他們除了用耳朵接收資訊外，還能用眼睛觀看，能吸引他們的注意力之餘，也可更清楚地表達內容。如能適當運用各項視覺工具，可有效把信息傳到受訊者，增加溝通成效。

電子簡報的視覺元素

現在的電腦科技一日千里，演示報告的人通常會設計好一份電子簡報，方便演講時一邊敍述，一邊演示。電子簡報軟件的功能多多，如能選擇恰當及配合適量的視覺元素，效果和數量都恰到好處的話，觀眾便能接收得更舒服，所汲取到的內容也更多。

一、編排投影片

無論是提交報告，還是作出建議，簡報必須條理分明，架構清晰，讓觀眾容易跟從演說的思路。主體內容當然要有邏輯地加以組織（可參考第 11 章報告類格式部分有關主體內容的鋪排次序），每一點循序漸進，清楚地交代內容，方便受訊者接收。除此之外，設計投影片時，有幾類投影片應該加插其中，以便演講時能更清晰地介紹內容和過渡得更明顯。

1. 封面投影片

簡報的封面應包含演講題目（和副標題）、演講者姓名及所屬部門／機構、演講日期。這些資料能讓觀眾對將要聽的演講有一個大概的了解，也對演講者有基本的認識。（見示例一）

2. 目錄投影片

詳細闡述正文內容之前，演講者應列出讓簡報的內容概述，製成一張投影片，像簡報的目錄那樣，讓觀眾知道將會聽到甚麼內容，並在聆聽時作些心理預備。（見示例二）

3. 過渡投影片

若是演講分成了較多的部分，內容頗長，便應該在每個部分之間加插過渡投影片，讓觀眾了解已講述了哪些部分，也知道正在演示到哪個部分，以及還有多少部分接着要說。（見示例三）

示例一　封面投影片

示例二　目錄投影片

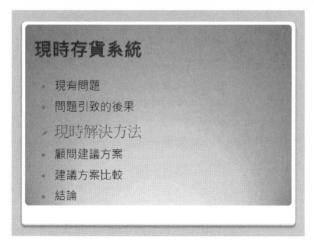

示例三　過渡投影片（剛完成首兩部分，即將進入第三部分。）

二、使用項目符號

　　把內容撮寫成要點，盡量以簡短的文字表達出來，清晰地展示到觀眾眼前。除非有特別的原因，否則避免把一整段文字顯示出來，並在演示講述時逐字讀出。一整段文字對坐在遠處的受訊者難以觀看辨認，會使他們失去興趣。應把重點內容或希望他們注意的資料清晰地呈現出來。（如示例四）

使用項目符號來作為投影片的主要版面是傳統上較有效的設計方法，由於簡短要點形式的設計能使觀眾快速閱覽後專注聆聽演講者的口述內容，又能讓他們隨時觀看發訊者還有甚麼要點要說，這種形式較為普遍使用。

示例四　以項目要點顯示內容

三、圖文並茂加深印象

近年來，愈來愈多演示者選用另一類的投影片設計。人們在接收信息時，若是伴隨圖案、影像來讀取／聆聽，便能加深他們對有關資訊的記憶。這種新選用的設計就是一張投影片只傳遞一個信息，並在上面插入一些配合該投影片內容的圖片或圖畫。（見示例五）

在演示簡報時，這種投影片方便受訊者在快速閱覽該要點後專注聆聽演示者的口頭講述，加上投影片中配合內容的圖畫，可以加深他們的印象，使信息傳遞得更有效，記憶得更長久。使用這種投影片設計有一個優點，觀眾的專注力較能集中在演講者身上，並會在展示這一張投影片的時間內理解及吸收演講者所說的內容，記憶穩固了，便更容易接受信息。要是展示的是一張項目列點投影片，觀眾的注意力可能會分散了，只顧閱讀列點內容而沒有細心留意演講者說的話。而且，運用圖案影像配合（聆聽的）

內容記憶信息，以後每當受訊者看見該圖片或投影片時，便會不自覺地想起當時演講者所說的內容，引發他的記憶。

示例五　以圖文並茂的形式演示內容

四、運用顏色對比

在設計列點項目投影片時，當中的字款顏色和投影片的背景顏色必須有強烈的對比，以突出文字內容。顏色的選配運用可根據以下參考：

- 同一張投影片的文字一般應只用四種顏色或以下，過多顏色會使觀眾眼花繚亂；
- 同類內容或同一部分的文字使用同一種色調，營造一致的感覺，並讓觀眾容易掌握所演講的內容屬於哪一部分；
- 如光線充足，用深色背景襯淺色文字能讓觀眾較易閱讀；
- 如在較暗的室內，宜用顏色較淺而鮮明的背景襯深色文字；
- 深藍色背景襯白色文字適用於以電腦科技為題材的簡報；
- 以鮮紅或鮮綠作文字顏色可用來刺激觀眾、抓緊注意、催促他們行動，但不宜過多運用，以免使他們的眼睛不適；
- 橙色、粉色系列色彩不夠鮮明，用於簡報上可能難以閱讀，不能分辨，應避免使用。

五、調校字型段落

由於顯示電子簡報的屏幕離觀眾會有一段距離，要確保他們能閱讀投影片上的每一個文字。設計投影片時的大原則是清楚易讀，若字款吸引卻過分花巧，會使觀眾難以閱讀，反而分散了他們的注意力。使用列點設計的投影片，當中的文字設計編排一般可參考以下的指引：

- 同類的內容使用同一種字型（如標題文字用標楷體，點列內容文字用細明體），容易讓觀眾看出投影片的內容架構，他們便更易理解投影片的信息；
- 同一版投影片不宜用超過三種的字型，過多不同的字款使人感覺投影片欠缺統一；
- 內容文字的字型大約在 24 至 36 點之間；
- 標題文字的字型約在 30 至 50 點之間（較點列內容文字的字型約大 10 點左右），並可加上粗體以突顯文字；

- 每版投影片的點列內容一般不應多於六個，而每項列點的字數應不多於十五字，或不多於一行（可簡稱為 "6x15" 的原則）；
- 點列之間的行距宜較闊，行與行之間應有明顯的空間，太密集的話觀眾便難以閱讀。

　　若是使用圖文配合的投影片設計，文字的大小應與圖畫的大小比例相配，兩者的差距不宜太大，觀眾應能先看到文字，快速閱覽要點後便能專心聆聽演講者的說話。文字要點不宜太長，其作用只為引介這張投影片將要說甚麼，詳細內容應由演講者以口頭表達，而非在投影片中全部以文字顯示出來。

六、配合圖表工具

　　演示簡報有時需要向觀眾展示資料數據，這些情況下一般會在投影片中加插資料表、圖表等來向觀眾闡述。展示的圖表應該越簡潔易讀越好，一些會讓人眼花繚亂的效果如陰影、花紋底色等應避免使用，以免擾亂了觀眾的視線之餘，又不能傳達圖片的資料信息。試比較示例六和示例七，看看效果是否大有不同？

　　此外，不同的圖表類型適用於不同的資料展示。例如棒形圖可用於各項目的排名和比較各項的差距；圓形圖可用作顯示每個項目在整體中所佔的相對比例；而線形圖則適用於展示某些項目的發展、趨勢和升跌幅度。故此，使用圖表前應仔細考慮所用的類型是否適用於想表達的資料數據。

　　若想在展示圖表時特別強調某項目或某部分，可運用一些突出的手法，使觀眾加倍留意。例如把圓形圖中的其中一個項目分開來，代表演示者想着重詳談這項目的資料（如示例八）；又或用不同於其他項目的顏色來突出其中一個項目，讓觀眾加倍留意這個顏色不同的項目（如示例九）。

示例六　清晰易讀的圖表

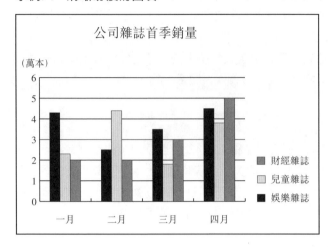

示例七　紛亂難讀的圖表

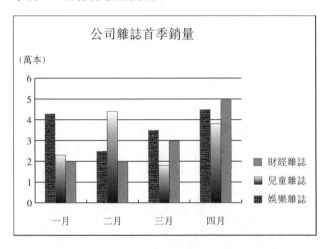

示例八　使用分割突出法以強調某項目

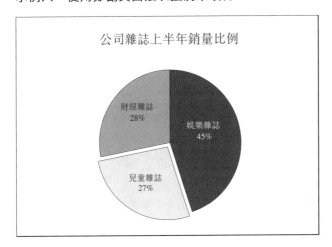

示例九　使用顏色對比法以強調某項目

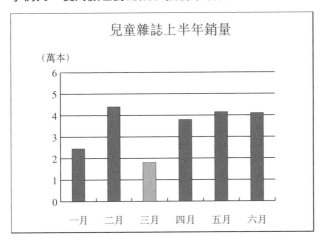

七、善用動畫效果

在展示電子簡報時，偶而加插一些小動畫，可引起觀眾的留意，重新把注意力集中在演示者和投影片上。如加入一些配合內容的卡通、動畫，還可加深他們的印象，更有效傳遞簡報的信息。

除了小動畫，電子簡報還有投影片切換功能，讓演示者每次在轉換投影片時加入一些生動的感覺，使觀眾不會感到沉悶；

而內容顯示效果的功能可以讓演示者把內容列點文字逐一顯示出來，使觀眾隨着文字出現而更專注演示者所講的內容，提高他們的投入感；如演示者把顯示效果使用在圖案或動畫上，隨他指示在特定時間展示在觀眾面前，也可營造懸疑或驚奇的效果。

八、引用其他多媒體元素

電子簡報需配合電腦才可向觀眾顯示，另一方面也可加入其他電腦檔案（如文件檔、圖像檔等）以展示不同類型的資料。例如，若報告中需展示大量的資料數據，設計者可插入相關的試算表檔案（excel file），讓觀眾知悉詳細的數字；又或演示者想向觀眾展示某些過程或示範，他可以將過程或示範拍成影片，再把影片加插到簡報中演示給觀眾看，而不需即場示範給受訊者，這樣一來省卻了場地安排的麻煩，也方便配合簡報演示有限的時間。要是演示簡報的場地能連接到互聯網，演示者還可以在簡報中貼上網址，向觀眾展示網頁。

演說開始時給觀眾先播放一段影片，還可以用來吸引他們的注意。現時的網上資訊十分方便，我們很容易可以找到一些無版權限制、可自由播放的影片（如 You Tube 網絡上的影片），只要場地設備可連接互聯網，或發訊者已把該段影片下載到電腦硬碟中，他便可以輕易地播映短片。當然要注意，影片亦須與簡報演示的主題有關聯，能把觀眾從影片的內容帶領到簡報的信息，加深他們的印象及專注力，亦使簡報的演示更有效。

其他視覺工具

向觀眾講解時，除了運用電子簡報展示相關資料外，演示者還可使用其他視覺工具配合闡釋，方便受訊者理解內容。下面介紹的是其中一些例子。

一、實物投影機

要展示一個物件，最直接的方法是把實物放在觀眾的面前，讓他們親眼觀看。若是物件的體積太小，而演示者又想讓全場觀眾看到，就可以把物件放在實物投影機上。這部機器能夠把實物拍攝後同時投映到螢幕上，人們較常用來展示紙張上的文字、圖案，同時讓全場的觀眾閱讀同一張紙或同一個物件。

二、白板／黑板

常用於教學演示，並有助一些討論會議中，方便在場的人一想起意念，就可即時寫在板上，讓全場其他人看到。有些電子白板還可讓使用者擷取板上的內容，存成電子檔案以便發送或打印出來以作紀錄。

三、活動掛圖

演示者預先把內容寫在掛圖的紙上，在演示時順序展示，也可即時加入新的內容。這種方法毋須使用科技或電源，不怕因故障或突發事故而不能使用，較為可靠。

四、透明膠片和高射投影機

演示者把內容寫在或編印在透明膠片上，透過高射投影機，放映在熒幕上。與實物投影機的作用相似，但所展示的文字或圖案基本上以黑色為主。如想即時加入新的內容也可手寫在膠片上，但若想整潔地修改膠片上打印的內容則較難做到。由於這類視覺工具在應用上的限制較大，所以已日漸受淘汰。

● 16.2 演示技巧

當一切視覺元素、相關資料都準備充足，就來到正式演示的時間了。即使簡報的內容設計得如何美侖美奐，演示者在講述簡報時所說的及所做的一切，都能影響觀眾接收信息時的反應。精彩吸引的視覺工具也需配合適當的演示技巧，才可讓受訊者樂意聆聽和接收內容，並接受發訊者的意念、想法。

非語言元素

一、形象儀表

簡報演示者若想觀眾或聽眾留意自己的演講，首先必須使他們留意自己；若他們對發訊者有好印象，便會容易接受他所說的內容。一個人的形象、外表十分影響其他人對他的觀感，而初次見面，第一印象一旦形成，以後便難以改變。當演講者站在講台前，台下的觀眾會從他的外表、形象作出判斷，甚至決定對這人的看法。因此，如果希望讓受訊者對自己有良好的印象，演示者的衣着打扮必須要自然得體，外表、面容要乾淨整齊，說話、走路、站立等的姿勢要穩健大方，充滿自信，使其他人對自己也有信心。當他們對自己產生了好感，便易於留心演講。

若果發訊者的衣着打扮不修邊幅，穿戴了太多無謂的飾物，很容易分散了觀眾的注意力，使他們留意在演示者的身上、衣物上，或被多餘飾物發出的聲音拉開了對演講內容的注意，這樣便會造成反效果。

要留意的是，演示者的外表、形象也是視覺工具的其中一種，他的打扮、姿態可影響觀眾對他和該簡報演示的興趣，而他所做的手勢、動作，也可影響所傳達信息的效果，配合一些適合的身體語言，更可幫助受訊者理解內容。

二、身體語言

當演講者傳達信息時，他的一舉一動，都對其說話內容的效果有影響。若是他站得畏畏縮縮、委頓無力，會使觀眾以為他沒有自信，對自己所說的內容也沒有信心，他們便覺得演講毫無說服力，也沒有意欲再聽下去。若他滿有信心地昂首闊步，一邊說話，一邊配合適當的手勢向觀眾講解內容，便能增加對方的興趣，使他們對自己的演講更加專注。

手勢不用過分誇張和過多，通常移動肘部以下的部分來配合演講內容，偶而可加一些從肩部開始的手勢和動作，來強調某重點或加重語氣，以加深觀眾的印象，使他們更容易接收你的信息。

三、目光接觸

和人說話時與對方有目光交流有助和他們建立親切感。作簡報演示時也一樣，要和面前的觀眾有目光接觸，眼光須環掃全場觀眾。除了注視前排和場中間的觀眾外，演示者還要照顧最後排和兩邊角落位置的人，視線盡可能在每個觀眾身上友善地作短暫的停留。如在場人數較少（如二十個觀眾左右），演示者的目光可不時於每人身上停留數秒，讓觀眾感覺到發訊者對自己的注意，而加倍留心他的演示；若人數太多，發訊者也應盡量關顧在場的每個人，避免有部分受訊者感到被冷落而對演講失去興趣或產生負面反應。

示例十　演講者與觀眾的目光接觸

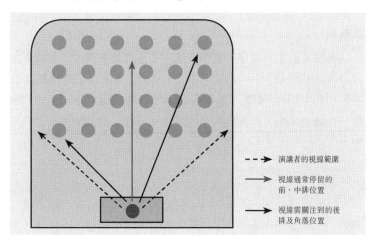

　　　- - - ▶　演講者的視線範圍

　　　———▶　視線通常停留的
　　　　　　　前、中排位置

　　　———▶　視線需關注到的後
　　　　　　　排及角落位置

四、聲線節奏

　　在演說時技巧地運用自己的聲線、說話的節奏，也能有效地捉緊觀眾的注意，順利傳達某些重要的內容信息。例如在提到要點之前，稍稍停頓一下，待觀眾開始留意你，與你有目光交流時，才表達你希望他們記得的說話；又或在某些重要的關節上，提高聲線或加強語氣，來強調該內容。這些做法也可加深他們對內容甚至對你的印象。

五、個人風格

　　以上的各項元素如能多運用、多練習，久而久之便會形成一種個人風格，到時無論在任何時候或場合進行簡報演示或演說，也能得心應手，每項元素都做得自然流暢，不會讓觀眾覺得突兀，可使他們舒服地接收演講內容，並接受當中的信息。

語言元素

一、開場

　　演示簡報開始時，在招呼過在場的觀眾後，演示者的開場白對以後的整個演示有着很重要的影響，如果能一開始抓住觀眾的注意力，提高他們對演示主題，甚至演示者的興趣，有助於接下來的演示繼續吸引觀眾而專心聆聽下去，並嘗試理解演示的內容。那麼，發訊者在演講開始時可以說甚麼來吸引觀眾呢？

幽默感

　　要抓住觀眾的注意，其中一個方法是運用幽默。一些無傷大雅的笑話或自嘲（例如自揭一些"小瘡疤"或拿自己的缺點開玩笑），可以使場面輕鬆，解除受訊者對現場的陌生感，讓他們放鬆、舒適地傾聽／欣賞發訊者的演講／演示，提高接受信息的意願。

小故事

　　跟觀眾說一個小故事也是一個十分有效抓住注意力的方法，這個小故事最好和將要演示的簡報有關，能帶出信息的主題，這樣既能吸引觀眾注意，又能替整個演示做一個引言，為這次演講作一個好開始。要留意的是，所說的小故事不要太長，大約在兩分鐘之內，以免阻礙接下來將要演示的內容和投影片。若果時間未能掌握得準確，便會影響以後的演示表現，以至觀眾對發訊者的觀感和信心。

閒談

　　另一個方法是在未進入正題前先和他們閒談一下，可以談一、兩句天氣、交通等這些較籠統的話題，試試引起他們的反應，或讓他們作個"熱身"，準備留心接下來的簡報／演說。

二、有效結束／收尾

　　在演說或簡報演示完畢前，要給觀眾一些預告，表示簡報演示接近尾聲，讓他們感覺演講／演示有始有終，有了一個完整的結尾，可以留給觀眾一個好印象。

總結要點

收場時演示者可以用以下的語句開始："總結來説，今天我們討論／提出／解釋了……。現在是答問時間，大家有甚麼問題嗎？"完場時給觀眾一個快速的總結，有助加深他們對全部內容的概括印象，也給他們一些時間考慮是否有不清楚／不明白的地方，並作出提問。作總結時必須簡短扼要，使用停頓或加強語氣來強調關鍵字詞，以加深觀眾的記憶；使用次序詞如"首先"、"然後"、"而且"、"最後"等，讓他們對整個簡報演示有個快速的總覽，鞏固印象。

重申訴求

若進行的是推介型簡報演示，演示者除了概括簡報的要點外，還可以向觀眾重申一次他的訴求（即演示簡報的目的），這是勸説受訊者的最後一個機會，故此必須好好把握，鼓勵他們考慮甚至立即採取所建議的行動，使他們對自己以及這次溝通有深刻的印象。

一個有完整結尾的演講或簡報演示能大大提升發訊者在觀眾心目中所產生的形象，發訊者如能有條不紊地總括、強調自己所説過的要點，可使觀眾對他產生好感，覺得他認真、可信；若是因為時間不夠而將演示草草收場，會讓受訊者覺得演示者沒有充分的準備，或想匆匆離開，表現鬼祟，形成負面的印象。故此，演示簡報必須以一個令人難忘的收尾作結，可以使受訊者在心中對演講者留下極佳的最終印象，增加對他的好感。

16.3 答問技巧

發訊者演示完簡報後，一般會設有問答時間，一方面讓受訊者有機會回饋，加強雙方的溝通；另一方面也讓演示者觀察受眾的反應，以評估自己剛才的表現。如想讓觀眾對自己留下深刻的印象，在處理答問環節時也有一些地方需要注意。

事前準備

演說或演示簡報前，要做足準備：

- 清楚了解簡報中的每一項內容、每一個細節，並研究推敲觀眾有可能提出問題的地方，盡量在演講時作出詳細闡釋或補充；

- 把簡報向朋友或同事預先演示一下，看看他們對簡報的反應，是否明白當中的內容，聽完演示後會有何問題，以便在正式演示時，如觀眾提出類似問題的話，也能有所準備；

- 練習時需要充滿感情並投入地向觀眾演繹簡報的內容，看看他們能否受到你的感染，並作出相應的反應；

- 練習時要有紙筆在旁，以便中途遇到一些地方想改動一下內容，就能即時摘寫下來，隨後在簡報或演講稿上加以修改；

- 把自己的演講錄音，聽聽是否有一些毫無意義的填充冗詞，如“即係咁”、“我想講的是”、“唔……”等，這些詞語沒有實際意義，但會分散觀眾的注意力。故此演講者應留意自己的言語，盡量避免使用。

即場應對

正式演示簡報的時候，當應付觀眾提問，要留意以下幾點：

- 要保持一貫演示時的自信，說話時聲線要清楚、語句要簡明；

- 留意自己的身體語言，不要表現得局促不安，使人覺得你緊張、沒有自信；而把雙臂抱在胸前，予人處處防範的感覺，這也會使觀眾對你產生負面的觀感；

- 弄清楚提問人的問題重心，並替他總結一下問題的重點；最好為對方複述問題，讓全場觀眾都清楚他的問題，並預期一些答案的可能性；

- 總結問題時可以說“謝謝這位先生提出了有關……的問題，看來你很關注……這方面”，除了可幫助其他觀眾理解問題的中心，還可以捉緊全場人的注意力，使他們留心答案；

- 作答前，先向發問者致謝，並仔細組織答案，清晰有條理地回答對方；
- 回答提問時，眼神不應只注視提問者，要望向全場觀眾回答，以表示說話的對象是在場的所有人；
- 若問題的內容是關於簡報中的某一張投影片，可展示該張投影片，讓觀眾能記起剛才演示時說過的內容。

如在演講中途要回應提問，可參考以下幾點：

- 觀眾提問或會打亂了演示的進度，應該要保持鎮定，聽清楚對方說甚麼；
- 如果時間和情況許可，可以先回應問題，簡明地闡釋；
- 若是答案較為複雜，或對方一時未能明白，則可以請對方先想一想，待演示完簡報後再於答問部分進一步解釋；
- 演示者可以說"謝謝你提出這個問題，相信大家也對這問題很有興趣。或者我們可以在待會的答問部分再詳細討論，現在我們先說回……"，來把其他人的心思引導回演示中的簡報上。

在演講尾段的答問部分，發訊者可參考以下做法：

- 總結了要點、重申過訴求後，便可以問觀眾對內容有甚麼意見或問題；或把之前未及回應的提問，在這時再作詳細解釋；
- 遇有一些真的回答不了的問題，可以誠實地回應說不知道，並誠懇地表示會回去研究/跟進問題，請對方留下聯絡方法，讓自己弄清楚答案後告知對方；
- 保持誠實和認真對待問題的態度，讓觀眾留下正面的印象；若是含糊其辭地搪塞過去，受訊者會認為演示人不認真、無責任感，並對他產生不良的印象；
- 準確掌握答問部分的時間，把時間公平地分配在其他的問題上，不宜在一個問題上花太多時間；

- 要是沒有人提問，可以反問他們一些對簡報主題有關的問題，打破現場的沉默，鼓勵他們作出反應。

17 會議

17.1 會議種類

17.2 會議語言類別

17.1 會議種類

　　會議是商務溝通的重要一環。一般而言，職位愈高或擔當行政管理的責任愈大，工作上花在會議的時間也愈多。

　　溝通可以分為正式的和非正式的，會議也是如此。非正式的會議，通常沒有存檔的議程和會議紀錄，這類會議的有關工作也比較容易處理。若能掌握主持或參與正式會議的說話技巧，在非正式會議中的交談和討論，一般也能應付裕如。因此，本章將集中討論正式會議的溝通。

　　要在會議上跟與會者有效地溝通，必須先了解會議的性質。會議的舉行目的不同，其溝通模式和性質也有所分別。例如，在工作指派會議上，通常與會者的主要溝通工作只是聆聽會議主持的指示和吩咐，即使發言，目的只在於澄清指示或吩咐的內容，而不會參與討論，一起作出決策。

　　簡單而言，會議可以按性質分為以下五種：

1. 決策會議

　　用以商討問題，就觀點或方法進行辯論及作出決策的會議。

2. 工作會議

與會者一同參與完成一項工作的會議。該工作可能是撰寫一份報告、一份建議書或是其他要一同完成的工作。

3. 工作匯報會議

部分與會者向其他與會者（後者通常是前者的上司）交代某項工作的進展及情況。

4. 工作指派會議

與會者聆聽會議主持（通常是主席）就工作項目及要求方面給予的指示和吩咐。

5. 意見交流會議

與會者就某課題互相交換意見。

當然，在實際的商務活動中，同一個會議可以包含多種性質，也可以有多種目的。例如，在同一次會議中，可以先進行工作匯報，然後就匯報內容作出決策，再按決策指派與會者擔任工作。但是與會者的溝通模式須因應不同的會議模式作出配合和調整。下表把五種性質的會議作出比較，以方便參考。

在不同性質會議中的溝通

	決策會議	工作會議	工作匯報會議	工作指派會議	意見交流會議
主要溝通方向	同級溝通	同級溝通	上向溝通	下向溝通	同級溝通
常見的主席身份	其他與會者的上司	工作小組的主要成員	其他與會者的上司	其他與會者的上司	其他與會者的上司或所討論事情的負責人
主席的主要溝通工作	敘述（或總結）事情（或意見）、詢問意見、引導會議進行（例如：表決）	敘述（或總結）事情（或建議）、表示同意（或反對）	詢問事情	敘述事情、指示（或委派）工作	敘述（或總結）事情（或意見）、詢問意見
其他與會者的主要溝通工作	敘述事情（或論據）、表示同意（或反對）	敘述事情（或建議）、表示同意（或反對）	敘述事情	聆聽、詢問事情（澄清主席指派工作之內容）	敘述意見、表示同意（或反對）

上表所羅列的只是常見的會議溝通特點，並非所有的特點。不同機構各有不同的文化或習慣，會議溝通的特點可能略有差異。例如，在着重以權威管理下屬的機構中，決策會議可能以下向溝通為主，主席甚至可能不去引導與會者作表決，而只會詢問意見和表示同意或反對。

不論是哪種會議，其溝通工作都必須符合本書第一部分所述的原則。例如，講話者應該按照與受話者的關係和所處的機構文化去稱呼受話者（參見第 4 章）；說話也應該以受話者為中心，表示積極的態度，以及合乎遣詞造句的 "7C 原則"（參見第 5 章）。

17.2　會議語言類別

綜合分析，在會議上的主要溝通工作包括以下五個重要項目：

- 敍述（事情、意見、建議或論據）
- 指示（或委派工作）
- 詢問（意見或事情）
- 表態（即表示同意或反對）
- 引導（會議進行）

在會議上，敍述和指示的語言，跟其他場合的語言分別不大。兩種語言的語句都跟交談類口頭溝通相近。敍述的語句只要正確、簡潔、具體、清楚、完整及鋪排恰當，便能有效地把信息傳遞。指示的語句也大致相同，只是必須因應情況調節向受話者提出要求的禮貌程度。故在本節不再詳細討論。另外表態、詢問和引導三種說話的方式將在下面分析，並舉例說明。掌握這三種說話的方法，也就具備了有效地進行商討類口頭溝通的基本條件。

一、表態

表態就是表示態度，亦即表示同意或反對。在決策、工作和意見交流會議上，主要溝通工作通常由與會者承擔。就某件事表示態度，一般可以分為同意、反對和有保留三種。

1. **表示同意的語言**

   表示同意的語言通常獲受話者歡迎，語句常常比較直接
   簡單。以下是表示同意的一些常用語言：

   - 對。

   - 確實如此。

   - 我完全同意。

   - 我非常同意。

   - 我也這樣想。

   - 我想你是對的。

   - 我也是這樣想的。

   - 我贊同你的意見。

   - 我也有同樣的想法。

   - 我很同意你的說法。

   - 我完全同意你的決定。

   - 我當然同意你的計劃。

   - 我完全同意你的觀點。

   - 我完全接受你所說的。

   - （說得）對！（說得）對！

   - 我當然同意這……。

   - 我想沒人會不同意這一點的。

   - 我認為沒人會對……有異議的。

   - 我認為沒有人會不同意……。

   - 這件事應該……，我想沒有人會對這看法有異議的。

2. **表示反對的語言**

   表示反對的語言通常不受歡迎，也可能使受話者以為講
   話者由於態度不積極，所以才說負面的話。嚴重的話，
   甚至可能破壞講話者與受話者的關係。因此，表示反對
   的話語必須小心使用，真的必須使用時，可以加上"對
   不起"、"真抱歉"等語句來使話語較容易獲受話者接受。
   以下是表示反對的話語的一些常見例子：

- 反對。
- 我反對。
- 我不同意。
- 我完全反對。
- 我相信你錯了。
- 我難以接受這觀點和態度。
- 我認為不應該⋯⋯。
- 對不起，我不能接受⋯⋯。
- 這樣做解決不了問題，我們應該⋯⋯。
- 真抱歉，我必須反對這樣做，因為⋯⋯。

3. **對意見表示有所保留的語言**

若基本上同意某些意見，但仍認為意見在某方面需要改善，便可以表示有保留的態度。在現代商務的會談或商議中，講話者為了使自己的觀點和立場容易獲得受話者接受，或避免損害自己與受話者的關係，往往把反對的意思調節為有保留的態度。因此，在進行商務會議時，應該小心聆聽表示有保留的話語，斟酌內容，分辨當中有多少反對的成分。同樣，説有保留的話，也應該小心調節有所保留程度。下面是一些常見例子：

- 我並不完全同意你的意見。
- 也許是這樣，不過還有一個問題。
- 儘管如此，我認為⋯⋯。
- 原則上我同意，但⋯⋯。
- 那也許是真的，不過⋯⋯。
- 在一定程度上我同意，但⋯⋯。
- 你説的很有道理，但是我們⋯⋯。
- 在某種程度上我同意，但是⋯⋯。
- 你這樣説也許是對的，不過這實在難以執行。
- 我原則上同意你的計劃，不過⋯⋯。
- 總的來説我同意，但似乎事情並非這麼簡單。

- 對，不過你不認為這樣做太⋯⋯嗎？
- 這樣做很好，但是不是有點太⋯⋯了。
- 我同意，但有關⋯⋯的困難可以解決嗎？
- 這是處理問題的一種方式，但我們還有別的方式。
- 我知道你說得有道理，但其他人可能⋯⋯。
- 我接受你的觀點，但是我們不該忘記⋯⋯。
- 我當然明白你的意思，但我們必須小心考慮每個細節。
- 我想我們在這點上是完全一致的。然而，⋯⋯。
- 總的來說，我同意你的意見，不過有時候⋯⋯。
- 對不起，如果能夠首先解決⋯⋯問題，我必定同意這個計劃。

二、詢問

詢問就是提出問題，以求從受話者的回答中取得所需要的資料和信息。問題的種類可以從兩方面來劃分：

1. 從回答是否出於個人判斷來劃分

這又可以分為資料問題和意見問題兩類。資料問題要求受話者的回答只是他所知道的資料；意見問題則要求受話者的回答是他對事情的判斷和評價。

這兩類問題不一定可以在商討每件事的時候都能清楚地劃分。例如，要求提出意見時，也可能同時要求以資料去支持理據。雖然如此，認清自己所需要的是資料還是意見，再去提出相應的問題，對於有效地主持或參與會議，十分重要。

2. 從回答的範圍限制來劃分

這可以分為封閉問題及開放問題兩種。封閉問題限制着回答的範圍，例如："誰負責推行這計劃？"這封閉問題的回答必須是"推行這計劃的人是 XXX"；又例如："你是否同意"，這封閉問題的回答必須為"是"或"否"。開放問題則不限制回答的範圍，例如："這工作的進展如何？"

和"你有甚麼意見？"這些開放問題的回答可以多種多樣。跟第一種劃分問題的情況相似，並非在每件事的商討中都可以完全清楚地劃分封閉和開放這兩類問題。例如："對於應該由誰人來推行這計劃，你有甚麼意見？"這一問題的回答，既可以限制於僅僅一個人名，又或就人選的問題盡情地表達意見。雖然兩類問題不一定界限分明，但是細心分辨所要求的答案範圍，再去提出相應的問題，對於促進有效的會議溝通，十分重要。

必須明白，封閉問題的其中一個好處是方便取得所需的指定資料或意見，但是使用封閉問題也會使發訊者失去讓受訊者提供其他有關信息的機會。相反，使用開放問題雖然有機會得到更多信息，但也可能導致會議的時間浪費在無關重要的資料或意見上。

綜合兩種劃分問題的方法，可以把詢問的形式分為四類。

(1) 開放——資料形式的詢問語言

- 事情有甚麼進展？
- 最近業務情況怎樣？
- 今年的財政狀況怎樣？
- 這工作可以從何着手呢？
- 這小組的研究工作進度如何？

(2) 開放——意見形式的詢問語言

- 你對這個有甚麼想法？
- 有不同想法的，請發表意見。
- 各位對這議題有甚麼意見呢？
- 這件事能否成功，你有多樂觀？
- 請你們就這建議書的內容，發表意見。

(3) 封閉——資料形式的詢問語言

- 請問你今天遲到了多久？
- 當事人在哪天收到合約？

- 那個委員會，有甚麼當然成員？
- 在那一次會議中，他以多少票當選？
- 顧客需要付出多少費用，才可以享用這一種服務？

(4) 封閉──意見形式的詢問語言

由於在會議中經常需要說這類話語，以下試羅列較多例子：

- 各位同意嗎？
- 計劃獲得一致同意嗎？
- 各位同意這樣作結論嗎？
- 大家同意這樣的建議嗎？
- 你同意……嗎？
- X 先生，你不同意嗎？
- 請問各位是否同意這想法？
- 你們同意這個……嗎？
- 你們不認為這是……？
- 請問其他成員是否同意他的論點？
- 請問你們是否同意……？
- 請問是否同意我們……？
- 各位同意公司應該……嗎？
- 不知各位是否同意 X 先生的分析？
- 不知各位是否同意把這……？
- 各位不認為公司應該……嗎？
- X 先生，你不同意我的……嗎？
- 這件事應該……，你們同意嗎？

三、引導

引導會議進行，是主席的主要工作。引導的形式有兩種，那就是宣佈形式的引導和提問形式的引導。主席可以運用賦予的權力，以宣佈形式引導會議開始、會議結束、會議進入議程上的不同項目及通過動議。主席又可以按會議的需要，以提問形式引導會議程序進行，並且引導與會者思考。以下羅列這兩種形式的引導話語的例子：

1. 宣佈形式的引導語言
   - 我宣佈會議現在開始。
   - 各位，會議現在開始。
   - 好，會議紀錄獲得通過。
   - 現在請 X 先生致辭。
   - 首先，請 X 先生談談他的意見。
   - 我想請 X 先生概括地交代現時的情勢。
   - 我謹代表大家感謝 X 先生作了一個內容豐富的報告。
   - X 先生，請你發言。
   - 由於時間不足，所以請你長話短說。
   - 現在我們進入議程上的主要議題。
   - 我們現在討論議程第六項。
   - 現在我們進入議程第三項——財務部的人手問題。
   - 請守秩序，逐個發言。
   - 請各位現在投票表決。
   - 請舉手投票。
   - 那麼，我們現在投票表決。
   - 我宣佈動議獲得一致通過。
   - 我宣佈動議以十比三多數票獲得通過。
   - 我宣佈休會。
   - 會議現在結束。

2. 提問形式的引導語言
   - 會議現在開始好嗎？
   - 我現在可以簽署，確認這份紀錄嗎？
   - X 先生，你可否談談對這計劃的看法？
   - X 先生，可否請你現在就這件事作一個報告？
   - X 先生，你可否把現時的情況告知本委員會？
   - X 先生，可否請你就這問題詳細闡述一下？
   - 誰對這議程有異議？

- 各位有提議嗎？
- 誰想發言？
- 有補充的嗎？
- 有人提議接納這動議嗎？
- 有反對的嗎？
- 有贊成的嗎？
- 有棄權的嗎？
- 請問你贊成還是反對這項動議？
- 現在，還有別的事項要討論嗎？

會議使用語言分類：

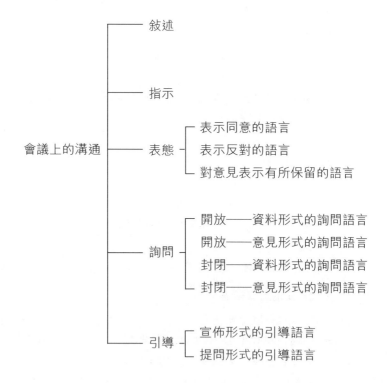

18 談判

18

談判

18.1 特點

18.2 進行談判的原則

18.3 談判語言運用

18.4 談判實例

　　談判（negotiation）是商討類口頭交際的一種。在談判的過程中，參與雙方（或多方）透過商討謀求達成協議。換句話說，談判以前，參與各方必然已經有某種分歧，以致未能達成協議。而達成參與各方可以接受的協議，是談判的首要目的。

　　雖然嚴格來說談判是參與者一同進行的會議，但是談判與一般會議有以下分別：

	談判	一般會議
目的	為參與各方達成協議	謀求達成協議只是舉行會議的其中一個可能目的。 會議還可為指派工作、交流意見、匯報情況等等其他目的而進行。

（下續▽）

(接上△)

參與人數	一般較少。 參與的每一方通常只有一至三人,其中負責發言和直接參與談判的常常只有一人,其他人只協助負責發言的人(例如提供所需資料或提供意見)。這樣可增加效率,避免混亂。若同一方有多個代表發言,不單欠缺效率,一旦不同代表的言論互有衝突,便十分尷尬,談判也難以進行。若負責發言的參與者過多,談判便容易因為爭取發言機會而產生混亂。	一般較多。 因應實際需要,參與的人數可能很多,例如在機構的會員大會中,出席人數達到數百,以至數千,也不罕見。
主要溝通方向	同級溝通。 即使談判雙方為上司與下屬,在正式的談判中,一般仍以同樣等級的身份相待。	上向、下向和同級溝通都可以。
參與者的角色	通常沒有主席,而且不一定有人擔當主導的角色。若其中一位參與者擔當調解或中間人的角色,這人最好不涉及談判內容中的任何利益,也不主導或領導商討的過程,而只引導其他參與者明白有甚麼方法可以達成協議。	在會議中的角色、權利和義務,通常可按照會議的目的和功能清晰地界定。

● 18.2 進行談判的原則

　　本書第一部分的內容,特別是第 3 章中所談 "鼓勵受訊者" 和 "增加受訊者對發訊者的信任" 的方法,對提升談判的說服力,十分有用。但除了運用這些基礎理論和方法外,還應遵守以下的原則:

- 雙贏
- 集中於利益的協調

- 充分準備

"雙贏"最好

有些人以為參與談判各方必然處於對立或甚至敵對的地位，而談判的目的是要使自己得到最佳的利益，並且使對方接受對他們最不利的條件。這想法假設了要自己贏，便一定要別人輸。這種"自己贏，別人輸"的談判觀念，其實十分狹隘，不適用於現代商業談判。當自己得益時，別人並不一定要損失。例如在買賣交易中，買方因取得其所需的貨品而滿足了他的需要，賣方也可藉交易取得他所需的金錢。雙方皆可以藉着交易得到合理利益，這樣雙方皆贏，並沒有輸的一方。

而且，在談判的商討過程中，雖然必須保障及爭取自己的利益，但是不能無限制地只滿足自己的利益，也毋須致力減少別人得益。事實上，假設對方愚昧無知，容易接受別人得益而自己卻損失的安排，在現代商業社會中是不切實際的。即使對方偶然疏忽接受了不利的安排，也破壞了雙方的關係及日後合作的基礎。所以，最理想的談判結果就是"雙贏"的皆大歡喜結果。

集中於利益的協調

有些人以為，談判的時候，必須堅持自己一方的立場，並促使對方接受自己的立場。這種做法也不適合現代社會的談判。事實上，若參與談判各方只顧堅持立場，談判只會是各方立場的宣稱大會，而不是一個謀求把分歧減少的商討過程，很難達成協議。

現代的談判，着眼點一般都在利益，而不是立場。換句話說，談判是協調參與各方利益的一個商討過程。談判者應該把談判所涉及的利益小心分析，分辨斟酌才能使談判有效地進行。分析利益時應當留意以下事項：

分辨利益的成分 ——

談判所涉及的利益，常常包括多種成分而不是單一的。試想一件貨品，可以發揮多種功能，每種功能又可能帶來多種不同利益。在交易中，自己所要付出的代價是涉及利益之一。代價可能包括金錢、人力或其他資源的投入，而當中每一種也可能包涵多個成分，例如金錢的代價可能包括即時的付款金額和日後分階段的付款金額、所涉及的利息等等。要有效地進行談判必須清楚地分辨利益的成分。

分辨利益的重要性 ——

一次談判所涉及的利益，不單往往有多個成分，而且每個成分對接受一方和付出一方，均可能有不同的重要性。一件貨品的各種功能，不一定每種功能對購買貨品的一方都同樣重要。若要額外多付大筆金錢購買不必要的附加功能，又或付出龐大代價以取得對自己不重要的利益，皆會招致損失。而且，一件貨品對不同的對象有不同的價值，對出售貨品的一方而言，購買貨品一方所付出的代價，必須具有高於保留不出售該貨品的價值，才會出售該貨品。事實上，交易買賣之所以能進行，正因為不同的利益對不同個體，有不同的重要性。談判者必須充分了解談判所涉及個別利益成分的重要程度。

分辨"起碼利益"和"爭取利益" ——

藉着談判要取得的利益，可以分為兩種，第一種是"起碼利益"，亦即自己的底線。起碼利益包括了要從談判對方取得的最少程度利益減去自己所能付出的最大代價。若對方所能付出的條件低於這底線，不能滿足你的起碼利益，交易合作便無法進行，談判自然也會失敗。如果起碼利益獲得滿足，便可以進一步尋求第二種利益，即"爭取利益"。所以，談判必須在各方的"起碼利益"的範圍以內進行，然後尋求提升"爭取利益"。所以，若能分辨清楚"起碼利益"和"爭取利益"，談判者便可清楚決定談判是否在適當的範圍內進行，以及談判應否繼續下去。

關心對方的利益 ——

要談判成功，不能只顧自己的利益。必須了解對方的利益，尤其是對方的“起碼利益”。關心對方的利益有兩種好處。首先，如上所述，若不能滿足對方的“起碼利益”，便不能把對方留在談判桌上。其次，可向談判對方表現自己的誠意及處事合理、不自私的態度。

把條件客觀化 ——

在談判的過程中，各方常常需要提出合作或交易的條件。要達成清晰協議，各方必須對條件有相同的詮釋。因此應該盡量把條件客觀化，例如對所涉及貨品的質與量（如型號、規格、價格、數量等）應該清楚描述釐定。避免參與談判的任何一方對條件錯誤了解。

了解技術性限制 ——

事情的運作與進行，往往不單受參與者的主觀意願影響，而且還受其他客觀因素限制。談判所涉及交易的合法性，各方實際能否完成交易等都限制了協議的可能內容。例如，要求對方供應法律列明禁止售賣的藥品，或要求對方在一小時內把一箱貨品從北京運抵香港，都是技術上沒法進行的。所以談判者必須清楚談判所涉及的限制，才能有效地談判。

充分準備

有些人以為，在談判以前，由於對方未提出條件，或未知道對方對己方提出條件的反應，所以不能為談判作準備，而談判的成敗關鍵也只在於臨場的即時反應。這也是錯誤的想法。沒有充足的準備，在談判時，便難以作出恰當的回應。要談判有效率地進行，並且取得理想成果，應在事前作好充分準備。要作出的準備，應包括以下主要內容：

明白各方利益所在 ——

利益是商業談判的核心，了解各方的利益所在，才能夠部署戰略，把握所討論問題的重心。

搜集有關的資料數據 ——

若在談判以前，先掌握了準確及全面的有關資料數據，便能夠在談判中有根據及有說服力地提出建議，也能識透對方所提出的理據及建議的虛實，把握機會，知所進退。

會前非正式接觸 ——

談判不一定要到談判桌上才展開，在各方正式聚集商討以前，常常可以藉着非正式的接觸，作好正式談判的準備。非正式接觸的形式，可以是參與談判者下屬間的電話聯絡、午餐共聚、談判前的酒會閒談，或其他非正式場合的接觸。透過這些接觸，可以探索對方所關心的問題是甚麼，澄清或取得所需的資料，了解對方的觀點及利益所在。並且可以建立彼此關係，為合作的發展鋪平道路。

制訂談判的策略 ——

要有效地從談判中取得理想的交易或合作條件，應在談判前審慎地制訂談判的策略。而策略應有多周詳，應該因應實際需要來決定。一般而言，談判所涉及的事情愈重要、愈複雜，又或談判對手愈難應付，策略便愈要周詳。策略的內容通常包括談判討論的範圍、如何把複雜的問題分拆為簡單的問題、討論議題的次序、討論時要強調的重點和如何處理對手可能提出的要求等等。

18.3 談判語言運用

談判可說有三項主要溝通工作，就是

- 詢問（意見或事情）；
- 敍述（事情或論據）；
- 表態（即表示同意或反對）。

這些溝通工作的基本說話要點，已在前一章介紹過。要有效地進行談判，不單要掌握這些基本要點，更要運用適當的技巧。以下嘗試舉例說明常用的談判技巧：

以假設試探對方的態度

在談判過程中，雖然常常有需要知道對方是否接受某些要求條件或合作方法，但是往往不適宜把這些條件或方法直接提出。因此，談判經常使用假設的語句，以試探對方對某要求、條件或方法的態度。例如：

- 如果 …… 會否好一點？
- 假若 …… 你們看可行嗎？
- 若然 …… 真的會有導致任何損失嗎？
- 假設 …… 是否合乎原則呢？
- 設若 …… 你們可以接受嗎？
- 若 …… 能夠快一點完工嗎？
- 假如 …… 可以節省些成本嗎？

以理據尋求轉機

當談判對方提出反對或苛刻條件時，毋須驚惶失措或灰心失落。對方的否定說話常常可用理據化解。例如以下三段對話中，B 向 A 的回應，便使用了這技巧：

- A. 這是我們所能付出的最高金額。
- B. 你先看看這產品說明。它有 XX 裝置，別的公司價錢比我們貴了……。
- A. 若不能在十天內交貨，我們不可能交易。
- B. 全城中，我肯定沒有加工廠可以在十天內交貨給你，若要交出有我們產品一樣質素的貨品，就更不用說了。
- A. 我們反對先完成甲項工程。
- B. 先完成甲項工程，雖然我們在第一階段要多花一億元，但是在第二及第三階段我們可以省回五億元。

以問題回答不想回答的問題

當對方提出你難以回答的問題，或你暫時不打算回答對方的問題時，可以反問一個問題，把球踢回給對方。若能有技巧地這樣做，不單可以迴避對方的問題，而且可以藉此試探對方提出問題的動機和從對方取得更多資料。以下的對話例子中，B 的回應便使用了這種技巧：

A：為甚麼要先走這一步？
B：為甚麼不可以呢？

A：只購買這部分要收費多少？
B：這問題與我們正談論的事有甚麼關係？／我們一般都把整個系統出售，你們為甚麼只購買這個部分呢？

A：我們可否明天才回覆？
B：為甚麼不可以即時落實交易呢？

A：你們最多可投入多少資金？
B：你們又最多可投入多少呢？

A：我們認為先做好 A，再做 B 比較好，你們同意嗎？
B：雖然先做 A 有好處，但是先做 B 有 …… 和 …… 的好處，你們贊同嗎？／先做 A 便會帶來 …… 的困難，你們同意嗎？

提升讓步價值

談判時，往往需要因應情況作出讓步。為了使讓步有價值，及促進對方因着自己的讓步而相應地合作，可以藉以下方法提升讓步的價值：

強調成本 ——

強調自己一方為所作讓步要付上的代價是多大。例如：

坦白說，若作出這讓步，我們會損失 …… 我們要在 …… 多花一倍功夫／兩倍時間。

希望你明白，對我們來說，這真是十分艱難的一步。

強調對方的得益 ——

強調對方藉自己的讓步可以得到的利益。例如：

我相信你們可因此省去……功夫，免去…… 的麻煩。

強調對對方的期望 ——

強調作出讓步時，對於對方有甚麼期望。例如：

我們通常不會這樣做，但這次特別為了方便你和遷就你的
要求，希望你也能 ……。

減小讓步的幅度

談判對方期望自己作出讓步，但從己方的利益而言，讓步
的幅度當然愈小愈好。以下的方法，有助減小讓步的幅度：

以對方所付出的為基本事實 ——

當對方指出已經為談判的展開付出了甚麼代價，或願意為
將來的合作犧牲些甚麼，可以把對方所付出的作為基本事實，
而非合作要求讓步的條件。例如：

這一點是我們談論下去的一個基礎。

我們當然要求你們能這樣做。

降低對方的讓步價值 ——

又可以指出對於對方所作的讓步，只有少許價值，例如：

這也好，我相信大家都向前踏了一小步。

你這樣做，對事情有一點幫助。

用較小的數目提及自己的得益 ——

當提及自己的得益，可以不用整體大數目，而用分拆開的
小數目，例如與其說：

我們每年多賺 36 萬元，未來三年會多得 108 萬元。

不如說：我們可以每月得到 3 萬元。

減弱感激程度 ——

在提及對方所付出的努力或代價時，只平淡地說聲 "多
謝"，而不會強調及懇切地說："十分多謝" 或 "衷心感激"，
以求在形勢上減弱己方回報對方的需要。

表示對方的讓步沒有價值 ——

若對方的讓步價值小或甚至毫無價值，應該告訴對方，削
弱對方要求讓步的壓力。例如：

這對我們沒有幫助。

現在這已經不重要了，我們已經 ……。

表示有其他機構已提出相近的條件——

要使對方意識到不宜施加過大的讓步壓力，一個有效的方法是讓他知道己方大可以不跟他交易。例如：

> 對我們來說，這些基本條件，已有其他公司願意這樣做。

> 我們已收到另外幾家公司的報價，他們的收費與你們差不多。

驅使對方讓步

要求對方讓步是談判的一個主要目的。直接提出要求（例如："我們希望你公司減收 x x 費用百分之二十。"）一般不難表達，但談判也常常以間接的方式提出，以下是一些間接驅使對方讓步的方式：

說　話	用　意
公司有政策，不給予額外折扣，即使給予折扣，必定不會是八折那麼大的優惠。	但我們有可能提供九折優惠予你。
我們一般不會這樣做。	若你付出的條件優厚，我們可以破例。
我們公司通常不承接這類工作。	若要我們承接這工作，理當……
這已是我們所能付出的最高金額。	你若不接受，談判便無法繼續。
這方面的分歧，相信仍可以討論一下。	我們考慮作一點讓步，問題有可能獲得解決。
這是我們的一般做法。	若要有其他做法，便得提出較高條件，作進一步商討。
這個少數量的收費是一萬元。	但若數量增加／減少，收費可因應調節。
這數字遠超於我們的預算。	若你們要交易成功，需要提供更多好處。
對我們來說，要在這限期前完成工作，實在極度困難。	若我們能如期完成工作，理當收取較高費用。

● 18.4 談判實例

為方便你掌握談判過程中的說話技巧，以下試舉一個改編自現實談判的例子。在對話的右邊，還加上了談判雙方說話的用意分析，以幫助你了解說話中運用的技巧。

說　話	用　意
A₁　你們收到了我們的報價沒有？	我們進入正題吧。
B₁　收到了，多謝你們幫忙。	同意。
A₂　打算訂些甚麼貨？	讓我們安排交易細節吧。（先假設你認為我們的報價合理。）
B₂　我們仍未決定。價錢似乎太高了。	我們仍在考慮是否跟你交易。但是交易與否，要看你可否減價。
A₃　在報價表上的都是高質素的產品，比舊型號的速度高一倍。不但物有所值，實在是物超所值。	我們有理由不減價。
B₃　我們公司正在比較你們和其他幾間公司的報價。對我們來說，當然是貨價越便宜越好。而且，我們購貨的預算有限。	你面對着很強的同業競爭。若你不接受減價的要求，便會喪失這次交易的機會。
A₄　有哪些你們要訂購的貨品，你覺得價格較高？	還是讓我們集中討論具體的細節。
B₄　先以 XX 器為例，我們作了一個初步總數統計，你們公司的收費比 ABC 公司的貴百分之三十，比 XYZ 公司的更高出百分之六十。	同意。我們有意購買 XX 器，但是你們的收費實在太高。
A₅　不錯，我們產品的價格是一個要考慮的因素，但是你一定也會考慮產品為你帶來的利益。我們的 XX 器採用了最新的 MNX 技術，在速度上比 ABC 公司的 XX 器快一倍，比較 XYZ 公司的，更快兩倍。想想產品日後為你們帶來的方便、效率和經濟效益，比較使用其他公司的型號，一定多出很多倍。	雖然我們的收費較高，但是物有所值。以你們的利益來考慮，還是購買我們的貨品較好。
B₅　別的公司都免費送貨。你們卻連送貨也要另外收費，你們可否取消送貨這項收費。	不單 XX 器昂貴，連送貨收費方面跟其他公司相比，你們也毫無競爭力。我們要求你取消送貨收費。
A₆　送貨收費是公司一貫的政策。我們安排專車及專門人員把貨品完整送抵目的地，需要不少成本。若你定購 XX 器 20 台以上，我們可在運送費上給你一個五折優惠。	我們不可能不收取送貨費，收費也有實際的營運需要。要減收費用，你便得最少購買 20 台 XX 器。
B₆　我們只需要 15 台 XX 器，你們可否照樣給予五折？	雖然這折扣可以接受，但是購貨量要減至 15 台。

A₇ 我們送貨的確要有不少成本，所以送貨費實在不能隨意減低。公司一般的習慣，只容許給予訂購 20 台以下的顧客七折。但是，為表示我們對日後長久合作的誠意，這一次我給你們一個特別優惠，只訂 15 台的送貨費用也有五折優惠。

好的，但這是一個很大的讓步，你們也應該明白我們對你們有所期望。

B₇ 多謝。那麼，若我們購買 15 台 XX 器，可否給予一個折扣優惠？

（只能平淡地表示感激。）返回正題吧，我們只要 XX 器 15 台，而且我們仍要求有折扣。

A₈ 我們報給你的價目實在已經十分相宜。但我可以就 15 台這數量，特別額外給你九五折的優惠。

我們只能讓步至九五折。

B₈ 似乎八折比較合理，我們難以負擔更高的收費。

我們要求八折。

A₉ 事實上，不論多大的購貨量，我們從來沒有給予比九折更大的優惠。若你們同時購買 150 瓶 XX 器清潔液，我可以在總收費給你們九折，這已是我們可能給予的最大優惠。送貨費用仍給你五折。

九折已經是我們的極限了。你若多走一步，我們便作這最大的讓步。

B₉ 我們只購 15 台，若購買 150 瓶清潔液，豈不需要兩年才可以用完這批訂貨。若我們只訂 50 瓶，可以照樣給我們這個優惠嗎？

這一步太大了，我們只能走較小的一步。

A₁₀ XX 器的清潔液有效期達五年，你可以放心大量訂購。要維持剛才所說的優惠，最少也要同時訂購 100 瓶清潔液，不少公司也大量訂購，而且大量貯藏我們的清潔液，一旦需要趕工增加生產，也不用擔心 XX 器不夠清潔液使用。

雙方再把讓步的幅度加大一點吧，你踏步大一點，是不會錯的。

B₁₀ 好，按這安排成交吧。我們把貨品和收費都確實一下好嗎？

我們接受這協議安排，清楚把條件落實吧。

A₁₁ 當然好。你們訂購 XX 器共 15 台及清潔液 100 瓶，按報價的九折收費，另外，送貨的費用按報價的五折收取。……

同意。

B₁₁ ……

19 公務禮儀

19.1 衣着儀容禮儀

19.2 商務交往禮儀

19.3 辦公室禮儀

19.4 通訊禮儀

　　禮儀是我們長期在社群生活中形成的某些相處習慣。在社會發展的過程中，人與人之間彼此交流產生了一些互相遵循的形式，久而久之，約定俗成，形成禮儀。其中包含與人交往時，在儀表、儀態、儀式、言談舉止等方面約定俗成、共同遵守的規範行為。但是並非所有與人相處的習慣都是禮儀。禮儀以社交對象為中心，重視與人相處溝通時，於言語上和行為上使對方感到受尊重和感覺自然舒服。例如，在公眾場所不應大聲喧鬧，不應用手指着別人說話，或對他人指指點點，排隊時不要爭先恐後或插隊。這些都是不禮貌的行為，會使其他人感覺不舒服，甚至惹人反感。常見的禮儀包括：和人談話時雙眼應禮貌地注視着對方的眼睛，聲量適中，並因應和對方的關係親疏而保持適當的距離；出席公開場合應衣履整齊，配合當時的場面。總而言之，禮儀是人們社交時，體現出彼此尊重、使對方感覺舒服的社交規範行為。

　　公務禮儀，通常指的是我們在工作中應當遵循的一系列規範，在職人士在自己的工作崗位上、在職場上，與同事相處和客戶溝通，都需因應場合有應當遵守的行為規範，使彼此能暢順地溝通，讓對方感覺舒服和受到適當尊重，有利於工作上或商務環境中順利妥當地處理事務，完成工作。比如大家是初次見面的話，通常會和對方握手，説句 "幸會，你好" 之類，以示自己樂意和對方交朋友，初步和他建立友好關係。換句話説：

公務禮儀，就是在各種工作場合中，與人相處，使溝通對象感到受尊重和感覺舒服的社交規範行為。

看重公務禮儀不單是因為我們尊重別人，也是因為重視公務成效。良好的公務禮儀不僅能展現個人素質、組織形象，給客戶留下良好印象，而且能促進人際關係拓展，有效增強公務交往，促使事業成功。反之，如果不注重公務禮儀，便容易在人際交往和社會交往中出現尷尬場面，甚至被認為是不尊重對方、無知以及情緒商數低。

19.1 衣着儀容禮儀

一個人的衣着打扮可代表他對該場合的態度，或希望使別人對他有何感覺。工作上的衣着禮儀對於在職人士非常重要，身上的服飾儀容往往能影響自己給對方的印象，衣飾配搭得當而且儀容大方，可以給予別人好印象，有助雙方逐步建立良好關係。

服飾

大部分機構、公司中的員工在衣飾打扮上都有他們的一套習慣，有些部門有自己的員工制服，有些會有某些特定準則。為了要衣着打扮合宜，在職人士要對自己在工作時應穿着甚麼十分清楚，可以預先觀察其他同事的打扮作為參考。

要衣着得體，應注意 TOP 的原則：時間（Time）、場合（Occasion）、地點（Place）。在不同的時間、場合和地點，應穿着不同服飾，以配合當時當地的情況。例如日常的商務交往中，在十分正式的場合如管理層工作會議、見工面試等，衣着應該正式，男士一般穿西裝套裝，女士多數穿套裙或西褲套裝。如並非正式的工作會面，例如一些較輕鬆的場合如酒會、宴會，穿着的服飾也需因應事情、場合的隆重程度而配合：普通的社交聚會上，可穿上商務休閒服，予人自然大方的感覺；若出席盛大的宴會如公司週年晚宴，可以穿上禮服、晚裝以示對晚會的尊重。

一、顏色

一般來説，在日常的工作環境中，男女所穿衣服應偏向素淨、無明顯花紋圖案；正裝如西裝、套裝的色調宜以冷色調為主，如藍、黑、褐、灰等，可予人謹慎、穩重的感覺，有助使人信賴。套裝的上、下身衣服宜保持一致的顏色，而與套裝搭配的飾物顏色也應和整體保持和諧；要是正裝中包含了不同顏色，亦應限於三種顏色之內。色彩太多、太繁雜會使人感覺不夠莊重。

若該場合氣氛輕鬆，配飾可選擇一些不太誇張的暖色，例如在一身深灰套裝配搭一條淺綠色或淡黃色的絲巾或領帶，可為沉實的打扮帶出活潑的感覺；甚至穿着以柔和暖色配搭的商務休閒服，以免過分嚴肅。

二、大小寬緊

衣服必須稱身，男士西裝的上衣長度要適中，不可過長或過短，西褲的寬緊、長短也要適當，褲子過寬、過長會顯得鬆闊、不莊重，太緊、太短卻會顯得滑稽、不雅觀。女士的服飾也應該合身，上衣領口太低、裙子太短會顯得過於暴露，有失禮儀。大方、莊重的衣着打扮表示你對場合的尊重，也會使別人尊重你。

儀容

儀容整潔能給人良好的印象，使人對自己產生好感。頭髮必須梳理整齊，如有需要，可使用一些頭髮造型產品固定髮型，女士或可把長髮束起，給人精神、清爽的感覺。男士應把鬍子刮淨，保持面容整潔。女士在日常的工作場合可化上淡妝，表示對工作和其客戶的尊重；在商務交往的宴會場合，則應配合當晚的禮服化上較濃的晚妝。

19.2 商務交往禮儀

在商務交往中，與其他人初次見面，或相識不久，如遵照基本的禮儀，可顯示個人的素養，並給對方留下良好的印象。

稱呼

公務活動中與人溝通、交談前應先稱呼對方，以示禮貌。在不同場合及對不同身份的人，會有不同的稱呼。雖然現時較常見用英文名字互相稱呼，但如果雙方是剛認識的，還不太熟稔，又有不少人沒有或不想有英文名字，這些情況下，可參考以下建議：

- 在公司面對上級時，可使用職務性的稱呼，如："李總經理"、"王董事長"、"王部長"、"張院長"等；
- 在公共場合，對專業人士可用其職稱性稱呼，如："丁工程師"、"馬會計師"、"許律師"等；
- 如對方在學術上已有一定成就，或當時的場合會牽涉其學術銜頭時，可用其學術銜頭的稱呼，如："謝博士"、"陳教授"等；
- 如該場合是關乎其職業的，可使用對方的行業性稱呼，如："孫老師"、"張醫生"、"徐督察"等；
- 如對方為官員或議員人士，而該場合是開政治會議或發表政策時，可用其行政職務來稱呼：如"周局長"、"許議員"、"陳秘書長"等；
- 在一般場合和社交時，對商界人士可直接用職務來稱呼，也可稱對方為"女士"、"先生"或"小姐"。

正如第 4 章提及，稱呼可確立溝通雙方的關係，在公務活動中使用適當的稱呼，是為彼此建立良好關係的第一步，打好兩者關係的基礎，以後相處、合作、溝通等就能更容易和順利。

介紹

如果在一個社交場合中，自我介紹或為其他人介紹時，要留意時機，待對方有空或獨處時，才上前介紹，除非有一個合理得體的理由，否則不宜在對方正忙着或和別人交談時打擾。介紹的內容一般為姓名、所工作的機構和職位，所提及的資料，有時可因應情況及需要，帶到隨後的閒談話題中，和對方加深了解。

若為他人介紹，便應留意以下公務正式場合用的介紹次序：

- 先把下級介紹給上級；

- 先把客人介紹給主人。

如果張三先生是上級或主人，李四先生是下級或客人，便應該把李先生介紹給張先生。例如，可以說：張經理，這是新來的李四先生。又或說：張經理，這是陳七貿易公司的李四先生。

此外，在一般情況下，也宜留意以下的規則：

- 先把較年青的介紹給年長的；如知道兩方面的婚姻狀況，可先把未婚女士介紹給已婚女士；
- 先把家人介紹給同事／朋友；
- 先把男士介紹給女士。

若為集體介紹，例如在大型報告會或演講會上，主持人向與會者介紹講者，被介紹的人一般會起身或欠身致敬（即上身微微向前鞠躬）；而介紹的順序是先介紹身份地位較高的人，然後依次介紹。

握手

握手在公務交往中是一種常見的見面禮，與人初次見面，通常會和對方握手表示友好。握手時也有一些先後次序需要注意：

- 上下級握手：下級宜等待上級先伸手；
- 男女握手：如兩人等級相若，男士宜等待女方先伸出手；
- 賓主握手：主人應向客人先伸手；
- 長幼握手：年幼的宜等待年長的先伸手。

此外，除非身體不便或年老，又或對方坐在自己身旁，否則和人握手時不應坐着，應站起以示禮貌；行握手禮通常向對方伸出右手，若自己或對方右手不方便，才伸出左手（應注意某些地方如印度不可以用左手握手）；握手時應脫下手套表示禮貌，否則對方可能會感到受侮辱；握手的力度要適中，不應太輕，也不能捉得太緊，略用力握着對方的手，讓他感到你的誠意，便應放手，也恰到好處；握手時目光應注視對方的雙眼，微笑致意，不要左顧右盼，使人覺得你分了神，感到不被尊重。

名片

在雙方介紹、握手後，大家可向對方遞上名片，讓對方更詳細了解自己的資料，及作為日後保持聯絡的工具。在職人士的名片可反映其身份、地位、所屬公司的形象以至其個人風格，可說是他的另一張身份證。名片中必須有姓名，另外通常還包含的資料有所屬公司、部門、職位、聯絡方法（如電話、電郵、地址等），這些資料代表了這個人的身份和地位；有些名片還附有相片，讓別人透過另一方面認識自己。如名片為個人名片而非機構的名片，其設計可讓收到名片的人了解主人的性格。而名片外觀和整潔程度也會影響他的形象。如名片有污點或皺痕，反映他不修邊幅、不顧體面，甚至可能有損其代表公司的形象，故此不可將有污點或皺痕的名片派給別人。

向對方遞名片時，應用雙手拿着送出，並可順帶說些寒暄話如"請指教"。若不想給予對方名片，宜較婉轉地拒絕，例如說"不好意思，名片剛發完了"或"抱歉，忘了帶名片"，這樣便不會使對方感到尷尬。接過別人的名片時，應用雙手接受，並隨即細閱名片的內容，又或詢問有關資料（如不懂唸的名字宜先問清楚），以示對對方感到興趣，才小心地放進口袋或皮包；不要當着別人的面在其名片上作標記或寫字、隨手把玩或隨處亂放，這些行為會使名片主人感到不受尊重，影響彼此日後的關係。

一般而言，不宜把自己的名片強行遞給在場的每一個高級人員，過分主動可能會惹人反感；面對完全陌生的人和偶然認識的人，也不宜太主動遞出你的名片；在一大群陌生人中通常不應派發名片，應在商業性的社交場合交換名片；參加會議時，通常是在會議開始前，如果沒有在會前完成，可在結束時交換名片；應該隨時攜帶足夠而體面的名片，以便交換，不要把資料已轉色變舊或骯髒的名片給人。

閒談（small talk）

在工作場合、社交場合中，閒談在禮節上有十分重要的作用。一般在正式會面前，或宴會筵席中，商務人員都會和在場人士有些非正式的交談，這些閒談可拉近大家的距離，營造融洽的氣氛，使其他人感到舒服，消除對方可能有的不自然感覺。並且可藉閒談和對方加深了解，結交多些朋友，擴大人際網絡。有效地利用閒談，還可以增加他人對自己的好感和信任。

話題的選擇往往是成功的關鍵。與剛相識的人閒談時，天氣是一個十分好的開始；此外，也可根據情況選擇以下話題：

- 兩人閒談：可談及個人喜好、工作近況等；
- 數人閒談：可談較普遍的嗜好，如電影、書本、劇集等；
- 全體閒談：可談論近來發生的新聞大事、社會經濟消息等，但注意應避免牽涉一些敏感性的話題，如政治、宗教等，以免引起爭拗。

此外，和人閒談時，注意下列幾點，可得到良好的成效。

- 說話時應注視對方雙眼，有適當的眼神接觸；不宜邊談話雙眼邊環顧四周，此舉會讓人覺得你對該話題或那人不感興趣。
- 不要自顧自滔滔不絕地發表個人意見，主導了交談；應多詢問其他人的意見和看法，靜心聆聽，並作出適當回應，增加交流。
- 應該積極、主動、大方，保持交談氣氛愉快；如有機會，表現幽默感，但切忌說一些粗俗語言，或有歧視成分的說話。
- 若是剛相識的人，需盡量記住對方的姓名，可藉用對方的特徵，或在回應或交談時適當地稱呼一下對方，幫助記憶。
- 閒談涉及的內容應只為一般性的問題，以免對方感到私隱受到干犯，惹起不快。

19.3 辦公室禮儀

日常工作環境中，少不了要到客戶、別人的公司拜訪，或接待外來訪客。不論拜訪或接待，在這些場合，你的身份都代表公司，個人的行為會直接影響公司的形象，因此必須注意這些商務活動的禮儀。

拜訪

一、預備拜訪

　　一般應在數天前和對方聯繫，商討和約定時間和地點。應避開非辦公時間，以免打擾對方的私人空間。即使已經預約，到達前應先打電話給對方，確定他在辦公室，以防臨時出現變化，或對方一時遺忘而要另約會面時間。選定交通安排，並預算好時間確定能於五至十分鐘前到達；如碰巧有事要遲到，甚至需延遲約會，應盡早通知對方並另行安排，以免別人久候，甚至留下壞印象。

二、到達

　　到達對方公司後，先向接待處職員說明自己的來意、身份、要拜訪的對象，待對方替自己通傳。等候時，不應四處踱步，或好奇地望這看那；若等候過久，可向接待詢問情況。要是受訪者不在，或未能如期見面，可留下自己的名片，方便對方和自己聯絡。

三、進入會面地點

　　進入對方的辦公室或會議室前，應先敲門等待回應，聽到應聲，才開門側身站在門邊，看到對方才步入房間。進入後，應等對方示意才就座，不宜自行坐下；然後進行一般的禮節儀式：打招呼、握手、交換名片。會談進行時，基於禮貌，應把手機調校到靜音；如無緊要事宜，不應打電話或接聽電話。由於會面中途和第三方人通電話，會使對方感覺不受尊重，認為該通電話比與對方會談還重要；因此，如必須接聽電話，要先向對方致歉及解釋，讓他體諒。

　　會面時間不宜過長，可根據對方的反應和態度而決定會面結束的時機；離開時，需為對方的接待表示謝意；主動地握手道別，婉拒對方送行。如會面地點為對方辦公室，自行離開時，應順手替對方關上房門。

接待

一、訪客到來

如有客人來訪，應按恰當的禮儀接待。如訪客是預約了前來，接待員確認對方的姓名、身份、所屬公司後，便帶他到會面的地點（如會議室）。如自己暫時未能接待對方，應安排秘書或其他人先招呼訪客到指定地方，送上茶水讓他稍等。若訪客是沒有預約的，可請對方留下名片及說明來訪目的，並另約一個彼此方便的時間見面。

二、見面

對方被帶到辦公室或會議室後，若自己正坐着，應起身上前，微笑握手相迎，交換名片。正在會談時，如有電話打來，先向對方致歉才接聽電話，並應盡快結束通話；若有其他新的訪客，應讓秘書或他人接待，以免中斷正在進行的會面。

三、結束會面

會談一段時間後，如想結束會面，可以婉轉地提出藉口，如"對不起，我要參加另一個會議，今天先談到這兒，好嗎？"等；也可用身體語言（例如站起身）向對方表示會面快要結束。送對方離開，也是重要的禮貌。一般的訪客送到辦公室門口已經可以。若訪客地位崇高，則對方的地位愈高，便愈有必要送對方到機構的大門外，目送對方坐車離開。

19.4 通訊禮儀

在商務活動中，除了面談之外，我們經常會使用其他通訊工具和人溝通。我們在運用時也要注意基本的禮儀。

電話溝通

電話是現代社會最方便快捷的通訊工具之一，日常的公務活動離不開電話。使用電話與人溝通時，這些基本的禮儀應該要注意。

一、通話前

打電話前，準備好電話號碼和想好要說的內容，確保周圍環境不會騷擾通話；在非辦公時間，通常不宜打電話談公事，除非事情緊急或清楚對方不介意，否則還是等待辦公時間才聯絡；若是內容涉及公事機密，不要在有訪客或第三者在場時打電話。對服務要求認真的機構，愈來愈多要求接聽查詢電話時，要在鈴聲響三下前拿起話筒，不宜讓對方久等；並且，接通電話後便要有禮清晰地報出公司或部門的名稱，讓對方確定打對號碼，若是個人直線電話，接通電話便要有禮清晰地說出自己的名字。

二、通話中

通話時，與話筒保持適當的距離，說話的聲音要清晰，咬字要準確，聲量大小和速度要適中；嘴裏不要有東西，以免說話不清楚；和人邊說話邊咀嚼會使對方感到不受尊重。撥電話者應簡略交代自己的身份和致電目的，確定對方當時方便通話；若撥錯號碼要即時致歉。若對方不便通話，便另約雙方合宜的時間再致電溝通。若對方撥錯號碼，要體諒說"不要緊"，不應責怪對方；如清楚情況，可告知對方正確的電話號碼。

對方不斷在說話時，即使在專心聆聽，也不要沉默不語，應適當地發出應聲，以免對方誤會你不在或沒興趣。如要接聽第三方的電話而暫停通話，要向對方表示歉意，並盡可能在半分鐘內把事情處理後繼續對話；若不能在很短時間處理事情，便應請第三方稍候，告知回頭再給他回覆電話。

要是找的人不在或不方便聽電話，若事情不重要或不機密，可請接聽電話的人轉告對方；若事情機密，可向代接者詢問對方的去向或聯絡方法，或把自己的聯絡電話留下，讓對方有空時回覆電話。替人代接電話時，若被找的人不在，應告訴對方他不在的原因，禮貌地詢問對方的公司、姓名和職位，並確定對方是否需要留言，替他詳細記錄後確保會為對方轉達；若被找的人正在接電話，則告知對方他正用電話，並問對方要留言或想等一會；如對方想等，可將話筒輕輕放下，或按出等待音樂鈴聲，並通知被找的人有電話在等候。

三、通話結束

在結束通話前，應扼要複述通話中要跟進或執行的要點，確定沒有錯漏；向對方致謝，並表示會跟進或處理有關通話的事宜。向對方說"再見"，並輕輕掛斷電話；可先按下中斷通話鍵後，才放下聽筒，避免不小心摔下聽筒使對方誤會自己無禮。

網絡禮儀（netiquette）

"網絡禮儀"（netiquette）是指在網上與其他人交往時應遵循的禮儀或各種規範行為，在溝通時向對方適當地表示尊重，顯示你樂於和對方交流、接觸，並讓他感覺和你溝通很舒服。在網際網絡上，人與人之間的交流，由於通常不是直接見面的關係，對方未必可以完全正確理解你想表達的意思。所以，不單應盡量清楚表達自己所想說的，避免產生誤會，並且要把說話的態度也同時傳遞。

一、電子郵件

現時公務上的書面溝通，已不只限於傳統的文書郵寄方式，使用電郵溝通是十分普遍的現象。這種渠道快捷方便，所需的回饋時間可以很短，也可讓通訊者把信息構思完備後才回覆對方，增加溝通的準確性。使用這種工具時，以下幾項需特別留意。

1. 善用電郵並使用合適的電郵地址

在公務交往中，懂得替對方和自己節省時間，代表互相尊重。因此，若無必要，不要輕易向他人胡亂傳送電子郵件，公事上的電子郵件不宜用作與對方閒談，轉寄一些你認為有趣但與公事無關的電郵，或者純為測試送件功能而濫發郵件。這樣會使他人浪費時間處理垃圾郵件，降低工作效率。另外，電郵地址代表個人形象，故此應使用正式的名字起名，避免加入一些與自己名字無關的字詞如"badboy"（壞男孩）或"sexybomb"（性感炸彈）之類的暱稱，影響自己在工作中的專業形象。

2. 使收件人容易閱讀

　　向他人發送的電子郵件，必須有明確的標題，避免讓對方誤以為是垃圾郵件，隨手刪除。如果使用英文，不宜經常使用大寫字母，因為在英語中，通常使用大寫字母是為了強調個別詞或句的重要性，像把個別詞句大聲呼喊出來。所以，若只使用大寫字母就像是向對方呼喝，這樣是很粗魯和不禮貌的。電郵的內容應盡量簡明扼要，以方便收件人理解電郵，可以盡快回覆，節省彼此的時間；回覆郵件時，應在開首時便直接回應問題，方便收信人盡快掌握要點。除非有需要，否則緩衝語和問候語可省去或盡量簡短。如內容太長，可將其分項列點表達，這樣也可讓收件人對內容一目瞭然。

3. 即時回應對方電郵

　　一般而言，若收到一些重要的電子郵件（如標明為高重要性的郵件），應盡快回覆對方。如果有關該電郵的資料需時查核，未能即時提供，也應先發一個簡單回覆給對方，交代已收到電郵，並會於某個時間以前（如下週六前）提供對方所需資料，讓他得知有關進展。這樣做也使發訊人感覺收件人富責任感，增加對其的好感。

4. 使用較正式的語調

　　即使與對方熟稔，而收件人只有對方一人，公務電郵內所用的語調也不宜太親暱。因為該封電郵可能會在你不知情的情況下轉寄到他人手上，甚至公開展示給其他同事看。由於公務上的電郵始終是和公事有關的，若因為沒有慎用語調而造成不必要的誤會，便有可能產生尷尬情況。如果該電郵是發給機構以外人士的，彼此的溝通往來代表着公司，更不宜過分親暱，以免影響公司形象。此外，在正式的公務文書往來，不宜夾雜"火星文"、粵語拼音和簡寫表達信息，如"巧反"（即"好玩"的"火星文"）或"5g"（即"唔知"的粵語拼音），以免受訊對象不明白當中的意思，影響彼此溝通。

5. 注意電郵編碼

由於種種不同的原因，中國內地、台灣以及港澳地區，甚至世界上其他國家的華人，可能會使用不同的中文編碼系統。因此，如果一個人使用香港的編碼系統向其他國家或地區的人發出中文電子郵件，由於雙方所採用的中文編碼系統未必相同，對方可能只會收到一封以亂碼組成的郵件。因此，要向其他國家或地區的華人用中文電郵作公務溝通時，宜先了解對方的電腦系統是否支援自己所使用的中文編碼系統，以確保對方可以看到自己編寫的郵件。

6. 慎選電郵功能

雖然電子郵件有多種字體供人備用，還有不同的"信紙"（即郵件版面）可讓使用者選擇，但是應小心選用：這些功能固然可以加強電郵發件者的個人特色，但是若修飾過多，該電郵的容量便會增加，使收發時間增長，這樣除了浪費時間，還可能給人華而不實的感覺。此外，如果電郵收件人的電腦系統或所安裝的軟件未能支援某些"信紙"功能時，便會影響對方接收的效果。通常內容文字多選用 12 點大小的字體，避免用鮮艷誇張的顏色，最好使用黑色或較深的顏色，讓人容易閱讀，也可給人公事公辦的感覺。

二、即時訊息

除了電郵，網上另一種常用的溝通工具就是即時訊息。通過網絡即時訊息軟件，只要在線，便可以與其他在線的人即時以訊息溝通，對方也能即時以訊息回覆。相比電郵，這種渠道在傳遞訊息時更為快捷。以往普遍的為 ICQ（英文 I seek you 的簡寫），現時一般較多用的是微軟推出的 MSN（Microsoft Network Messenger），或內地普遍使用的 QQ。

雖然這渠道快捷簡便，但是公務上一般宜避免使用。較正式的公務信息，例如正式的通知，或需作儲存紀錄的溝通，不宜用即時訊息的方法溝通，應選用較正式的途徑如電郵傳遞才恰當。就是必須使用，也需要注意以下幾點，讓收到訊息的人感到舒服。

1. 適時呼喚對方

在線的人可選擇顯示狀態，讓其他人知道他們現在的情況是否適合"交談"。有時即使在線上，對方顯示的狀態為"忙碌"，或"電話中"，表示他不方便溝通的話，便不宜隨便發送訊息，以免打擾對方。應在對方顯示為"線上"，才可呼喚對方。

2. 即時回應

如果收到呼喚訊息，應盡量即時回應對方，以示你已知悉對方傳來的資訊。若未能詳細回覆，也可以先給予一個簡短的回覆，甚至以一個表情符號代替"知道了"的意思，讓對方確定訊息已傳送。

三、視訊會議

科技日趨發達，現在即使人們身處不同國家，甚至有時差影響，也可在同一時間在各自的地方利用網際網絡進行視訊會議，傾談較難解決的問題，既可即時達成共識，也可免除各人需浪費交通時間以聚集起來討論細節的麻煩。

召開視訊會議時，若能留意下面各點，可以幫助會議中的成員順利溝通，使會議達致最高的成效。

1. 準時開始及結束會議

每次會議都準時開始，能夠起模範作用，使以後的會議參與者能按訂下的時間準時出席會議。由於進行視訊會議所使用的網絡或需要收費，而進行會議的地點及設備也需預先準備及預訂，所以如果會議不能準時開始及結束，就會浪費金錢和時間；延遲會議也會影響與會者預先安排的日程計劃，為他們帶來麻煩。結束會議時也一樣，若會議限定需要一個小時，應準時結束，不可拖延。這些保證和承諾須嚴謹實行，可增加個人的信譽；也可使工作更有效率及順利地完成。

2. 初次發言先自我介紹

若會議涉及太多人，與會者未必能完全看清說話者的面貌。

所以初次説話前宜先介紹自己的名字和代表的單位／機構，讓大家知道正在發表意見的是誰。簡單地交代一句"我是香港大學的陳明德"即可。

3. 容許網絡延誤

視訊會議會因為個別網絡的傳送速度而有所延誤，所以説話及發表意見時可能需比平常稍慢，確保信息有足夠時間傳送至與會各人，並且各人能清楚接收及充分理解你的説話和意見。

4. 注意行為舉止

雖然有些視訊會議的參與者是在室內獨處，但實際上其他與會者都能在網絡上看見他的一舉一動，所以應避免過分放鬆和做出一些不經意的小動作，這些行為在視像會議裏會更突出，對其他人造成更大的干擾；也會影響你一直希望塑造的專業形象。如希望使自己的觀點更具説服力，應經常望向鏡頭，像與對方有眼神交流；受訊者會覺得發訊者正在看着自己説話，更容易接受信息。

5. 避免受其他談話騷擾

如需要私下跟其他人講話，應先按下"靜音"鍵，才與第三者説話。以免干擾正在進行的視像會議，也防止其他人聽見這些與會議無關或私人的（秘密）談話內容。

附錄部分

附錄 1　商務常用語

一旦　指一種可能會出現的情況，假若"有一天"之意。
例：聯繫匯率一旦脫鈎，香港的經濟必定更差。

一併　結合在一起。
例：會議議程第二項及第三項將會一併作討論。

一度　有一段時間。
例：金融風暴期間，政府一度大量購買股票，企圖穩定恒生指數。

一般　普通、平常。
例：這位員工表現一般，沒有理由提升她。

一貫　向來這樣。
例：本會一貫堅持原則，工作認真。

一概　全部相同，毫不例外。
例：有關資料一概俱全。各類顧客，一概歡迎。

一經　只要經過某種行動或某個程度，便會產生某種後果。
例：一經通過，便即時生效。

不予　不給予或不准許。
例：凡不符合本規定者，公司將不予登記。

不日　不消數日，未來幾天之內（但不太肯定哪一天）。
例：貴公司訂購之文儀用品，不日到港，請安排到本公司領取。

不時　不確定的一個時間，常常、隨時的意思。
例：對本公司業務不利的消息不時傳出，實在有損本公司聲譽。

以期　希望。
例：社會工作者積極協助有需要的人士，以期他們得到適當的服務及協助。

以資　用作。
例：中三乙班陳小明同學路不拾遺，特記一功，以資表揚。

本應　本來應當，原本應該。
例：總公司本應增加三十位員工。

本擬 本來打算。

例：天文學會本擬於中秋節舉辦賞月晚會，但因財政問題，現決定取消。

另行 另再作。

例：本銀行利率是依據公會的規則訂定，但是為了提高服務素質，本行將會另行發信通知各顧客。

任用 委任、委派人員擔任職務。

例：當權者若能任用賢能，才可使國家富強起來。

任命 頒佈命令，委派人員擔當職務。

例：本人獲任命擔當這重要工作，既喜且憂，期望我們共同努力，共創明天。

再度 一次又一次。

例：本校學生再度在校際運動會中取得優異的成績。

在案 記錄在公事的記錄檔案內；檔案中已有記錄。

例：關於你們申請產品專利事宜，本公司已於七月七日記錄在案。

收悉 收到後知道。

例：十月三十日來函收悉，關於貴公司申請開辦補習社事宜，本署正……

如期 依照原定計劃的時間或日期。

例：前往泰國的旅行團，將會如期出發。

希予 盼望給予。

例：本人為應屆大學畢業生，基於一時貪念而高買，希予機會改過自新。

希於 多指時間，盼望、期望在。

例：本大廈重建的問題，希於年底會有決定。

即席 當場、在現場。

例：大書法家余書先生即席揮毫，讓我眼界大開。

均須 都必須要。

例：所有大學生均須通過出關試才可正式畢業。

均經 一切都經過，全部都經過。

例：本公司產品，均經嚴格品質檢查，確保質素優良。

均應 一切都應該。

例：每次在櫃員機提款均應點算清楚，以免損失。

於 公文常用字。相當於 "在" 的意思。

例：請於本月底將會議議程分發予有關人士。

事由 事件的經過由來（多指公文主要內容）。

例：請詳述事由，否則本委員會難以作出裁決。

事宜 對於事情或事件的安排和處理。

例：有關此計劃的進度事宜，請與本公司公關部陳經理聯絡。

免去 去掉、除去（多用於職務）。

例：大會一致通過免去張大強先生的主席職務。

屆時 到所預定的時候。

例：本酒店定於十二月二十四日下午三時舉行開幕典禮，屆時務請光臨指導。

尚望 還希望。

例：經濟不景，加上金融風暴帶來的衝擊，尚望特區政府能給予援助。

函告 多用作信件正文結束語，即是以信件方式告知的意思。

例：貴公司申請商標牌照，已獲批准，請立刻前往本署辦理有關手續，特此函告。

函覆	透過信件回覆。	**特此**	多用於公文的末尾,表示特別在這裏通知、奉告等。
	例:關於本行 2009/2010 年度所需繳交稅款事宜,盼速函覆。		例:由 9 月 2 日至 9 月 30 日,本部門辦公時間將更改為上午九時至下午五時,特此通知。
查收	檢查清楚後收下。	**茲因**	現在因為。
	例:附上內部機密文件三份,請查收。		例:茲因利率不斷上升,本銀行由今日起將利率調升 0.5 厘。
查詢	查問、詢問。	**茲有**	多用於便函的開端,即現在有。
	例:如對本行信用咭優惠項目有任何查詢,歡迎致電本行。		例:茲有重要事件洽談,見字後請致電 9876 5432 與我聯絡。
查對	查清核對。	**茲奉**	現在根據上級的命令、指示,奉命行事。
	例:所有賬目必須查對清楚,確保正確無誤。		例:茲奉總裁指示,所有員工須上下同心,共渡時艱。
查覆	查清楚並了解後作答覆。	**茲派**	現在委派。
	例:本人上月來信查詢有關申請更改資料事宜,請盡快查覆。		例:茲派本校副校長陳先生參加九月九日之研討會,煩請安排。
為宜	是恰當的。	**茲將**	現在把。
	例:對於傳聞不應太執着,應以關注身體健康為宜。		例:茲將我廠生產流程表附上,敬希批評指導。
為盼	用於正文末尾,顯示心情焦急;有關事情是所期望的。	**茲就**	現在對。
	例:關於本人申請酒牌事宜,請盡快審核批准為盼。		例:茲就《仙履奇緣》話劇劇本作以下的修改,請參考。
為要	是重要的。	**茲介紹**	現在介紹。
	例:暴風破壞了我們的家園,現在應化悲傷為力量,以盡快重建家園為要。		例:茲介紹本公司最新電腦產品,……。
為荷	表示感激、感謝的意思。	**就緒**	已經安排妥當。
	例:華東水災為患,同胞承受很多的苦楚,本機構正為災民募捐,請在金錢上大力支持為荷。		例:各小組人員已準備就緒,隨時候命出發站崗。
挪用	轉移金錢作其他用途。	**頃奉**	剛剛接到(上級的命令、指示等)。
	例:張小明私自挪用公司的資金三百萬,上月底已遭公司解僱。		例:頃奉交通評議會指示:各小型巴士均不得行走機場路線。
特予	特別給予。	**頃接**	剛剛接到。
	例:為慶祝兒童節,本餐廳特予所有十二歲以下兒童九折優惠。		例:頃接中東分公司發出之電報,得知該區局勢混亂,霍總裁未能依原定計劃返港。

項聞　剛剛聽到。
　　　例：今早項聞陳總經理逝世消息，深感悲痛。

務須　一定、必須。
　　　例：考試將近，各同學務須勤加溫習，爭取最佳的成績。

備案　儲存於檔案中，方便日後翻查、檢閱。
　　　例：貴公司經常拖欠款項，各銀行早已備案。

業於　已經在。
　　　例：本酒店的裝修工程業於中秋節前完成。

業經　已經。
　　　例：港深電腦廠的方案，業經呈報中央審批。

電悉　通過電訊（包括電報、電話等）知曉。
　　　例：電悉公司廣州分行業務蒸蒸日上，特致電祝賀，盼能更上一層樓。

當否　請示（有關事情）是否妥當。
　　　例：以上建議當否，請給予指示。

概用　全部使用。
　　　例：新的課程概用"目標為本"原則編訂，使學生能更愉快地學習。

與會　參加會議。
　　　例：主席多謝與會者踴躍發表意見。

暫行　（多用於條例及規章等公文）指暫時施行。
　　　例：政府公佈的《電訊暫行條例》將會影響深遠。

審批　經過審查而批准。
　　　例：有意申請獎學金者，須填妥申請表格，連同成績表，在本月三十日前送交本署審批。

審定　經過審查而作出決定。
　　　例：所有的標書均會經由專業的獨立人士審定，絕無偏私。

閱悉　查看、閱讀後知道了。
　　　例：來函閱悉，就貴中心參觀本廠事宜，本人已作安排。

遵照　遵從之意，依照、按照。
　　　例：遵照先父遺訓，凡事應當盡力而為，盡責完成。

擬於　計劃在、打算在。
　　　例：本會擬於 XXXX 年 X 月 X 日舉行開幕典禮。

應予　應當給予。
　　　例：凡營業額超過二十萬者，應予獎勵。

謹悉　表示恭敬及慎重地得到消息或知道（多用於信函開端，有尊敬的意思）。
　　　例：謹悉消防隊目吳先生殉職，深感遺憾，特向其家人致深切的慰問。

嚴加　嚴厲加以。
　　　例：傳播媒介報道的消息，要嚴加審查，確保準確。

嚴守　嚴格地遵守。
　　　例：所有員工都必須嚴守本公司的規章。

議案　在會議上討論的事項，提案的意思。
　　　例：有關立法會補選，應作為會議的議案之一。

鑒於　正是因為考慮到。
　　　例：鑒於今年中六學生人數大減，原擬興建第八鄉中學的計劃將會擱置。

附錄 2　常用賀辭

一·賀訂婚

文定之喜	文定吉祥	白首成約
喜締鴛鴦	盟結良緣	誓約同心
緣訂三生	鴛鴦璧合	

二·賀結婚

（一）新郎、新娘

才子佳人	永結同心	白首同心
白首偕老	同德同心	百年好合
百年偕老	百年琴瑟	佳偶天成
天作之合	花好月圓	花開並蒂
相敬如賓	相親相愛	美滿良緣
美滿姻緣	美滿家庭	郎才女貌
珠聯璧合	珠璧交輝	富貴白頭
琴瑟和鳴	琴瑟和諧	愛河永浴
愛情永固	新婚之喜	新婚誌喜
鳳凰于飛	鴛鴦比翼	龍鳳呈祥
關雎誌喜	鸞鳳和鳴	月圓花好

（二）新郎

燕爾之喜	宴爾之喜

（三）**新娘**

出閣之喜　　　　　　　添妝之喜　　　　　　　于歸之喜

（四）**再娶**

續弦之喜　　　　　　　寶鏡重圓　　　　　　　鏡喜重圓
重渡銀河　　　　　　　畫屏再展　　　　　　　弦漸再續
琴瑟重彈

三 · **賀主婚**

（一）**新郎父**

新翁之喜　　　　　　　喜氣臨門　　　　　　　作翁之喜
祥徵鳳律　　　　　　　疊翁之喜（娶第二個或以上兒媳）

（二）**新娘父**

佳婿乘龍　　　　　　　喜氣臨門　　　　　　　于歸協吉
之子于歸　　　　　　　百兩御之　　　　　　　妙選東床
祥徵鳳律　　　　　　　乘龍快婿　　　　　　　淑女于歸
雀屏中目　　　　　　　鳳卜歸昌　　　　　　　適擇佳婿

（三）**新郎母**

新姑之喜

（四）**新郎兄長**

新伯之喜　　　　　　　冠弟之喜

（五）**新郎伯父**

新伯翁之喜

（六）**新郎叔父**

新叔翁之喜

（七）**新郎祖父**

新太翁之喜

四 · **賀結婚週年紀念**

銀婚之喜（致賀已婚二十五年）
金婚之喜（致賀已婚五十年）
花燭重逢之喜（致賀已婚六十年）

五‧賀添丁

（一）生子

弄璋之喜	熊夢徵祥	石麟呈彩
弄璋誌喜	天賜石麟	喜協弄璋
麟趾呈祥		

（二）生女

弄瓦之喜	輝比彩悅	明珠入掌
弄瓦徵祥	玉勝之喜	喜顏如玉
掌上明珠	綠鳳新雛	

（三）生雙子

玉筍並茂	玉樹聯芬	棠棣聯輝
雙芝競秀		

（四）生子滿月

令郎彌月之喜

（五）生女滿月

令嬡彌月之喜

（六）生男／女孫

含飴之喜	添孫之喜	蘭階添喜
秀茁蘭枝	飴座騰歡	玉筍呈祥

六‧賀壽誕

（一）普通生日

華誕之慶
生日快樂

（二）長者

九如之頌	三多九如	大德有年
不盡千秋	天賜遐齡	天錫純嘏
日月長明	以介眉壽	永祝遐齡
吉慶高壽	如岡如陵	奉觴上壽
松林歲月	松柏長春	南山獻頌
眉壽無疆	晉爵延齡	海屋添壽
祝無量壽	高壽齊天	富貴壽考
無量壽佛	萬壽無疆	壽比南山
壽考康強	壽衍千秋	壽域宏開

榮壽誌慶	碩德高年	福如東海
蓬島春風	疇陳五福	稱觴祝嘏
鶴算龜齡	鶴齡遐慶	鶴壽添壽
六秩榮壽大慶（六十歲生日）		

（三）男

大德壽長	天保九如	如日之升
東海之壽	河山之壽	河山同壽
南山之壽	南山同壽	南山獻頌
南極星輝	靈椿不老	星輝南極
海屋添壽	耆英望重	椿庭日永
椿樹長榮	壽比松齡	壽星光輝
壽富康寧	箕壽五福	龜齡鶴壽

（四）女

王母長生	北堂萱茂	朱悅迎祥
花燦金萱	金母晉桃	星輝寶婺
眉壽顏堂	悅彩增華	萊彩北堂
婺宿騰輝	婺曜常昭	嫦星煥彩
慈竹長春	慈竹風和	瑞凝萱室
萱花挺秀	萱庭集慶	萱草永茂
萱草長春	萱堂日永	瑤池春永
瑤池桃熟	瑤島春深	福海壽山
慶溢蘭閨	璇閣長春	璇閣增慶
蟠桃獻頌	蟠桃獻壽	寶婺星輝

（五）夫婦雙壽

天上雙星	日月同光	百年偕老
弧悅齊輝	松柏同春	桃開連理
酒介齊眉	華堂偕老	極婺聯輝
椿萱並茂	椿榮萱茂	壽域同登
福祿雙星	福壽雙輝	徽揚鴻案
鴻案齊眉	鴻案德徽	雙星並輝
雙星並耀	鶴算同添	

七‧賀上任

榮任之喜　　履新之喜

八 · 賀升職
榮陞之喜

九 · 賀退休
榮休之喜

十 · 賀移民
榮行之喜　　錦繡前程

十一 · 賀新居落成

良玉金磚	昌大門楣	美居瓊樓
堂開華廈	堂開燕喜	華廈開新
新居落成之慶	新基鼎定	瑞靄華堂
輪奐之慶		

十二 · 賀開學
進學大吉

十三 · 賀留學
深造之喜　　鵬程萬里

十四 · 賀考試成功

名列前茅	金榜題名	勤學有成
獨佔鰲頭		

十五 · 賀遊歷
旅途愉快

十六 · 賀遷居

喬木新遷	喬遷之喜	鶯遷喬木

十七 · 賀畫 / 作家

妙筆生花	花筆弄墨	彩花惹蜂
彩筆弄雲	描壁為宮	揮毫雲飛
畫山彩巖	畫月光輝	畫棟雕樑

畫禽邀雀	畫龍弄珠	畫龍飛鳳
畫龍高飛	畫龍舞鳳	畫獸行山
筆下春風	筆花生香	筆跡龍飛
筆鳳如翔	舉筆星輝	

十八 · 賀學者

才高八斗	博學明賢	博學明儒
博學精深	萬卷精通	聖哲明理
學海無邊	學博才多	學博天高
學富五車	學養深精	

十九 · 賀商行開張

大業千春	大業千秋	光榮百世
多財善賈	百世隆祥	利用厚生
宏圖永啟	財源遠長	堂構增輝
貨財恆足	進財業興	隆盛千秋
新張之喜	源遠流長	萬商雲集
萬載隆昌	駿業日新	駿業宏開
駿業崇隆	駿叢肇興	鴻發之喜
鴻業永昌	鴻業偉基	鴻圖大展

二十 · 賀教育界人士或機構

化育功宏	化澤功深	出類拔萃
功高化育	弘德育才	永霑教澤
匡掖青年	百年樹人	作育功深
作育英才	育才興邦	育廣英雄
春風化雨	桃李滿門	培育棟樑
將相源門	教育英才	教澤流長
教澤普施	善教仁人	達材成德
誨人不倦	誨我諄諄	廣植桃李
樂育菁莪		

二十一 · 賀藝術娛樂界人士或機構

妙曲新聲	技藝超群	刻畫入微
金聲玉振	高唱入雲	弦奏清歌
琴音動天	琴聲弄月	雲雀妙音

瑟和仙調	鼓聲遏雲	樂韻悠揚
餘音繞樑	聲重藝林	薈萃精英
繞樑三日	藝苑增輝	藝展新姿
藝術之光	藝術湛深	響遏行雲
才藝卓絕	出谷黃鶯	

二十二‧賀體育界人士或機構

力爭上游	弘揚體育	自強不息
我武維揚	技壓群雄	技藝超群
身手矯健	虎躍龍騰	勇冠群雄
揚威體壇	精神團結	鍛煉體魄
耀武揚威		

二十三‧賀科技界人士或機構

尖端科技	革新科技	倡導文明
推崇科學	創優革新	領導創新
銳意進取		

二十四‧賀慈善界人士或機構

仁心濟眾	化惡為善	化愚為賢
天佑善人	至善至仁	至善至樂
至善格天	孝順天理	服務人群
為善最樂	為善榮神	崇德高風
造福人群	博施濟眾	惠澤流芳
善心道德	善壽益年	善績昭垂
慈善為懷	義薄雲天	樂善好施
樂善壽長	積善種福	

二十五‧賀出版界人士或機構

一紙風行	文壇煥彩	四海風行
民眾喉舌	宏揚正義	持論公正
振聾啟瞶	羅致時事	紙貴洛陽
高瞻遠矚	啟迪民智	報道翔實
資訊南針	暮鼓晨鐘	編珠綴玉
激濁揚清	輿論先鋒	

二十六 · 賀工會人士或機構

功在社會	同心同德	同業領袖
地方英才	有容乃大	協德同心
服務大眾	為民造福	造福人群
造福同業	造福勞工	敬業樂群
會譽日隆	群策群力	團結一心
領導有方		

二十七 · 賀金融界人士或機構

安定經濟	周靈財轉	府庫財豐
金銀如山	金融樞紐	信用卓著
財力雄厚	通商惠工	運用周靈
實業昌隆	積玉堆金	融資通民
繁榮社會		

二十八 · 賀醫護界人士或機構

仁心仁術	仁心良術	手到回春
仙術仁心	妙手回春	杏林春滿
良相良醫	明哲國手	扁鵲重生
病人福音	華陀再世	華陀妙術
着手成春	壽人壽世	增壽延年
德心醫人	德術超群	懸壺濟世
盧醫有術	醫理湛深	醫術精湛
藥到病除		

二十九 · 賀政治界人士／組織

口碑載道	公正廉明	民主之光
以德服民	功在社會	地方之光
民主先鋒	光大憲政	政正星輝
身立名彰	建設地方	為民良範
政通人和	政績斐然	為民喉舌
為民前鋒	為民造福	清風普照
為國為民	豐功偉績	造福地方
造福人群	造福民生	善政親民

造福社會	造福桑梓	德政可風
萬眾共欽	輔政導民	德望所歸
德政昭彰	德政親民	
導民為賢	以民為懷	

三十‧賀飲食界人士或機構

山珍海味	水陸珍奇	百味競新
色香味全	奇味香珍	座客常滿
琢玉炊金	飲和食德	嘉賓雲集
調和鼎鼐		

三十一‧賀警察／保安界人士或機構

官正民安	官清民樂	忠國警心
除暴安良	警正民欽	警正良風
警民一心	警戒端嚴	警綱安民

三十二‧賀律師界與律師行

化險為夷	法有妙玄	法通中理
法解不平	法隙春生	法學精湛
法護不平	為人消災	為民生春
為民救星	消災除患	善解民憂
解厄消災	精通法理	

三十三‧賀貿易界人士或機構

金玉滿載	貨財滾滾	通貨引金
集玉徵金	滾滾財源	積玉堆金
鴻圖外國		

三十四‧賀一般機構

大業日新	多財善賈	卓越進取
偉業鴻基	商界楷模	經綸大業
聲華遠播	駿業宏通	駿譽日隆
鴻業日新	鴻業永昌	譽馳遐邇
譽滿華洋		

附錄 3　常用悼辭

一‧一般適用

主懷安息（基督徒適用）

息勞歸主（基督徒適用）

駕返道山（道教徒適用）

往生極樂（佛教徒適用）

慧炬長明（佛教徒適用）

二‧用於有成就的人

大雅云亡	典範猶存	亮節高風
哲人其萎	高風仰止	道範長存
碩德永昭	德望常昭	

三‧用於老年人（男女適用）

福壽全歸	齒德兼隆

四‧用於女老年人

懿範長存

五・用於一般女性

音容宛在　　　　　　　　　淑德常昭

六・用於青年人（男女適用）

壯志未酬

七・用於少年人（男女適用）

天不假年　　　　　　　　　蕙折蘭摧

八・用於為人母親者

北堂春去　　　　　　　　　母儀千古

母儀足式　　　　　　　　　慈容宛在

九・用於教師

教澤常存

十・用於義／烈士

萬古流芳　　　　　　　　　精神不死

附錄 4　酬世文牘示例

一‧邀請函

示例一

　　　　謹訂於二〇〇〇年五月五日（星期五）下午三時正假香港會議展覽中心一號展覽廳舉行 XX 典禮
　　恭請

香港特別行政區行政會議成員
××× 議員蒞臨主禮

×××× 會執行總監
演講及頒獎

敬候

光臨指導

　　　　　　　　　　　　　　　　　　×××× 會館
　　　　　　　　　　　　　　　　主席 ××× 敬約

如蒙光臨敬祈於五月四日前賜覆
（電話：二 ×××××× 吳小姐或傳真回柬：二 ×××××××）
嘉賓敬於下午二時三十分前入座

敬啟者：

　　本會定於二〇一〇年二月十二日（星期五）晚上六時正假香港會所大廈 27 樓會議廳舉行新春團拜，謹特函達，敬希屆時出席為荷。

　　此致
×××先生

××××工商聯會

主席

×××敬約

×××先生台鑒：

　　茲承閣下慨允出席本中心週年晚會並擔任演講嘉賓，謹此致謝。現將晚會安排報知如下：

日期：二〇一〇年×月×日（星期六）
時間：晚上六時正
地點：九龍梳士巴利道 18 號麗晶酒店
程序：6:00pm 酒會
　　　7:00pm 演講會
　　　7:30pm 宴會
　　　9:30pm 晚會結束

　　有關演講題目為"中國投資新形勢"，演講語言為粵語，為時約 30 分鐘。隨函附上本中心簡介乙份，恭請參閱。另請閣下於演講前三小時賜送講辭大綱，以方便有關籌備工作。

　　嵩此奉達。敬頌

商安

××商業研究中心

總幹事

×××敬約

二·祝賀函

示例一

張錦榮先生大鑒：

　　欣悉閣下榮獲委任為 ××× 區議員，至足欽賀。

　　閣下學有專長，事業有成，多年來熱心社會公益事務，貢獻良多，今再晉身議會，深信更能發揮所長，造福社群，此實乃港人之福。

　　耑此奉賀。敬頌

時祺

　　　　　　　　　　　　　　　　李牧之　謹上

　　　　　　　　　　　　　　　二○一○年 × 月 × 日

示例二

×× 博士台鑒：

　　恭悉閣下榮獲香港 ×× 大學頒授榮譽工商管理學博士銜，可欽可賀。

　　夙佩閣下鴻才卓識，事業成就超群，並關心青年後進，致力培養人才，對社會經濟發展推動至大，建樹良多，令人景仰，今榮膺此銜，乃實至名歸，謹函致賀。恭頌

勳祺

　　　　　　　　　　　　　　　　楊舜民　謹上

　　　　　　　　　　　　　　　二○一○年 × 月 × 日

三‧訃聞

訃 聞

　　ｘｘｘｘ有限公司董事ｘｘｘ先生，慟於ｘｘ月ｘ日上午ｘ時正在ｘｘｘ醫院逝世，享年ｘｘ有ｘ。本公司同寅深表哀悼。

　　ｘｘｘ先生遺體奉移ｘｘ殯儀館治喪，謹擇於ｘｘ月ｘｘ日（星期ｘ）上午ｘ時ｘｘ分大殮，上午ｘｘ時辭靈出殯，奉柩安葬ｘｘｘ永遠墳場。謹此訃

聞

ｘｘｘｘ先生治喪委員會謹啟

聯絡處：ｘｘｘｘ有限公司

電話：ｘｘｘｘｘｘｘｘ

四‧慰問函

ｘｘｘ女士玉鑒：

　　昨驚悉尊夫ｘｘｘ先生遇險犧牲，深感悲痛難過。ｘ先生一生為香港社會衷誠服務，在消防事業崗位上的英勇事跡更令人感佩，今捨身殉職，其義重比泰山。ｘ先生之高尚情操與勇敢精神，永垂不朽。

　　對ｘ先生之逝世，本人表示深切哀悼。謹望您節哀保重，多加珍重為要。

　　耑此致候，聊申微意。即頌

安康

ｘｘｘ　謹啟

ｘｘｘｘ年ｘ月ｘｘ日

五‧感謝函

示例一

李牧之先生大鑒：

　　承蒙惠函賜賀本人獲委任為×××區議員，勗勉有加，衷心感謝。

　　本人今後定當全力以赴，竭誠為香港社會大眾作出貢獻，以期不負厚望。謹望今後繼續得到閣下支持指導，不吝賜教，以匡不逮是幸。

　　耑此申謝。並頌
大安

張錦榮　謹上

二〇一〇年 × 月 × 日

示例二

敬啟者：

　　我司於二〇一〇年 × 月 × 日假座君悅酒店舉行開幕剪綵典禮。承蒙閣下百忙中撥冗光臨指導，復蒙惠賜花籃成座，為典禮增光添慶。高誼隆情，感幸殊深，謹申謝忱。

　　此致
××集團主席

何嘉烈先生

香港××有限公司
董事長

李國維　謹上

二〇一〇年 × 月 × 日

ＸＸ公司十週年誌慶

鴻　業　永　昌

ＸＸＸＸ協會主席ＸＸＸ

附錄 5　電郵語言

一 · 常用英文縮寫語

縮寫	原文	中文語義
@	at	在
AAMOF	As a matter of fact	事實上，説真的
ABM	Anti-ballistic missile	反彈道導彈
abt	about	有關
A1	First class	頭等
a.a.r.	against all risks	各種危險在內
abbr	abbreviation	縮寫
ACC	Account	賬戶
a/c	Account	賬戶
A/c	Account current	流水賬
AD	[拉] Anno Domini (in the year of Our Lord)	公元
a/d	after date	期後
Ad.	Advertisement	廣告
adv.	advice; advise	通知
AFAIK	As far as I know	據我所知
AFAIR	As far as I remember	記憶所及
AFK	Away from keyboard	…距鍵盤
AG	Account General	總賬
AGM	Annual General Meeting	週年大會
AGRMT	Agreement	協議
Agt.	Agent	代理人
AI	Artificial Intelligence	人工智能
AIDS	Acquired Immune Deficiency Syndrome	後天免疫缺損綜合症（愛滋病）
a.k.a.	also known as	又名
a.m.	[拉] ante meridiem (before noon)	上午
amt.	amount	金額
ans.	answer	答案
a/o	account of	某賬戶
A/P	Authority to Purchase	委託購買證
A/P	Account Paid	清賬
app	appendix	附錄
approx.	approximately	大約
Apr	April	四月
APRV	Approve	批准
art.	article	品目
ASAP	As soon as possible	盡快
ASEAN	Association of South-East Asian Nations	東南亞國家聯盟
Asst.	Assistant	助理員
ATSS	As the subject says	如題所述
ATTN	For the attention of	收件人
Aug	August	八月
Ave	Avenue	大街，林蔭大道
AWOL	Absent without leave	擅離職守
B2B	Business to Business	企業對企業
B2C	Business to Consumer	企業對消費者
B4	Before	早於…；在…之前
B4N	Bye for now	再會
B/-	Bag	袋
B&F	Beverage & Food	餐飲
b and b	Bed and breakfast	（酒店的）夜宿包次日早餐
BA	Bachelor of Arts	文學士
BAC	By any chance	或許，可能

Bal.	Balance	平均，結餘
Bal.b/d	Balance brought down	餘額轉下
Bal.b/f	Balance brought forward	餘額結前
Bal.c/d	Balance carried down	餘額過後
Bal.c/f	Balanced carried forward	餘額移前
Bal.tra	Balanced transferred	餘額過入
BASIC	Beginners' All-purpose Symbolic Instruction Code	初學者通用符號指令代碼
BBFN	Bye bye for now	再會
BBL	Be back later	稍後回來
BBS	Bulletin board system	電子壁報板
B. B.	Bill book	出納簿
BC	Before Christ	公元前
bcc	Blind carbon copy	副本密送
BCNU	Be seeing you	再會
B/d	Bank draft	銀行匯票
b/d	Brought down	轉下
Bd.	Bond	公債票
B/E	Bill of Exchange	匯票
B Ed	Bachelor of Education	教育學士
B Eng	Bachelor of Engineering	工學士
BION	Believe it or not	信不信由你
biz	Business	業務
BK	Because	因為，鑒於
B/L	Bill of Lading	提貨單
B Mus	Bachelor of Music	音樂學士
B.O.	Branch Office	分支行
b/o	brought over	過入
B/P	Bill Purchased	出口押匯
B.P.	Bill Payable	收銀單
B Phil	Bachelor of Philosophy	哲學學士
B/R	Bills Receivable	清單
BRB	Be right back	很快回來
B.S.	Bill of Sale	出貨單
BS	Bachelor of Surgery	外科學士
BSc	Bachelor of Science	理學士
BTA	But then again	可是話説回來
BTW	By the way	附帶説説
Bxs	Boxes	箱
BYKT	But you know that	可是您知道
°C	Degree Centigrade	攝氏溫度
C/-	Case	箱
C	Coupon payment for a bond	息單
C	Currency	通貨
c	century	世紀
C/A	Capital Account	資本賬
CAA	Civil Aviation Authority	民航局
CAL	Computer-aided Learning	電腦輔助學習
cal	Calorie(s)	卡路里（熱量單位）
Capt	Captain	船長，機長，領班
C.B.	Cash Book	出納賬
CBD	Cash Before Delivery	先付款後提貨
cc	carbon copy	分發名單
cc	cubic centimetre(s)	立方毫米
C.D.	Cash against Document	憑單付款
cert.	certificate; certified	證書；證明
Cert Ed	Certificate in Education	教育學證書
C/F	Carried Forward	接前
CF	Cash Flow	現金周轉
CFt	The cash Flow in period	（某一時期的）現金周轉
ch	chapter	章
chk	check, cheque	檢查，支票
ChM	[拉] Chirurgiae Magister (Master of Surgery)	外科碩士
chq	cheque	支票
CID	Criminal Investigation Department	刑事偵緝組
C.I.F.	Cost, Insurance, Freight	貨價，保險，運費在內
C.I.F. & C	Cost, Insurance, Freight & Commission	貨價，保險，水腳，佣金
cl	centilitre(s)	毫升
cm	centimetre(s)	毫米
CMIIW	Correct me if I'm wrong	如有錯誤，請予修正
CND	Campaign for nuclear disarmament	核裁軍運
CO	Conference	會議
Co	Company	公司
c/o	care of	由⋯轉交
Cobol	Common business-oriented language	通用商業語言
C.O.D	Cash On Delivery	貨到付款
CONF	Confidential	機密，密件
cp	compare	比較
corp.	corporation	股份有限公司
Cr(s).	Credit(s); Creditor(s)	存款；債權人
cts.	cents	分
CU	See you	再會
cu	cubic	立方
CUL	See you later	稍後見
cv	[拉] curriculum vitae	履歷
C.W.O.	Cash With Order	憑票即付
CY	Calendar year	日曆年度
D/A	Deposit Account	存款賬戶

D/A	Document against Acceptance	承認後交單
d/A	Days after Acceptance	承認後若干日付款
dba	do business as	從事如下工作
D/D	Demand Draft	見票即付之匯票
D.D.	Double Draft	正副匯票
dely.	delivery	交付
demo	demonstration	示範
Dept.	Department	部門
dft.	draft	匯票
diff.	difference	差額
Dip	Diploma	文憑
Dip Ed	Diploma in Education	教育學文憑
dis.	discount	折扣
Div	Division	組
DIY	Do it yourself	自己動手做
DJ	Disc Jockey	(電台)音樂節目主持人
D/L	Download	下載
DL	Download	下載
DMus	Doctor of Music	音樂博士
D/N	Debit Note	欠單
DNA	Deoxyribonucleic acid	脫氧核糖核酸(生物遺傳基因)
D/O	Delivery Order	發貨單
do.	Ditto	同上,同前
doz.	Dozen	一打
D/P	Documents against payment	付款後交貨單
Dr	Doctor	博士,醫生
Dr	Drive	路,大道
Dr(s).	Debit(s); Debitor(s)	借方;債務人
DSc	Doctor of Science	物理學博士
DTRT	Do the right thing	做得對
Dup.	Duplicate	副本
(10) d/s	(10) days after sight	見票後十日付款
E	East(ern)	東方
ea	each	每一
E.E.	Errors Excepted	有錯除外
EEC	European Economic Community	歐洲經濟共同體
e.g.	For example	例如
encl(s)	enclosure(s)	附件
E.O.	Examining Officer / Executive Officer	檢查員 / 行政主任
E.&O.E.	Errors and Ommisions Excepted	錯漏除外
eq/	equal	相等
ERP	Enterprise Resource Planning	企業資源規劃
esp.	especially	尤指,特別是
est	establish(ed); estimate(d)	成立;估計
etc.	[法]et cetera (and so on)	…等等
et Cie	[法]et compagnie	公司

	(and Company)	
ex.	exchange	兌換
excl.	exclusive, exclude	除外
exd.	examined	查訖
Exp.	Export; Express	出口;快車
EZ	Easy	簡單
°F	Degree Fahrenheit	華氏溫度
f	Female	女性,雌性
F2F	Face to face	面對面,直接會晤
FAQ	Frequently asked questions	常見問題
F.A.Q.	Fair average quality	中等
F.A.S.	Free alongside ship	船邊交貨
F.B.E.	Foreign Bill of Exchange	國外匯票
FCFS	First come, first served	先到先得,按次序來
FITB	Fill in the blank	填充
f/d/	free docks	免去船塢費
Feb	February	二月
F.E.D.C.	Foreign Exchange Deposit Certificate	外匯結匯證
f.g.	fully good	優等貨
fl.	floor	地下,地板
flu	Influenza	流行性感冒
fml	formal	正式的,莊重的
F/O	In favour of	抬頭人
FOAF	Friend of a friend	朋友的朋友
F.O.B.	Free on board	離岸價,船上交貨價
fol.	following	如下
FOTCL	Falling off the chair laughing	倒在椅子上放聲大笑
f.p.	fully paid	付訖
f.p.a.	free of particular average	免特殊賠償
Fri	Friday	星期五
frt.	freight	水腳
ft.	foot / feet	英尺
FT	Financial Times	金融時報
F.T.W.	Free trade wharf	自由貿易碼頭
f/u	follow up	跟進
fwd.	forward	前面
FWIW	For what it's worth	別管有沒有用,無論(某事物)價值如何
FYI	For your information	供您參考
FYR	For your reference	供您參考
G	Grin	冷笑
g	gram(s)	克
g.	gauge	金屬厚薄的度量
GA	Go ahead	在…前面,向前進行,繼續
g/a	general average	公共賠償
gal.	gallon	加侖
gall	gallon(s)	加侖
GATT	General Agreement on Tariffs and Trade	關稅及貿易總協定
GCE	General Certificate	普通教育證書

	of Education	
GDP	Gross Domestic Product	國內生產總值
gds.	goods	貨物
gen.	general	普通
g.f.	good fair	好銷路
GIGO	Garbage in, garbage out	（電腦輸入）錯進錯出
gm.	gram.	克
G.M.B.	Good merchantable brand	佳品
GM Foods	Genetically Modified Foods	基因改造食物
GMOs	Genetically Modified Organisms	基因改造生物
GNP	Gross National Product	國民生產總值
g.o.b.	good ordinary brand	上等品
Govt	government	政府
G.P.O.	General Post Office	郵政總局
gr.	gross	十二打
gr. wgt.	gross weight	毛重
GTG	Got to go	要離去了
ha	hectare(s)	畝
HF	High frequency	高頻
HHOJ	Ha ha only joking	哈哈！只是開玩笑罷了！
HHOK	Ha ha only kidding	哈哈！只是開玩笑罷了！
hi-fi	high fidelity	高保真度
high-tech	high technology	高科技
HIV	Human immunodeficiency virus	人體免役缺損病毒
HKSAR	Hong Kong Special Administrative Region	香港特別行政區
HO	Head Office	總辦事處
Hons	Honours	榮譽的，優等的
h.p.	horse power	馬力
HQ	Head Quarter, High quality	總部，優質
hr(s)	hour(s)	小時
I	Inflation rate	通貨膨脹率
IAC	In any case	在任何情況下
IAE	In any event	在任何事件中
I. B.	Invoice book	發票簿
IC	I see	我明白
ICBM	Intercontinental ballistic missile	洲際彈道導彈
ICP	Internet Content Provider	互聯網內容供應商
ICQ	I seek you	我找你（網上聯絡）
i.e.	that is	亦即
ILY	I love you	我愛你
IMCO	In my considered opinion	我仔細考慮過
IMHO	In my humble opinion	愚見認為
IMMED	Immediately	立刻
IMO	In my opinion	本人認為
Imp.	Import	進口
in	inch(es)	英寸
Inc.	Incorporated	股份有限公司
ince.	insurance	保險
incl.	inclusive, include	包括
infml	informal	通俗的，非正式的
Info.	Information	資料
INQRY	Inquiry	詢問
Inst	Institution	機構，團體
inst.	instant	本月
Int.	Interest	利息
inv.	invoice	發票
inv. doc/	invoice with documents attached	附提單的發票
I.O.U.	I owe you	我欠你，借據
IOW	In other words	換句話說
I/P	Insurance Policy	保險單
IPA	International phonetic alphabet	國際音標
IQ	Inteligence quotient	智商
ISO	International Standardization Organization	國際標準化組織
ISP	Internet Service Provider	互聯網服務供應商
IT	Information technology	資訊科技
ITMT	In the meantime	同時，另一方面
IWBNI	It would be nice If	如果…就好了
JAM	Just a minute	請稍等
Jan	January	一月
JIC	Just in case	假如萬一
J/P	Joint Account	共同計算
jt. stk	joint stock	集股
Jul	July	七月
Jun	June	六月
kg	kilogram	千克，公斤
km	kilometre(s)	公里
l	litre(s)	公升
L.A.	Letter of Authorization	授權書
lab	laboratory	實驗室
lb(s).	Pound(s)	磅
L/C	Letter of Credit	信用狀
led.	Ledger	總賬
LF	Low frequency	低頻
lh	Left hand	左手
lgr.	Ledger	總賬
L.I.P.	Life Insurance Policy	人壽保險單
LL B	Bachelor of Laws	法學學士
LL D	Doctor of Laws	法學博士
LL M	Master of Laws	法學碩士
LOL	Laugh out loud	放聲大笑

LOVL	Laugh out very loud	放聲大笑
L.S.	Place of seal	蓋印處，封蓋處
Ltd.	Limited	有限
LTR	Letter	信件
m	Male	男性，雄性
m	metre(s)	米
-/m	Thousand	千
MA	Master of arts	文科碩士
Mar	March	三月
max.	maximum	最多數，最大限度
MB	Bachelor of Medicine	醫學士
M.B.	Memorandum book	備忘錄
MBA	Master of Business Administration	工商管理學碩士
M/C	Marginal Credit	信用放款的限制
MD	[拉] Medicinae Doctor (Doctor of Medicine)	醫學博士
MD	Managing Director	董事總經理
mdse.	merchandise	商品買賣
MEd	Master of Education	教育學碩士
med.	medium	中間
memo.	memorandum	記事條
mfg.	manufacturing	製造
MFN	Most-favored-nation	最惠國（待遇）
MGMT	Management	管理
mg	milligram(s)	毫克
mgr.	manager	經理
M.H	Main hatch	大艙
min.	minimum	最少數
min(s)	minute(s)	分鐘
Mkt.	Market	市場
ml	mile(s)	英里
M/m	Made merchantable	製作商品
mm	millimetre(s)	毫米
MO	Money order	匯票，匯款單
Mon	Monday	星期一
mph	miles per hour	每小時里數
MPhil	Master of Philosophy	哲學碩士
MRBM	Medium-range ballistic missile	中程彈道導彈
Ms. or ms	Mail steamer	郵船
MSc	Master of Science	理科碩士
MSG	Message	信息
M.T.	Mail transfer	郵匯
Mt	Mount	山
mtge.	mortgage	抵押
mth	month	月
MYOB	Mind your own business	管好你自己的事，少管閒事
N/A	No advice; No account	未通知；無來往
N/A	New account	新賬戶
NATO	North Atlantic Treaty Organization	北大西洋公約組織
nav.	navigation	航行
NB	[拉] nota bene (note well)	注意，留心
NBD	No big deal	沒甚麼了不起
N.E.	No effect	無存款
n.e.	not enough	不足
NEC	Necessary	必須
N/m	No mark	無牌記
N/O	No order	未咨照
No.	Number	號數，編號
Nov	November	十一月
NOYB	None of your business	與你無關，與您毫不相干
NP	Net profit	淨利
N/P	Net proceeds	淨數
NQA	No questions asked	沒問題問了
N/S	Not sufficient	數不足
N.S.	New style, new series	新式樣
N.S.F.	Not sufficient fund	存款不足
n.t.	new terms	新條款
Nth	North	北方
O/	to the order of / in favor of order	交付某人
o/a	on account	入某賬
OBO	Or best offer	或有更好的
o/c	overcharge	濫開賬目
Oct	October	十月
O/D	On demand	見單即付
o/d	over draft	透支
OECD	Organization for Economic Co-operation and Development	經濟合作與發展組織
OIC	Oh, I see	啊！我明白了
O.No.	Order number	定貨編號
Ok	All right	對
%	per cent	百分率
‰	per mile	千分率
O.P.	Open policy	預定保險單
O/Pd	Overpaid	超付
opp	opposite	相對的，對面的
Ord.	Ordinary	普通
o/s	outstanding	未完成的（工作），未清償的（債務）
oth	other	其他
OTOH	On the other hand	另一方面
OTP	On the phone	在電話（交談）中
OTTH	On the third hand	第三方面
OU	Open University	開放大學
Oz.	Ounce	兩 / 安士 / 盎士
P/A	Private Account	私人賬目
PA	Personal Assistant	私人助理
pa	[拉] per annum (per year)	每年
Patts	Pattern	式樣
PC	Personal computer	個人電腦
pc(s)	piece(s)	件
P.C.B.	Petty cash book	零用賬簿
pd.	paid	付訖
PE	Physical Education	體育

PG	Parental guidance	須有家長指導（觀看的電影）	ROTFL	Rolling on the floor laughing	滾地而笑
PhD	Doctor of Philosophy	哲學博士學位 /博士學位	RSN	Real soon now	不久
PIN	Personal identification number	個人密碼	R.S.V.P.	［法］répondez s'il vous plaît (Please reply)	請賜覆
pkg.	package	包裝	RUOK	Are you Okay?	你好嗎？你沒事吧？
P&L	Profit and Loss	損益	S	Sales	銷售額，銷售量
PLS	Please	請您，有勞	Sat	Saturday	星期六
p.m.	post meridiem (past noon)	下午	S.B.	Sale book	售貨簿
P.O.B.	Post-Office Box	郵政信箱	sb.	somebody	某人
P.O.D.	Pay On Delivery	付現提貨	S.D.	Sight Draft	見單即付的匯票
POV	Point of view	觀點，意見	S/D	Sea damaged	受海水損壞
P.P.	Parcel post	郵包寄遞	sec	second	秒
Pp.	Please pay	請付	sec	secretary	秘書
pp	［拉］per procurationem on behalf of	由…所代表	Sept	September	九月
ppd	post paid	郵費付訖	sgd.	signed	已簽字
pps	［拉］post postscriptum (additional postscript)	再附言	SI	［法］Système International d'unités (International System of Units)	國際單位制
PR	Public Relations	公關活動	sk.	sack	袋
pr	price	價格	SOS	Urgent for help	緊急求救
pr(s)	Pair(s)	對，雙	sp	Spelling	拼寫
Prox	Of the next month	下月	sq.	square	平方
Prov	Province	省，州	S.S.	Steamship	汽船
P.S.	Postscript	又及，再啟	st.	street	街
P/S	Public Sale	公開出賣	std.	standard	標準
PT	Physical Training	體育訓練	Sth	South	南方
pt	print	品脫	sth.	something	某事物
P.T.O.	Please turn over	請看下頁	stk.	stock	存貨
Qlty	Quality	品質	Stor	Storage	倉租
qt	quart(s)	夸脫	SUP	What's up	出甚麼事了
qtr	quarter	四分之一；（每）季	Sun	Sunday	星期日
qty	quantity	數量	symb	symbol	符號
qy	query	疑問	t.	ton	噸
R	(You) are	（你 / 你們）是	T.A.	Telegraphic address	電報地址
R.	Reply	回覆	T/A	Telegraphic address	電報地址
R.C.H.	Railway clearing house	鐵路交站	TBC	To be confirmed	待定
R/D	Refer to Drawer	退原根	tel	Telephone	電話
rd.	road	路	tgm.	Telegram	電報
RE	Regarding	有關	Thur	Thursday	星期四
recd.	received	收到	THX	Thanks	謝謝
rect.	receipt	收條	TIA	Thanks in advance	先此致謝
redn.	reduction	削價	TIR	Transport international routier	國際陸路貨運
ref.	reference	參考	T.L.	Total loss	總損失
reg.	registered	掛號郵寄，註冊，登記	TM	Trademark	註冊商標
retd.	return	退回	T.N.	Telephone number	電話號碼
Rev. A/C	revenue account	出納賬	TNSTAAFL	There's no such thing as a free lunch	世上無免費午餐這回事
RGDS	Regards	請安	tn(s)	ton(s)	噸
rh	Right hand	右手	t.o.	turn over	轉頁
rly.	railway	鐵路	Trans.	Transaction	交易
R.M.	Ready Money	現金	Treasr.	Treasurer	會計
ROM	Read only memory	唯讀儲存	trip	triplicate	三重的

T.Ts.	Telegraphic Transfers	電匯
TTBOMK	To the best of my knowledge	盡我所知
TTFN	Ta ta for now	現在道別，再見
TTYL	Talk to you later	稍後再談
Tue	Tuesday	星期二
TV	Television	電視
4U	For you	給您
U	You	您，你
UFO	Unidentified Flying Object	不明飛行物體
UHF	Ultra-high frequency	超高頻
U/L	Upload	上傳
UL	Upload	上傳
ult.	ultimo - of the last month	上月
UN	United Nations	聯合國
UR	You are	你是，你們是
u/w	Underwriter	保險商（尤指海運）
var.	various	各種
VAT	Value added tax	增值稅
ves.	vessels	船隻
VIP	Very important person	貴賓
via	[法] via (By way of)	經由
VP	Vice President	副總裁
vs	versus	對比
W	West(ern)	西方
WB	Welcome back	歡迎歸來
WBR	With best regards	致候

WBW	With best wish	致良好的祝願
WC	Water-closet	廁所
Wed	Wednesday	星期三
w'g	weighing	秤量機
wgt.	weight	重量
WHO	World Health Organization	世界衛生組織
whse	warehouse	貨倉
wks	weeks	星期
Wl.	Wool	羊毛
wmk.	watermark	水印
WP	Word Processing	文字處理機
wpm	words per minute	每分鐘字數
WRT	With respect to	關於
WTG	Way to go	離開的方法
WTO	World Trade Organization	世界貿易組織
W/W	Warehouse Warrant	倉單
WWF	World Wildlife Fund	世界野生動物基金會
xc.	ex coupon	除息票
x.d.	ex dividend	股息
x.in.	ex interest	除利息
X'mas	Christmas	聖誕節
yd.	yard	碼
YMCA	Young Men's Christian Association	基督教青年會
Yr.	Year	年
YWCA	Young Women's Christian Association	基督教女青年會

二 · e表情

符號	英文表意	中文表意
:-IK-	a formal letter	一封正式的信
8:-	a girl with butterfly bow on head	頭上戴蝴蝶結的小妹妹
:-)-8	a grown girl	一個長大的小妹妹
@>--->---	a rose	一朵玫瑰
<:)	a stupid question	一個愚蠢的問題
:-ll	angry	不高興，發怒
:l	apathetic	無所謂
:-l	apathetic	無所謂
(:-)	bald	禿頭的
:-)>	bearded	留鬍子的
%+(	beaten up	被痛打
:-)x	bow tie	蝴蝶領帶
x-(	brain dead	死了
~>_<~	burst into tears	笑出眼淚
(^^)//	clap hands	拍手鼓掌
"~>_<~"	cry loudly	放聲大哭
:*(	crying	哭泣
&:-)	curly hair	一個捲髮的人
:-9	delicious; licking lips	美味，舔唇

> .. <	despise	鄙視
>,,<	despise	鄙視
i-)	detective	偵察
:-e	disappointed	失望的
:-)`	drooling	垂涎
:-)~	drooling	垂涎
6_6	exciting	興奮
e_e	fall asleep	打瞌睡
>_<	feel like crying	想哭
;-(	feel like crying	想哭
:```(	flood of tears	淚如泉湧
:->	freezing irony	諷刺
:-P	funny face, wry face	（伸出舌頭）扮鬼臉
::-)	glasses wearer	戴眼鏡的人
8-)	glasses wearer	戴眼鏡的人
:-}	grinning	冷笑
^m^	grinning	露齒而笑
$_$	greedy	貪心
:-)	has a cold	傷風
:*)	has a cold	傷風
[]	hug	擁抱

{ }	hug	擁抱		:)	smile, happy	高興，笑
{{{***}}}	hug and kiss	擁抱和親吻		^-^	smile	微笑
3_3	just awakened	剛睡醒		:-i	smoker	吸煙者
^*^	kiss	親吻		:-Q	smoker	吸煙者
:-*	kiss	親吻		:-v	speaking	正在説話
:*	kiss	親吻		:-w	speaks with forked tongue	張口結舌
:-x	kiss	親吻				
:+)	large nose	大鼻子		:-#	sth. embarrassing to mention	有些不該説的話…
: ^)	large nose	大鼻子				
:-D	laughing out loud	大聲笑		(^^;)	sweating	出汗
(-:	left-handed	左撇子		:,-)	tears of joy	喜極而泣
:-{	moustache	小鬍子		:-T	tight-lipped	閉口不言
:-#	my lips are sealed	我會守住秘密		:-&	tongue-tied	難以啟齒
:-x	no idea	沒意見		:-/	undecided	猶豫不決
9_9	not enough sleep	睡得不夠		:-))	very happy	很高興
>o<	Oh, my God!	噢，我的天！		:-((	very sad	很傷心
x-x	painful	痛苦		:-c	very unhappy	很不高興
:-?	pipe smoker	吸煙斗的人		d:-)	wearing cap	戴鴨舌帽
=:-)	punk	蓬克青年		[:)	wearing headphones	戴聽筒
:-<	really upset	極苦惱		:-(#)	wear teeth braces	一個戴牙箍的人
:(	sad	不高興，悲哀		:-{#}	wear teeth braces	一個戴牙箍的人
:-(	sad	不高興，悲哀		:@	what?	甚麼？
*<l:-)	Santa Claus	聖誕老人		?_?	why?	為甚麼？
:-@	screaming	尖叫		8-)	wide-eyed	目瞪口呆，睜大雙眼
8-O	shocked	驚愕		` -)	winking	眨眼睛
=:O	shocked	驚愕		^_*	winking	眨眼睛
:-O	shocked, surprised, Wow!	哇！實在令人大吃一驚		;-)	winking	眨眼睛
				;)	winking	眨眼睛
:-V	shouting	大聲呼叫		<(^o^)>	wow	哇！
:-x	shut up	閉口		(^_^)/	wow	哇！
l-)	sleeping	正在睡覺		:-7	wry smile	苦笑
l-(	sleeping	正在睡覺		l-O	yawing	打呵欠
ll	sleeping	正在睡覺		:(O)	yelling	大聲呼喊
l - l	sleeping	正在睡覺		:-O	yelling	大聲呼喊
:-)	smile, happy	高興，笑